KB112443

고독한 얼굴

SOLO FACES

고독한 얼굴

제임스 설터

서창렬 옮김

마음산책

옮긴이 **서창렬**

연세대학교 영어영문학과를 졸업했다. 옮긴 책으로 제임스 설터의 『소설을 쓰고 싶다면』 『아메리칸 급행열차』, 줌파 라히리의 『저지대』 『축복받은 집』을 비롯해 그레이엄 그린의 『사랑의 종말』 『브라이턴 록』 『그레이엄 그린』, 에이모 토울스의 『링컨 하이웨이』 『모스크바의 신사』, 제프리 유제니디스의 『불평꾼들』, 앨리 스미스의 『데어 벗 포 더』 등을 우리말로 옮겼다.

고독한 얼굴

1판 1쇄 인쇄 2022년 8월 5일
1판 1쇄 발행 2022년 8월 10일

지은이 | 제임스 설터
옮긴이 | 서창렬
펴낸이 | 정은숙
펴낸곳 | 마음산책

편집 | 권한라 · 성혜현 · 김수경 · 나한비 · 이동근
디자인 | 최정윤 · 오세라 · 차민지
마케팅 | 권혁준 · 권지원 · 김은비
경영지원 | 박지혜

등록 | 2000년 7월 28일(제2000-000237호)
주소 | (우 04043) 서울시 마포구 잔다리로3안길 20
전화 | 대표 362-1452 편집 362-1451 팩스 | 362-1455
홈페이지 | www.maumsan.com
블로그 | blog.naver.com/maumsanchaek
트위터 | twitter.com/maumsanchaek
페이스북 | facebook.com/maumsan
인스타그램 | instagram.com/maumsanchaek
전자우편 | maum@maumsan.com

ISBN 978-89-6090-749-2 03840

* 책값은 뒤표지에 있습니다.

"거대한 암벽은 대가를 요구하잖아요."

"대가를 치러야 하는 건 맞아요.
우린 모든 걸 다 바쳐야 합니다.
그렇지만 죽을 필요는 없어요."

차례

우리가 해냈다는 것만 알아줬으면 해.

나머지는 그들의 상상에 맡기고 말이야.

▪ 일러두기

1. 외국 인명 · 지명 · 독음 등은 외래어표기법을 따르되 관용적인 표기와 동떨어진 경우 절충하여 실용적 표기를 따랐다.
2. 옮긴이 주는 글줄 상단에 맞추어 작게 표기하였다.
3. 본문에서 영어 외의 언어를 옮긴 경우 글줄 하단에 맞추어 작게 표기하였다.
4. 원서에서 이탤릭체로 강조한 글자는 굵은 글자로 바꾸어 강조했다.
5. 영화 · 신문 · 잡지 등의 제목은 〈 〉로, 희곡 제목은 「 」로, 책 제목은 『 』로 묶었다.

1

그들은 교회 지붕에서 일하고 있었다. 종일 그렇게 위에서, 빛의 바다에서 일했다. 하얀 십자가 두 개가 왕관처럼 교회 지붕의 쌍둥이 돔을 장식하고 있었다. 지상을 떠도는 목소리들이 들려왔고, 이따금씩 나뭇조각이나 못이 떨어지는 소리도 들렸다. 한 번은 꿈결처럼 어렴풋한 허공에서 동전 하나가 반짝이다 사라지더니 다시금 영원히 반짝거릴 것처럼 빛을 반사하며 이윽고 땅과 만났다. 유칼립투스 나뭇가지 아래, 유리를 씌운 게시판에는 주일 설교 제목이 쓰여 있었다. '성性과 하나님.'

햇볕은 야자나무 위로, 값싼 아파트 위로, 해안가를 따라 이어지는 도로 위로 곧장 쏟아져 내렸다. 참새들이 자동차 범퍼 사이를 표표히 뛰어다녔다. 내륙 로스앤젤레스는 아지랑이에 싸여 뿌옇고 눈이 부셨다.

웃통을 벗고 일하는 두 일꾼의 몸에는 검은 얼룩이 묻어 있었다. 한 명은 머리에 손수건을 두르고 있었다. 손수건의 양쪽 모서리를 동여맨 것이었다. 그는 빗자루 끝에 타르를 묻혀 지붕널을

칠하며 쉼 없이 입을 놀렸다.

"모든 종교는 불볕더위와 관계가 있어요." 그가 말했다. "모두 사막에서 시작되었죠." 덜 자란 턱수염이 피부에 박힌 검은 가시처럼 보였다. "반면에, 조사해보면 알겠지만, 철학은 온대지방에서 나와요. 지성은 북쪽, 감성은 남쪽에서……."

"타르가 튀잖아, 게리."

"캘리포니아엔 사상이 없어요. 하지만 신을 볼 순 있죠. 이건 미친 짓이에요. 여기서 일하는 거 말이에요. 목말라 죽겠네요." 그가 말했다. "〈포 페더스The Four Feathers. 영국 작가 A. E. W. 메이슨이 1902년에 쓴 모험소설로 여러 차례 영화화됨. 여기서 언급하는 영화는 졸탄 코다 감독이 영국에서 만든 1939년 작품〉 본 적 있어요? 오리지널 영화로. 랠프 리처드슨이 헬멧을 잃어버렸어요. 커다란 망치로 얻어맞은 것 같았죠. 쾅! 눈이 멀었어요." 게리는 뭔가를 찾는 것처럼 잠시 두 손을 내밀었다. 그러다가 불쑥 영화의 클라이맥스로 빠져들었다. "날 쏴! 날 죽여줘!" 까맣게 탄 얼굴에서 더러운 종이 포장이 벗겨진 샌드위치처럼 이가 드러났다.

게리는 일어나서 함께 작업하는 동료가 서두르지 않고 꾸준히 일하는 모습을 지켜보았다. 햇빛에 가려진 지붕이 아른아른 빛났다. 저 아래쪽에 문이 있는데, 위에서 여자들이 온종일 그 문으로 드나드는 모습이 보였다. 지하매장에서 할인 판매를 하고 있었다. 그 위층이 통로와 벤치가 있는 교회였다. 실제로 한 번도 교회에 가본 적이 없는 게리는 거기서 무슨 말들이 오갈지, 사람들은 어떻게 행동할지 같은 것들을 상상해보았다. 교회 위에 자신과 랜드가 있었다. 그 전부가 하나의 거대한 위계질서였다. 육신, 영혼, 신. 시간당 3달러의 임금.

그렇게 서 있을 때 가파른 경사가 천천히 게리에게로 다가왔다. 그는 좁은 가로목 지지대를 모로 밟고 있었다. 그 경사가 물결처럼 높게 솟구쳤고, 곧 자신을 감싸는 것을 느낄 수 있었다. 비계는 한참 아래에 있고, 땅은 더욱더 멀어지는 것 같았다. 그는 추락하는 것을 머리에 떠올렸다. 여기서 추락하는 게 아니라—그는 발을 꽉 딛고 있었고, 가로목 지지대는 견고했다—무無에서 갑자기 생겨난 어떤 알 수 없는 첨탑에서 추락하는 것을 떠올렸다. 자유낙하. 길게 느껴지는 한순간에 창문을 스쳐 지나갔고, 놀랍게도 안에서 그 그림자가 언뜻 보였다. 거기 서서 아래를 내려다보았다.

게리는 대화를 나누고 싶었다. 이 일을 하다 보면 정신이 멍해졌다. 그는 지루했다.

"이봐요, 랜드."

"응?"

"피곤해요."

"좀 쉬어."

캘리포니아에서는 목적 없이 떠돌아다니면서 석공의 조수나 목수, 주차 요원 같은 일을 하는 부류의 사람을 볼 수 있다. 그들은 나름대로 품위를 지키고, 놀라우리만큼 부끄럼이 없다. 얼굴에는 쭈글쭈글 주름이 질 것이고, 평범한 대화는 따분해질 것이다. 결국에는 학교에 남아 학위를 따고 땅을 사고 변호사를 업으로 삼는 사람들에게 짓밟힐 것이다. 그럼에도 불구하고 그들에게는 인생에 배신당한 사람 특유의 분개하는 힘이 있다. 그들은 누구와도 얘기를 나눌 수 있으며, 진실을 말할 수 있다.

랜드는 스물다섯이거나 스물여섯 살이었다. 그는 멕시코 여자와 함께 살았다. 사람들 말에 따르면 그랬다. 키가 크고 팔에 검은 잔털이 수북한 여자라고 했다. 어디서 그 여자를 만났을까? 게리는 궁금했다. 처음 만났을 때 그녀에게 무슨 말을 했을까? 여름 한철만 하는 이 일이 끝나면 게리는 다른 곳으로 떠날 터이므로 그로서는 결코 알 수 없을 것이다. 그러나 오랜 뒤 들판을 가로지르는 도로의 픽업트럭이 일으킨 먼지를 계곡에서 볼 때마다 게리의 뇌리에는 지붕이 사라진 노란 머스탱과, 웃통을 벗은 채 바람에 머리가 휘날리는 친숙한 운전자의 모습이 떠오를 것이다.

그것은 그가 경멸하는 동시에 부러워하는 세계였다. 친구가 되고 싶은 사람의 세계, 알고 싶은 이야기의 세계였다.

게리가 거듭 상상해보는 것 하나는 10년 후에 그를 만나는 장면이었다. 어디인지 정확히 알 수는 없지만, 아마 캘리포니아 북부 초원 지대 쪽 우회 도로에 인접한 소도시인 듯했다. 그는 더 나이 먹고 시들어가는 랜드를 똑똑히 알아볼 수 있었다. 알 수 없는 것은 랜드가 과연 변했을까 변하지 않았을까 하는 점이었다.

"어떻게 지냈어요?"

"안녕, 게리." 랜드가 어깨를 으쓱했다. "뭐, 그럭저럭. 너는? 보아하니 잘 지내고 있는 것 같군."

"요즘은 LA에 안 가요?"

"아, 어쩌다 한 번씩 가."

"LA에 가게 되면 나한테 연락해요." 게리가 말했다. "난 윌셔 근처에 살아요. 여기 내 명함……." 게리는 자신의 삶에 대해 설명하기 시작하는데, 그가 원했던 대로 얘기하지 못하고 바보스럽게 떠들어댔다. 그러는 자신이 싫어져서 말을 더 빨리했고, 말없이 기다릴 뿐인 사람에게 돈을 주듯 이야기 하나가 끝나자마자 새로운 이야기를 던졌다. 그에게서 돌아설 수가 없었다. 랜드의 얼굴에는 감사를 표하고 싶은 무언가가 있었다. 게리로 하여금 고맙다고 웅얼거리게 만드는 무언가가 있었다. 자, 이거랑 이거 가져가요. 게리는 말하고 있었다. 이것도 가져가고, 다 가져가요. 그는 스스로 체면을 깎고 있었다. 멈출 수가 없었다. 세레스 아니면 머데스토일 그곳의 날씨는 더웠다. 강물은 고여 있고 개울은 말라붙었다. 도시 너머에 펼쳐진 넓은 초원에서는 양들이 울어댔다. 랜드는 몸을 돌려 걸음을 옮겼다. 게리는 자기도 모르게 소리쳤다.

"이봐요, 랜드!"

그는 이 말이 하고 싶었다. 나를 봐요, 내가 다르다고 생각하지 않나요? 똑같은 사람이라는 게 믿어져요?

이 모든 것이 교회 위 눈부신 빛 속에 고립되어 있었다. 그들은 마치 교회의 검은 등지느러미 위에 있는 선원 같았다. 게리는 가장 높은 가로목 지지대와 돔 밑바닥의 홈통 사이에서 균형을 잡으며 다시 일하기 시작했다. 거기서 손을 뻗었다. 그의 비는 지붕 꼭대기에 닿을락 말락 했으나 완전히 닿지는 않았다.

"지지대를 하나 더 설치하는 게 좋겠어."

"난 괜찮아요."

그는 조금 더 손을 뻗었다. 빗자루 끝부분을 잡고 균형을 잘 유지하면서 가까스로 지붕 꼭대기에 비를 갖다 댈 수 있었다. 갑자기 승리감을 느꼈다. 그는 무게가 나가지 않는 한 마리 도마뱀이었다. 붕 떠 있는 듯한 기쁨 속에 존재했다. 그 순간 그의 인생에 절체절명의 위기가 닥쳤다. 발이 지지대에서 미끄러졌다. 그는 곧장 떨어지고 있었다. 지붕널을 붙잡으려 했다. 빗자루가 덜거덕거리며 지붕을 미끄러져 내려갔다. 그는 비명조차 지르지 못했다.

뭔가가 그의 팔을 쳤다. 손이었다. 손이 그의 손목으로 미끄러져 왔다.

"잡아!"

게리는 손이 아니라 나뭇잎이든 나뭇가지든 양동이의 손잡이든, 뭐든 붙잡았을 것이다. 그는 랜드의 손에 꽉 매달렸다. 발은 여전히 허공을 차고 있었다.

"잡아당기지 마." 랜드가 말하는 소리를 들었다. "잡아당기지 마. 계속 붙잡고 있지 못할 거야." 처음에 조금, 그런 다음 조금 더 미끄러졌다. 간신히 맺은 두 사람의 결의가 깨지고 있었다. "미끄러지지 않도록 해봐!"

"못 해요!" 게리는 공포에 질렸다.

"손가락을 지붕널 아래 넣어." 랜드가 잡고 있던 손을 빼기 시작했다. 차마 손을 빼겠다는 말은 하지 못했다.

"미끄러져요!"

"뭐든 잡아."

마침내 게리는 해냈다. 거의 손톱으로 지붕널 하나를 붙잡았다.

"거기서 버틸 수 있지?"

게리는 대답하지 않았다. 가까스로 괴물에 매달려 있었다. 랜드는 이미 그 자리를 떠났다. 그는 아래에 있는 비계를 밟고 달려서 황급히 가로목 지지대에 망치질을 하기 시작했다. 게리의 마지막 외침이 들려왔다.

"손이 미끄러지고 있어요!"

"이제 괜찮아. 지지대가 생겼어. 얼굴을 들어. 어디로 가고 있는지 볼 수 있게."

그들 아래에서 목사가 위를 쳐다보고 있었다. 목사의 손에는 떨어진 빗자루가 들려 있었다.

"별일 없지요?" 목사가 소리쳤다. 그는 경건해 보이는 외양을 멸시하는 현대적 인물이었다. 포르셰를 몰았고, 죽은 사람을 위해 기도할 때 여러 베스트셀러에 나오는 구절들을 짜깁기해 말했다. "이거 떨어뜨린 것 같은데요."

게리는 비계를 밟고 섰다. 그는 떨고 있었다. 온몸에 힘이 다 빠진 듯했다.

"고맙습니다." 할 수 있는 말은 그뿐이었다. 나중에 마당 근처 푸드 트럭에서 커피를 마실 때도 그 일에 대해 얘기하지 못했다. 여전히 정신이 멍한 상태였다.

"정말 아슬아슬했어."

세탁소에서 나온 하얀 작업복 차림의 여자아이들이 웃고 떠들면서 길을 건너고 있었다. 게리는 나약함을 느꼈다. 부끄러웠다. "비계가 나를 멈춰 세웠을지도 몰라요."

"비계를 지나 곧장 날아갔을 거야."

"설마 그랬겠어요."

"새처럼." 랜드가 말했다.

2

로스앤젤레스 상공에 차들이 오가는 희미한 소리가 실안개처럼 떠다녔다. 이른 시간의 청명한 공기는 차가웠다. 바람은 바다에서 불어왔다. 그 바람이 무엇보다 이 도시의 분위기를 자아냈다. 온화한 햇살이 가게와 차양과 모든 나무의 이파리 위로 쏟아져 내렸다. 햇살은 호화로운 집과 차도 위에 내려앉고 쇠락한 뒷골목으로 스며들었다. 다섯 자리 우편번호의 뒷골목 집들은 할로애비뉴, 인스웨이 같은 거창한 이름 아래 쇠잔해갔다. 사람들은 곧잘 두 개의 로스앤젤레스가 있다고 말한다. 때로는 그 이상의 로스앤젤레스가 있다고 말하기도 한다. 그러나 사실은 하나밖에 없다. 그곳에는 야자나무가 띄엄띄엄 심긴 6차선 도로가 있다. 도로의 한쪽 끝은 바다로 사라진다. 신화적인 섬 이름을 딴 작은 아파트들(날라니, 코나카이), 치과 병원, 멕시코 식당이 있고, 벤치에 앉은 여자들이 있다. 벤치 등받이에는 장의사 광고가 붙어 있다. 차들이 총알처럼 빠르게 지나간다. 산을 배경으로 우뚝 솟은 높은 빌딩들이 햇빛을 반사하고 있다.

거대한 파도에서 떨어져 나온 파도의 파편처럼 사람들에게 도외시된 채 외딴곳에 자리 잡은 어떤 구역들이 있다. 그중 하나가 팜스다. 뒷마당에는 철조망이 세워져 있다. '세놓습니다'가 적힌 간판들이 있다. 방충망에는 먼지가 수북하다.

페인트칠을 하지 않은 집이 지붕에 잎을 떨구는 자카란다 나무 아래 서 있었다. 시골에서 어렵지 않게 볼 수 있을 법한 집이었다. 현관을 따라 하얀 기둥 네 개가 늘어서 있었다. 마당에는 풀이 웃자라고 폐품들이 가득했다. 뒤쪽은 잡초가 무성한 뜰이었다. 창 하나에 전사지로 찍어낸 성조기가 붙어 있었다. 위로는 구름 한 점 없는 시리도록 푸른 하늘이 펼쳐져 있었다. 꼬리를 똑바로 치켜든 회색 고양이 한 마리가 조심스럽게 풀밭을 헤치며 나아가고 있었다. 비둘기 두 마리가 푸드덕 날아올랐다. 고양이가 앞발 하나를 들어 올린 채 그 모습을 지켜보았다. 진입로에는 햇빛에 노출되어 뿌옇게 빛바랜 머스탱이 서 있었다.

그 집은 샌타바버라에서 온 젊은 여자의 집이었다. 키가 크고 피부가 하얀 여자였다. 그녀를 멕시코인으로 보는 사람이 있을 거라고 상상하기 어려웠다. 머리칼은 검은색이었다. 그녀의 어머니는 자살하겠다고 자기 다리에 총을 쏜 적이 있는 사교계 인사였다. 아버지는 학교에서 현대 언어를 가르쳤다. 그녀의 이름은 루이즈 레이트였다. 알, 에이, 티, 이, 하고 덧붙이곤 했다. 특히 통화할 때 더 그랬다.

랜드는 거기서 1년 동안 살고 있었다. 공구 창고를 빌렸으니 엄밀히 말하면 그 집에서 살고 있는 건 아니었지만, 그렇다고 세입자도 아니었다. 첫 면담 때 두 사람 사이에 불안한 침묵이 흘렀다. 그녀는 당시 말을 하지 말자고 자신을 독려했고, 랜드는 그

때문에 어색한 침묵이 흘렀다는 사실을 나중에 알게 되었다. 그녀는 창고 문을 열고 앞장서서 안으로 들어갔다. 집 뒤쪽의 길고 좁게 지은 건물이었다. 그곳에는 침대, 옷장, 오래된 책들이 꽂힌 선반이 있었다.

"여기 있는 것들을 옮기고 싶으면 옮겨도 돼요."

그는 두리번거리며 주위를 살폈다. 천장은 선체船體처럼 흰색과 녹색이 번갈아가며 칠해져 있었다. 빈 병이 담긴 상자들이 눈에 띄었다. 집 안에는 라디오가 켜져 있었다. 라디오 소리가 벽을 통해 들려왔다. 그녀는 무뚝뚝하고 무심해 보였다. 그날 저녁 그녀는 일기장에 그에 관해 썼다.

루이즈는 게자리로 작은 이에 창백한 잇몸 그리고 조금 어색할 만큼 윤이 나는 팔다리를 지닌 여자였다. 그녀는 그를 이름이 아닌 성으로 불렀다. 처음에는 깔보는 것처럼 느껴졌다. 그러나 그녀의 방식이었다.

그녀는 비뇨기과 병원에서 일했다. 일하는 시간은 적당했고, 진료기록을 읽는 것도 즐거웠다. 그러면서 곧잘 나는 유배 생활을 하고 있어, 라고 말했다.

"좀 엉망이에요. 정리할 시간이 없었어요. 그래도 여긴 좋은 동네랍니다. 아주 조용해요. 당신은 어떤 일을 하나요?"

그는 그녀에게 말해주었다.

"그렇군요." 그녀는 대답하며 팔짱을 끼었다가 풀었다. 무슨 말을 해야 좋을지 몰랐다. 따뜻한 오후의 햇살이 쏟아져 내리고, 차들은 온갖 방향으로 달리고 있었다. 창문을 통해 이웃집들을 볼 수 있었는데, 그 집들은 마치 집 안에 있는 질병 때문인 것처럼 언제나 블라인드를 드리우고 있었다. 실제로 집 안에는 질병이 있었다. 소모된 삶이라는 질병이.

"어……." 루이즈가 무기력하게 말을 꺼냈다. 바람직한 삶이, 심지어 행복할 수 있는 삶이 손 닿는 곳에서 꿈틀거렸고, 그것이 그녀의 마음을 혼란스럽게 만들었다. "당신은 여기서 잘 지낼 수 있을 것 같아요. 이름이 뭐예요?"

처음 며칠 동안은 그녀를 거의 보지 못했다. 그리고 얼마 후 잠깐 문간에 나타나서 랜드를 저녁 식사에 초대했다.

"파티나 뭐 그런 건 아니에요." 그녀가 설명했다.

촛농이 식탁보에 떨어지고 있었다. 고양이가 싱크대에 놓인 그릇 사이를 걸어갔다. 루이즈는 와인을 마시며 랜드를 흘긋 훔쳐보았다. 그의 얼굴을 제대로 본 적이 한 번도 없었다. 그는 인디애나폴리스 출신이라고 말했다. 열두 살 때 온 가족이 캘리포니아로 이사를 왔다. 대학은 1년 다니고 그만두었다.

"학생 식당이 마음에 들지 않았어요." 그가 말했다. "음식도 마음에 안 들고 거기서 음식을 먹는 사람들도 견딜 수 없었죠."

그는 군대에 들어갔다.

"군대?" 그녀가 말했다. "군대에서 뭘 했는데요?"

"징집되었어요."

"싫지 않았어요?"

랜드는 대답하지 않았다. 그는 죄수처럼, 또는 선교의 집에 머무는 사람처럼 접시 둘레에 팔을 두른 자세로 앉아서 천천히 음식을 먹었다. 루이즈는 돌연 깨달았다. "아!" 그 말이 거의 입 밖으로 새어 나왔다. 그녀는 알 수 있었다. 그는 탈영병이었다. 그때 그가 고개를 들었다. 괜찮다고 조용히 말해주고 싶었다. 그녀는 존경 어린 눈으로 그를 바라보았고, 그를 완전히 신뢰했다. 오랫동안 자르지 않은 머리카락은 아주 길었고 콧구멍은 잘생겼으며 다리도 길었다. 그는 거의 눈에 보일 것 같은 자유로움으로 가득 차 있었다. 그녀의 눈에는 이제껏 그가 어디에 있었는지 훤히 보였다. 그는 이 나라를 횡단하며 헛간과 들판과 마른 강바닥에서 잠을 잤다.

"알겠어요……." 그녀가 말했다.

"뭘 알아요?"

"군대."

"아마 날 알아보지 못했을걸요." 그가 말했다. "믿지 못하겠지만 난 아주 열정적인 군인이었어요. 우리 부대에 밀스라는 이름의 대위가 있었죠. 그 대위는 마셜 장군이 죽어갈 때 밖에 모인 군인들의 합창에 대해서 얘기했어요. 군인들은 석양 아래 서서 장군이 가장 좋아하는 노래들을 불렀대요. 나는 바로 그 발상에 매료되었죠. 다른 동료들은 뭐 신경이나 썼겠어요? 하지만 난 그들과 달랐어요. 그렇게 믿었죠. 나는 진정한 군인이다, 나는 장교 후보생 학교에 입학해서 장교가 될 거다, 이 빌어먹을 군대를 통틀어 가장 뛰어난 장교가 될 거다, 그렇게 생각한 거죠. 그게 다 그 대위 때문이었어요. 그가 가는 곳이면 나도 어디든 가고 싶었죠. 그가 죽는다면 나도 따라 죽을 생각이었어요."

"정말이에요?"

"나는 그의 옷차림을 모방하고 걸음걸이를 따라 하곤 했어요. 군대는 소년원과 같아요. 다들 거짓말을 하고 속이죠. 그게 싫었어요. 누구하고도 말을 섞지 않았어요. 친구가 하나도 없었죠. 더러운 물에 오염되기 싫었던 거예요. 이런 얘기, 당신에겐 재미없을 거예요. 내가 왜 이런 얘기를 하는지 모르겠군요."

"재미있어요."

그는 잠시 말을 멈추고 확고한 믿음이 있었던 시절을 되돌아보았다.

"우리 부대에 선임 하사가 있었어요. 고참병이었는데, 자기 이름도 제대로 못 쓰는 사람이었죠. 우린 그를 보보라고 불렀어요. 난 그가 나를 좋아한다는 걸 알았어요. 얼마나 좋아하는지는 몰랐지만요. 맥주 파티가 열린 어느 날 밤 그에게 내가 진급할 가능성이 있는지 물어봤죠. 그때 기억은 절대 잊지 못할 거예요. 그가 나를 쳐다보며 가볍게 고개를 끄덕였어요. 그리고 말했죠. '랜드, 난 오랫동안 군 생활을 했어. 자네도 알잖아?' '무릎 팔 부대'에서. 정확히 그렇게 말했답니다. '우리 아버지는 해병이었어. 내가 얘기했던가? 중국 해병. 중국 해병에 대해선 들어본 적이 없을 거야. 그들은 이 세상 최악의 군인들이었지. 소총과 군화를 닦아 주는 하인들을 두고 있었어. 백인 러시아 여자 친구들도 있었고. 나 참, 심지어 군장을 꾸릴 줄도 몰랐어. 어렸을 때 그곳에서 자라서 모든 걸 다 기억해. 이 얘기도 해줄게. 난 한국전쟁에 참전했네. 오래전 일이지. 아주 격렬했어. 사이공베트남 수도인 호찌민의 전 이름에도 있었어. 아무튼 이런저런 전투에 다 참여했다네. 눈보라 속에도 뛰어들었어. 이틀이 지나도록 분대가 모이지 못한 적도 있었지. 야간전투에도 참여했고, 강물에 뛰어든 적도 있었어. 사실 그건 실수였지만. 나는 각양각색의 사람들을 알고 지냈어. 그래서 하는 말인데, 자넨 내가 본 최고의 군인 가운데 한 사람이야!"

"그분이 진심으로 한 말이었나요?"

"보보는 취해 있었어요."

"어떻게 됐어요?"

"난 상병도 달지 못했어요."

광활한 남녘의 밤이 내려앉았다. 밤의 불빛이 어디서나 반짝였다. 해안가의 집 안에서도, 늦게 문을 연 슈퍼마켓에서도, 극장의 흰 차양에서도 반짝였다.

"자," 그녀가 말했다. "와인 좀 들어요."

"난 고급장교가 될 수도 있었어요. 술집을 뻔질나게 드나들 수도 있었을 거라고요."

랜드의 파란 셔츠는 색이 바랬고, 얼굴은 묘하게 평온했다. 그는 면직된 장교처럼 보였다. 운명에 배신당한 사람처럼 보였다.

"난 당신이 탈영병인 줄 알았어요." 루이즈가 고백했다.

"배신자예요." 그녀는 그가 말하는 것을 들었다.

그날 밤 랜드는 루이즈의 침대에서 잤다. 안 그랬으면 그들은 적이 되었을 것이다. 그녀는 자신이 조바심을 내며 서두른다는 사실을 알았다. 아마 그는 알아차리지 못했을 것이다. 침대는 매우 넓었다. 그녀가 혼수로 마련한 침대였다. 시트 가장자리는 물결모양이었다. 이혼 후 처음이라고 그녀가 말했다.

"어머." 그녀가 신음했다. "믿을 수 있겠어요?" 잠시 후 덧붙였다. "나한테 해준 이야기, 사실이에요?"

"그럼요."

"해병 이야기도?"

"무슨 해병?"

다음 날 아침 그녀는 출근하러 그를 따라 집을 나섰다.

여자는 몰랐을 때 느꼈던 모습과 알고 나서 느끼는 모습이 다르다. 랜드가 루이즈를 좋아하지 않는 것은 아니었다. 그는 그녀가 접이식 거울 앞에 앉아 저녁 시간을 보내기 위해 치장하는 모습을 지켜보곤 했다. 그녀는 거울의 둥근 빛 속에 담긴 신비한 얼굴에 자아도취해 그를 알은척도 하지 않은 채 거울을 들여다보며 눈가를 검게 칠할 뿐이었다. 그녀의 목걸이들은 사슴뿔에 걸려 있었다. 벽에는 잡지에서 오려낸 사진들이 붙어 있었다.

"이 사람 누구지?" 랜드가 말했다.

"응?"

"당신 아버지인가?"

그녀가 흘깃 보았다.

"D. H. 로런스." 우물우물 말했다.

멋진 갈색 머리털에 콧수염을 기른 젊은 남자였다.

"이 사람이 누굴 닮았는지 알아?" 그가 신기해하며 말했다. 거의 믿을 수 없었다. 랜드는 루이즈에게 몸을 돌리고 그녀가 직접 추측해보게 했다. "루이즈……." 그가 말했다. "알아맞혀봐."

그녀는 자신의 모습을 들여다보고 있었다.

"입술이 이렇게 얇다는 걸 믿을 수 있어?" 그녀가 탄식했다.

그렇다, 그때 랜드는 루이즈를 좋아했다. 그녀는 활기가 없고 냉소적이었다. 행복해지고 싶었으나 그러지 못했다. 다른 남자들처럼 그가 떠났을 때, 그 사실은 루이즈에게서 그녀의 페르소나와 그녀에게 남아 있는 것들을 앗아가버렸다. 그녀는 항상 뭔가를 유보하고 경계하고 조롱했다. 아들을 참을성 없이 조급하게 대했고, 아들은 그걸 꾹 참아냈다. 아들의 이름은 레인이고 열두 살이었다. 그의 방은 복도 끝에 있었다.

"불쌍한 레인." 그녀는 종종 그렇게 말했다. "걔는 큰사람이 되진 못할 거야."

레인은 학교 성적이 안 좋았다. 교사들은 그를 좋아했고 친구도 많았지만, 그는 꿈속에서 사는 것처럼 굼뜨고 흐리멍덩했다.

랜드와 루이즈는 가끔 시내 어딘가에서 춤을 춘 뒤 지친 몸을 이끌고 밤늦은 시간에 집에 돌아와서, 레인의 방문을 지나 허정허정 복도를 걸어가곤 했다. 그녀는 소리가 나지 않도록 애썼고, 말을 할 때도 나직이 속삭였다.

그녀의 구두가 총소리처럼 날카로운 소리를 내며 바닥에 떨어졌다.

"오, 맙소사."

그녀는 너무 피곤해서 사랑을 나눌 수 없었다. 무도장에서 기력을 소진해버렸기 때문이었다. 그렇지 않았다면 건성으로라도 사랑을 나누었을 것이다. 두 사람은 발견되지 않은 범죄 현장의 시신들처럼 이른 새벽 미명에 반쯤 몸을 덮은 채 누웠다. 새들이 흩어지는 그날의 첫 번째 소리를 제외하면 사방은 완전한 정적에 잠겼다.

일요일이면 그들은 차를 몰고 바다로 갔다. 봄의 흰 빛깔 속에서 하늘은 온화한 푸른색, 아직 용광로의 뜨거움을 느껴보지 못한 푸른색이었다. 작은 집들, 목재 야적장, 쉬파리가 들끓는 시장. 해안가의 마지막 황량함. 로스앤젤레스 거리는, 은색 자동차와 비싼 정장을 입은 남자들은 그들 뒤에 있었다.

반쯤 벌거벗은 채 손에 수건을 들고 고속도로에서 해변을 향해 비탈길을 걸어 내려가는 모습은 가족 같았다. 해변이 가까워질수록 한결 흥미로워 보였다. 루이즈의 몸에는 이미 중년의 특징이라고 할 만한 뻣뻣함과 우유부단함이 배어 있었다. 오로지 자기 발에만 주의를 기울였다. 익살스럽고 우아한 손동작과 머리에 두른 스카프만이 그녀를 젊어 보이게 했다. 그 뒤에 체념한 듯 한 태도의 키 큰 랜드가 있었다. 그는 언제나 무언가가 자신을 구하러 올 거라는 사실을 아직 알지 못했다.

루이즈는 어느 날 술을 마시거나, 아마 코카인도 하게 될 여자였다. 몹시 예민하고 불안정했다. 자주 자신이 어떻게 보이는지, 무슨 옷을 입을 것인지 등에 관해 얘기했다. 그녀가 얼굴에서 모래를 털어내며 궁금해했다. "흰색 옷을 어떻게 생각해? 사람들이 '시어도어스'에서 입는 것 같은 순백색 옷."

"왜?"

"속에 아무것도 입지 않고 흰색 바지를 입는 거야. 위에는 흰색 티셔츠를 입고." 그녀는 파티에 참석한 자신의 모습을 상상하고 있었다. "립스틱의 빨간색과 눈가에 바른 약간의 푸른색을 빼곤 죄다 흰색인 거지. 어떤 남자가, 어떤 맵시 있는 남자가 내게 다가와서 이렇게 말해. '이봐요, 당신의 유두 색깔이 마음에 드는군요. 여기에 누구랑 같이 왔나요?' 난 아주 차분히 그 남자를 쳐다보며 이렇게 말하는 거야. '꺼져요.'"

그녀는 이런 환상을 만들어내고 그걸 실행에 옮겼다. 한순간 키스를 받아들였다가도 다음 순간 다른 데 마음이 가 있기 일쑤였다. 루이즈는 결코 랜드에게 확신을 갖지 못했다. 그가 자기 곁에 머물 것이라는 생각을 감히 해본 적이 없었다. 그녀는 앞으로 일어날 일이 두려워서, 위험이 다가오는 것을 의식하지 않고 싶어 하는 숲속의 새처럼 혼자 재잘거리며 경박하고 삐딱하게 굴곤 했다.

어느 날 아침, 랜드는 여명이 밝기 전 5시도 안 된 이른 시각에 일어났다. 바닥의 찬 기운이 발바닥으로 스며들었다. 루이즈는 자고 있었다. 그는 옷을 챙겨 들고 복도를 걸어갔다. 구겨진 시트 위에서 레인이 속옷 차림으로 자고 있었다. 팔은 자기 엄마의 팔처럼 곱고 매끄러웠다. 그는 아이를 가볍게 흔들었다. 아이가 눈을 번쩍 떴다.

"깼니?" 랜드가 물었다.

대답이 없었다.

"일어나렴."

3

차창에 김이 서렸다. 잔디밭에는 신문이 놓여 있었다. 거리는 텅 비었다. 버스들이 불을 켜고 달렸다.

고속도로에는 이미 차량들이 가득했다. 유령의 행렬 같았다. 도시 위에 구름이 한 겹 끼어 있었다. 동쪽 하늘은 더 밝았다. 거의 노란색이었다. 하늘의 밑바닥에서는 빛이 넘쳤다. 그러다 갑자기 붉은 해가 땅을 박차고 떠올랐다.

시내의 특색 없는 높은 빌딩들이 나타났다. 빌딩들은 마치 해를 향해 천천히 돌아서 알려지지 않은 얼굴을 더 자세히 드러내 보이는 듯했다. 태양에 의해 드러난 행성 같은 얼굴이었다.

도로표지판을 아른거리게 만드는 눈부신 빛에서 차들이 물결처럼 안쪽으로 흘러들었다. 약 20마일쯤 더 가자 마지막 아파트 건물과 모텔들 사이에 처음으로 넓게 트인 언덕이 나왔다. 차량의 행렬은 줄어들었다. 퇴근하는 간호사들은 집을 향해 차를 몰았다. 아침 햇살에 물든 일본인과 수염을 기른 흑인들의 얼굴은 경건한 신앙인의 얼굴처럼 보였다. 7시였다.

퍼모나 근처에 이르렀을 때 시야가 트이기 시작했다. 과수원, 농장, 빈 들판이 눈에 들어왔다. 한때 미국을 이루던 땅들이었다. 한결 평온하고 순수한 시골이 아늑한 구름에 감싸인 채 사방에 펼쳐져 있었다. 구름 아래에는 비를 머금은 푸른 공기가 드리워져 있었다. 오른쪽 차창 밖으로 묘비처럼 기울어진 하얀 물체가 꽤 많이 지나갔다.

"저건 뭐예요?"

랜드가 그것들을 흘깃 쳐다보았다.

"벌통."

하늘은 밝은 조각들로 부서지고 있었다.

배닝에서 옆길로 들어섰다. 이제 그들은 도시에서 멀리 벗어나 있었다. 적어도 한 세대世代는 벗어나 있었다. 집들은 평범했다. 트레일러와 절뚝거리는 개들이 있었다. 차는 메마른 언덕을 오르기 시작했다. 커브를 돌 때마다 반듯반듯 경지정리된 넓은 농지가 눈 아래 펼쳐졌다. 앞쪽의 땅들은 주인 없는 공터였다.

"여기서부턴 경치가 아주 좋아."

산은 점판암색을 띠었고, 해는 그들 뒤에 있었다. 은빛 고속도로가 깔린 넓은 계곡이 마지막으로 시야에 들어왔다. 그 너머로 수많은 산이 나타났는데, 봉우리들은 여전히 눈에 덮여 하얬다. 길은 평탄하고 조용했다.

"여긴 얼마나 높아요?"

"최소 600에서 900미터 정도."

관목이 사라졌다. 그들은 소나무 숲을 달리고 있었다. 도로변에는 눈 더미가 쌓여 있었다.

"저기, 개가 있어요."

"저건 코요테야."

코요테는 차가 가까이 다가가기도 전에 몸을 돌려 나무 사이로 사라졌다.

그들은 계곡과 작은 마을로 내려갔다. 주유소, 세모꼴 공원. 다 친숙한 것들이었다. 랜드는 어제 다녀간 것처럼 그 길을 잘 알고 있었다. 너바나, 라스트마일 같은 이름의 집들을 지나자 수목이 우거진 길이 나왔고, 녹색 물탱크 몇 개가 보였으며, 반구형 모양의 커다란 바위가 나타났다. 바위의 어깨 부분이 햇빛을 받아 반짝였다. 흥분과 전율이 그를 훑고 지나갔다. 하늘은 맑았다. 거의 9시가 다 되었다.

주차를 했고, 양쪽 차 문이 열렸다. 그들은 신발을 갈아 신었다. 랜드는 트렁크에서 조그만 배낭과 둘둘 말아놓은 로프를 꺼냈다. 선명한 붉은색 로프였다. 그가 앞장섰다. 큰길에서 벗어나 반쯤 감춰진 오솔길로 들어섰다. 잠시 길을 따라 내려가던 그들 앞에 이윽고 오르막길이 나왔고, 그들은 길을 오르기 시작했다. 키 큰 소나무 숲은 고요했다. 햇빛이 소나무 사이사이를 헤치고 들어와 숲의 바닥으로 스며들었다. 랜드는 꾸준히, 중간중간 거의 걸음을 멈추듯이 서두르지 않고 나아갔다. 여기서 힘을 낭비하는 것은 무의미한 일이었다. 그런데도 다리가 뻐근했다. 얼굴이 땀으로 번들거리기 시작했다. 그들은 한두 번 걸음을 멈추고 쉬었다.

"여기가 가장 어려운 부분이야. 이제 얼마 안 남았어."

"전 괜찮아요."

오직 빙하기만이 견뎌낼 수 있었을 큼지막한 뭉우리돌이 그들 위에, 주 암반의 바닥 가까이에 놓여 있었다. 암석은 본래의 크기를 잃은 것처럼 보였다. 숲속에 처박힌 듯했던 거대한 슬래브평평하고 매끄러운 넓은 바위들이 사라지고 보이지 않았다. 지금 보이는 것은 가까이에 있는 가장 낮은 슬래브뿐이었다.

랜드는 로프를 풀었다. 그런 다음 소년의 허리에 로프를 두 번 감고 매듭짓는 것을 지켜보았다. 로프의 다른 쪽 끝은 자기 허리에 묶었다.

"네가 먼저 올라갈래?"

처음에는 쉬웠다. 레인은 다람쥐처럼 타고난 민첩성으로 위로 올라갔다. 잠시 후 레인은 자신을 향해 외치는 소리를 들었다.

"거기서 멈추는 게 좋겠어!"

랜드는 오르기 시작했다. 바위는 따뜻하고 낯설었으며, 아직 호락호락 자신을 내어주지 않았다. 레인은 땅에서 약 12미터 되는 지점의 움푹 들어간 곳에서 기다리고 있었다.

"난 그냥 계속 올라갈게."

이제 그가 선등先登을 섰고, 소년이 빌레이확보라고도 함. 등반 중 발생할 수 있는 추락을 막기 위한 로프 조작 기술를 보았다. 랜드는 올라가면서 가끔 피톤암벽등반에서, 갈라진 바위 틈에 끼워 넣어 중간 확보물로 사용하는 금속 못. 하켄이라고도 함을 끼웠다. 피톤을 해머로 두드려 바위틈에 박아 넣었다. 그는 카라비너등산할 때 사용하는 강철 고리로, 암벽에 박은 피톤에 로프를 연결하는 데 쓺를 피톤에 걸었고, 그 카라비너를 통해 로프가 움직였다.

저 아래쪽에서 레인이 조그만 얼굴을 치켜들고 있었다. 랜드는 자신의 동작을 확신하며 쉽게 올라갔다. 그는 잘 보고 느끼고 시도하면서 별 어려움 없이 위로 올랐다.

바위는 바다의 표면과 같아서, 일정하긴 하나 결코 똑같지는 않다. 동일한 루트를 오르는 두 명의 등반가가 있다면 각자 다른 방식으로 등반할 것이다. 그들의 능력은 같지 않고, 자신감도 욕망도 같지 않다. 때로는 길이 좁아지고, 붙잡을 만한 것이 거의 없고, 선택의 여지가 전혀 없는—산의 요구 사항에 융통성이 없는—경우도 있지만, 대개는 등반가의 의사에 따라 자유로이 산을 오른다. 물론 원칙도 있다. 첫째는 로프에 관한 것이다. 로프는 안전을 위해 필요하지만 등반가는 항상 로프가 없는 것처럼 올라가야 한다.

"빌레이 해제!" 랜드가 소리쳤다. 그는 곧추선 슬래브 꼭대기의 좋은 위치에 이르렀다. 뒤에는 뚜렷하게 노출된 노두광맥, 암석 등이 지표에 드러난 부분가 있었다. 그는 나일론 띠를 노두 위에 얹어 고정시켰다. 그리고 느슨하게 남아 있는 로프를 다 끌어올려서 허리에 둘렀다. 필요할 경우 마찰력을 주기 위해서였다.

"빌레이 준비!" 그가 소리쳤다.

"출발!" 소년의 대답이 들려왔다.

레인은 주의 깊게 그를 지켜보았다. 그러나 아래에 있는 그로서는 알 수 있는 것이 많지 않았다. 장소에 따라 어떤 기술들이 있는 것 같았다. 올라갈 방법이 없어 보였지만, 로프가 그를 부드럽게 잡아당기자 어찌어찌 올라갔다. 산은 보기보다 더 가팔랐다. 레인은 몸이 가벼워서 날아다니듯 움직였다. 그는 아주 작은 홈에 매달렸어야 했는데, 비좁은 홀드등산에서, 암벽을 올라갈 때 손으로 잡거나 발로 디딜 수 있는 곳에서 발이 미끄러졌다. 레인은 간신히 몸을 가누었다. 곧 자신감이 떨어진 상태에서 발가락을 다시 원래 위치로 되돌려놓았다. 이 동작이 무척 힘들었다. 위를 쳐다보았다. 다리가 떨렸다. 깎아지른 듯한 위쪽 슬래브는 배의 옆면처럼 번쩍였다. 그 너머는 불타는 푸른색이었다.

그는 곤경에서 벗어나기 위해 정신없이 허둥대느라 자기가 해야 할 일을 잊어버리고 있었다. 손가락이 아팠다. 무거운 체념의 감정이 가슴을 짓눌렀다.

"왼발이 있는 곳에 오른발을 놔!"

"예?" 그는 비참하게 소리쳤다.

"왼발이 있는 곳에 오른발을 놓고 왼발을 내뻗어!"

손가락에서 힘이 빠져나가고 있었다.

"못 하겠어요!"

"해봐!"

레인은 자포자기의 심정으로 서툴게 시키는 대로 했다. 그의 발이 홀드를 찾았고, 손도 또 다른 홀드를 찾아냈다. 갑자기 구조된 것이었다. 그는 다시 움직이기 시작했고, 잠시 후에는 두려움도 잊었다. 랜드가 있는 곳에 다다르곤 히죽 웃었다. 레인의 실수였다. 바위에 너무 가까이 몸을 기댔고, 붙잡을 수 있는 홀드에서 너무 멀어져 있었다. 계획을 세우지 않고 움직였다. 그럼에도 불구하고 그는 지금 거기에 있었다. 마음 한구석에서 자부심이 피어올랐다. 땅은 저 멀리 훨씬 아래에 있었다.

왼쪽에 더 매끈하고 노출이 많이 된 어려운 루트에 다른 등반가 두 사람이 있었다. 랜드는 로프를 바로잡으면서 그들을 지켜보았다. 그들은 거의 아무것도 없는 암벽에 매달려 있었다. 머리털이 햇빛을 받아 흐릿해 보이는 선등자는 암벽에 납작하게 붙어 있었다. 두 팔은 양쪽으로 펼치고 두 다리는 각각 별개의 동작을 취하고 있었다. 그 사람은 극도로 어려운 상황에서도 바위를 떠받치고 있는 것처럼 일종의 힘을 발산했다. 타키츠캘리포니아에 있는 유명한 암벽 어디에도 다른 사람은 없었다.

그들을 지켜보던 랜드가 눈길을 돌렸다. 팔을 움직이며 평했다. "바로 저거야."

숲이 그들 아래로, 골짜기 아래로 떨어지고 있었다. 아직 정상까지는 거리가 멀었지만 그들은 침묵의 영역으로 들어섰다. 그곳엔 다른 종류의 빛, 다른 종류의 공기가 있었다.

"다음은 더 쉬워."

산은 그들을 받아들였다. 이제 자신의 비밀을 드러낼 준비가 되어 있었다. 불확실성이 사라졌다. 형편없는 홀드에 대한 두려움, 발가락 각도 때문에 겨우 발가락만 놓을 수 있는 곳들에 대한 두려움, 결정을 내리지 못하는 우유부단함이 사라진 것이었다. 한 동작에서 아무것도 얻지 못했다면 곧바로 다른 동작을 취해야 한다. 어쩌면 세 번째 동작을 취해야 할지도 모른다. 망설이면 홀드는 사라진다. 물러나버린다.

평평한 정상은 방치된 공원 모퉁이처럼 먼지투성이였다. 햇빛이 비치는 바위에 조금 전 보았던 두 등반가가 앉아 있었다. 낡은 셔츠에 등산 바지 차림이었다. 로프와 장비는 그들 발치에 놓여 있었다. 랜드가 가까이 다가가자 운동화를 신은 선등자가 고개를 들어 쳐다보았다.

"자네일 줄 알았어." 랜드가 말했다. "어떻게 지냈나, 잭?"

캐벗은 그저 아무것도 들고 있지 않은 여유로운 한쪽 손을 뻗었다. 그는 환한 미소를 띠었다. 광택 없는 이는 하얬는데, 고르지 않고 약간 삐죽삐죽해 보였다. 머리모양은 밤새도록 현관에서 잠을 잔 것처럼 헝클어지고 지저분했다. 그는 상냥하고 자신감 있는 사람이었다. 목소리에는 어떤 따스함이 배어 있었다.

“잃어버린 형제여.” 그가 말했다. “드디어 만났군. 앉게. 샌드위치 먹겠나?” 그가 샌드위치를 내밀었다. 우아하고 경쾌한 동작이었다. 햇빛이 그의 머리에서 반짝거렸다. 빛바랜 셔츠 속 어깨는 튼튼했다.

“저 아래에서 분투하는 걸 봤네.”

“자네도 저곳을 오른 적 있나?” 캐벗이 물었다.

“스텝 말인가?”

“올랐었군. 그렇지? 이 나쁜 자식.”

“나라면 그렇게 말하지 않을 거야.”

“그동안 어디에 있었나? 자네를 계속 찾았어.” 그런 다음 캐벗은 어떤 노래 구절을 흥얼거렸다. “누구는 그가 평범하게 시들어가고 있다고 말하지. 그는 심지어 대디 크레이그나 나 같은 쓸모없는 사람들과 등반한다네……. 이봐,” 그가 레인을 불렀다. 레인은 감히 그들 무리에 끼지 못하고 3미터쯤 떨어져 있었다. “이 친구 어땠어? 괜찮게 하든?”

랜드는 납작한 샌드위치를 나누고 있었다.

“수많은 사람에게 자네에 대해 물었어.” 캐벗이 말했다. “젠장. 아는 사람이 없더라고. 난 말이야, 자네 생각을 아주 많이 했어. 정말이야.”

랜드는 한때 유럽에 있었다. 전화기는 술집에 놓인 것이 유일하고 집의 벽 두께가 60센티미터나 되는 마을이었다. 그는 그곳에서 여름과 가을을 보냈다. 산악인이라면 누구나 알고 있는 치마그란데, 블레티에르, 워커스퍼 같은 산의 이름들이 이제는 그의 것이었다.

“워커는?”

"어, 우린 정상에 오르지 못했어." 캐벗이 시인했다. 그는 생각에 잠긴 듯 몸을 약간 앞으로 숙였다. "그건 다음에. 물론 그곳에 오를 기회는 2년에 한 번 정도밖에 오지 않겠지만. 자네, 거기 오르고 싶지 않아?"

"나?"

"프랑스에 가본 적 있지?"

"물론이지. 프랑스에 안 가본 사람도 있어?"

"자넨 가야 해. 샤모니에 가봐야 해. 상상 이상의 장소라네. 대여섯 시간 동안 빙하 위를 걸어 올라가면 빙하 밑에서 물이 흐르는 소리를 들을 수 있어. 등반은 또 어떻고!"

랜드는 부러워하는 마음과 함께 심장박동이 빨라지는 것을 느꼈다. 회한의 감정에 짓눌려 불행을 느꼈다. 다른 남자에게로 눈을 돌렸다.

"자넨 가봤나?"

"아니요." 배닝이 말했다. "난 그렇게까지 운이 좋진 않아요." 그는 의과대학생이었고, 따라서 등반할 수 있는 날이 많지 않았다.

목소리가 바람에 실려 날아갔기 때문에 레인은 그들이 하는 말을 알아들을 수 없었다. 제멋대로 편안하게 앉아 있는 그들의 모습이 눈에 들어왔다. 금발의 남자는 상체를 뒤로 젖힌 채 빙그레 웃고 있었다. 그의 발 근처에서 왁스를 입힌 종이 포장지가 나풀거렸다. 레인은 어린 시절 자신은 들을 의도도 없던 문제를 두고 부모가 논쟁을 하던 기억을 떠올렸다. 한마디도 제대로 상상할 수 없지만 지극히 많은 의미를 담고 있는 대화가 있는 법이다. 그는 그들 가까이 있다는 것에, 이토록 멀리까지 왔다는 것에 흡족해하며 조용히 앉아 있었다.

배닝은 원하는 만큼 산을 타기 전에 의사가 되어 등반의 세계에서 사라질 것이다. 잭 캐벗에 관해서는 말하기 어려웠다. 그는 여러 대륙의 산을 대상으로 계획을 세우는 사람이어서 산이 그를 놓아주지 않을지도 몰랐다. 산이 그를 신화적인 인물의 하나로 만들어줄 수도 있었다. 랜드에 관해 말하자면, 그는 훌륭하게 출발한 다음 떠나버렸다. 내면의 무언가가 약해진 것이었다. 오래전 일이었다. 그는 산울타리나 헛간의 어둠 속 어딘가에서 겨울을 난 뒤, 어느 날 아침 부스스하고 멍한 상태로 일어나 흙투성이가 된 몸을 털며 다시 삶 속으로 들어온 동물 같았다. 랜드는 앉아서 지난날을 떠올렸다. 지난날의 영광을 떠올렸다. 그는 높은 산이 주는 긴장과 전율을 기억했다.

"그분은 누구예요?" 레인이 물었다.

"아까 그 사람? 아, 내 친구."

그들은 말없이 내려갔다.

"함께 산을 탔나 보죠?"

랜드가 고개를 끄덕였다.

"등반 실력이 좋은 분인가요?"

"아주 좋아."

"그분, 멋져 보였어요."

"여기 조심해." 랜드가 경고했다. 그는 좀 더 천천히 움직였다. 바위의 경사가 가팔라져 있었다. "바로 여기서 떨어진 사람을 알고 있어."

"여기서요? 여긴 쉬운 곳인데." 레인이 이해가 안 된다는 듯이 말했다. "어떻게 여기서 떨어질 수 있어요?"

“달리다가 미끄러진 거란다.”

저 아래 반들반들한 뭉우리돌들이 있었다.

“저곳은 어려운 길이야.”

샤모니에서는 **에귀유**aiguille라고 부르는 크고 뾰족한 봉우리들이 눈에 덮여 있었다. 빙하는 오랜 세월에 걸쳐 한 시간에 반 인치씩 천천히 내려왔다.

4

집 뒤편에 잣나무 목재가 있었다. 그 잣나무는 이 땅이 형태를 갖추었을 때부터 오랫동안 거기에 있었다. 목재는 굳어졌고, 목재 조각들이 개미의 세계를 은폐해주었다.

랜드는 힘차고 리듬감 있게 해머를 휘두르며 통나무를 쪼개고 있었다. 쐐기가 나무를 파고들 때마다 대장간에서 쇠를 벼릴 때 나는 듯한 소리가 울려 퍼졌고, 나무가 쪼개지는 마지막 소리는 맑게 메아리쳤다. 아침이 그를 감쌌다. 햇빛이 내리쬐었다. 랜드는 셔츠를 입지 않았다. 그는 마치 금속성의 소음과 반짝거리는 햇살과 연기처럼 피어오르는 먼지에 잠겨 있는, 중세 전투 속의 한 인물처럼 보였다.

집 안에서 루이즈가 그 모습을 지켜보고 있었다. 마치 어떤 파괴적인 노동에 열중하는 남편을 보는 여자처럼 반쯤 체념한 채 조바심치는 눈초리로 이따금 흘깃거렸다. 레인은 자기 방에 있었다. 그도 해머를 휘두르는 소리를 들었다.

랜드의 차는 사라졌다. 그날 아침 팔았다. 나무를 파고드는 쐐기 소리는 꾸준하고 한결같았다. 그녀는 문으로 걸어갔다.

"랜드."

그가 고개를 들었다.

"그 정도 했으면 충분하지 않아?"

"조금만 더 하면 끝날 거야."

이윽고 그 일이 마무리되었다. 그녀는 그가 장작을 집 외벽에 붙여서 쌓는 소리를 들었다. 그가 안으로 들어와 손을 씻기 시작했다.

"이렇게 할 거라고 내가 늘 말했잖아. 아무튼 저 정도면 겨울을 나기에 충분해."

"훌륭해."

"저게 필요할 거야."

"난 불도 피우지 못하는걸." 루이즈가 말했다. 랜드는 손을 닦고 나서 허리에 달라붙은 나무껍질을 털어냈다. 그녀는 갑자기 자기로서는 이 모습을 기억할 방법이 없다는 사실을 깨달았다. 그는 이제 셔츠를 입고 단추를 잠글 것이다. 이 모든 것은 그냥 사라지고 말 것이다. 그녀는 손을 뻗어 그를 안고, 무릎을 꿇어 애원하고 싶은 부끄러운 충동을 느꼈다.

전날 저녁 그들은 술집에 갔었다. 시끄럽고 붐비는 술집이었다. 랜드는 그녀에게 해야 할 말이 있었다. 떠날 거라고 말했다. 그 말은 그녀의 귀에 거의 들리지 않았다.

"뭐?"

그가 떠날 거라는 말을 반복했다.

"언제?" 그녀가 바보같이 물었다. 그나마 할 수 있는 말은 그것뿐이었다.

"내일."

"내일……." 그녀가 말했다. "어디로 갈 건데?" 그녀는 그에게 상처를 주고, 그리하여 그를 집에 붙잡아둘 수 있는 어떤 날카로운 말을 생각해내고 싶었다. 그러나 대신에 이렇게 중얼거렸다. "있잖아, 난 정말 당신을 좋아했어."

"돌아올게."

"진심이야?"

"그래."

"언제?"

"그건 모르겠어. 1년 뒤에. 어쩌면 2년 뒤."

"뭐 할 거야? 다시 산에 오를 거야? 레인 말로는 당신의 옛 친구들을 만났다던데."

"친구들이 아니고 친구."

"그 친구도 같이 가?"

"아니."

그녀는 자신의 술잔을 들여다보았다. 애써 웃음을 지으려다가 갑자기 고개를 돌렸다.

"당신 괜찮아?"

그녀는 대답하지 않았다.

"루이즈."

울고 있었다.

"그러지 마……."

"아, 괜찮아." 그녀가 말했다. 이제 콧물까지 흘리고 있었다.

"……집에 데려다줄게."

"집에 가고 싶지 않아."

옆 테이블에 앉은 사람이 물었다. “무슨 문제가 있으신가요?”

“당신 일이나 신경 쓰시죠.” 랜드가 말했다.

“그래요.” 그녀는 이미 일어나서 자기 물건을 챙기고 있었다.

집으로 가는 차 안에서 둘은 말이 없었다. 루이즈는 차 문에 몸을 기댄 채 좁은 어깨를 앞으로 수그리고 앉았다. 두 다리를 비스듬히 들어 올리고 팔은 팔짱을 낀 자세로 곤충처럼 몸을 접고 있었다.

아침이 되었을 때 그녀의 얼굴은 병이 난 사람처럼 부어 있었다. 그는 그녀의 숨소리를 들을 수 있었다. 어쩐지 의식적으로 내는 소리 같았다. 슬픔에 잠긴 그 소리는 한숨에 가까워 보였다. 귀 기울여 듣고 있자니 점점 더 커지는 것처럼 느껴졌다. 그는 문득 새벽녘에 도시를 가로지르며 날아가는 제트기 소리를 떠올렸다.

랜드는 신발과 낚시 장비와 옛 여자 친구가 준 편지 한 묶음이 담긴 판지 상자 몇 개를 남겨두었다. 카우아이섬 출신인 그녀는 어느 날 밤 랜드의 손바닥을 칼로 벤 다음, 그들의 사랑이 빠져나가지 못하게 하려고 그 손을 자기 입으로 가져가서는 피를 마셨다.

5

제네바에는 비가 내리고 있었다. 버스 정류장은 교회 뒤에 있었다. 운전사가 나타났을 때 승객은 몇 명 없었다. 운전사는 운전석에 앉아 시동을 걸고 버스를 몰았다. 그는 끊임없이 움직이는 앞 유리창 와이퍼의 박자와 운전대 아래 라디오에서 흘러나오는 코미디언의 목소리에 맞추어 운전을 하면서 교통의 흐름 속에 진입했다.

버스는 곧 조그만 도시의 거리를 요란스럽게 달리며 건물들을 스치듯 지나갔다. 약국, 녹색 나무들, 슈퍼마켓 등을 지나갔다. 앞자리를 차지한 랜드는 그 모든 것들보다 더 높이 앉아 있었다. 버스가 철길을 건널 때, 그는 정원과 목재 야적장과 머리가 젖은 채로 빗속을 달리는 여자아이들을 내려다보았다.

하늘이 창백해졌다. 몇 초 후 가까운 곳에서 대포 소리처럼 불길한 천둥소리가 들렸다. 그 소리는 마치 서둘러 국경을 넘어 양쪽으로 넓게 펼쳐진, 안개로 축축한 들판을 헤치고 나아가 어서 전투에 참전하라며 그를 몰아대는 것 같았다. 여름이었다. 강물은 뿌연 녹색이었다. 다리가 보이고 헛간이 보이고 마당에 쌓인 빈 병 상자들이 보였다. 가끔 구름 사이로 얼핏 산들이 보이기도 했다. 그는 프랑스어를 할 줄 몰랐다. 상점과 특이한 간판들이 눈에 띄는 어수선한 마을들……. 그는 그것들을 심각하게 받아들이지 않았다. 동시에 알고 싶어 했다.

마주 오는 차들에서 유황색 불빛이 보이기 시작했다. 비는 그쳐 있었다. 산은 연무 속에 숨어 있었다. 무대가 준비되는 듯하더니 갑자기 살랑슈에서 계곡이 모습을 드러냈다. 그 끝에 뜻밖에도 햇빛에 물든 위대한 유럽의 봉우리 몽블랑이 있었다. 눈 덮인 산은 상상하는 것보다 더 크고 가까워 보였다. 처음 본 그 엄청난 형상이 그의 인생을 바꾸었다. 몽블랑은 한없이 느리게 머리 위로 파도처럼 솟아올라 그를 익사시키는 것만 같았다. 그 산에 저항할 수 있는 것은 무엇도 없고, 살아남을 수 있는 것도 없었다. 붐비는 터미널과 도시와 비를 거쳐 오는 동안 랜드는 막연하지만 어떤 황홀한 희망과 기대를 품고 있었다. 그는 긴 여행에 맥이 빠져 병든 닭처럼 졸고 있었는데, 어느 순간 구름이 갈라지며 밝은 빛 속에서 그 모든 것의 상징이 우뚝 드러났다. 심장이 뛰었다. 마치 그가 도망치고 있는 것처럼, 범죄를 저지른 것처럼 이상하고도 강렬한 방식으로 뛰고 있었다.

버스는 저녁에 샤모니에 도착했다. 역 앞 광장은 조용했다. 하늘은 여전히 밝았다. 랜드는 버스에서 내렸다. 6월 중순인데도 공기가 차가웠다. 택시 한 대가 와서 다른 승객 두 사람을 태우고 호텔로 떠났다. 그는 혼자 남겨졌다. 마을은 텅 비어 있었다. 그는 자신이 이곳을 잘 알고 있는 것 같은 이상한 인상을, 경고에 가까운 인상을 받았다. 곧 뭔가를 확인하려는 것처럼 주위를 둘러보았다. 역 앞쪽에 위치한 호텔들은 문을 닫은 것 같았다. 한 호텔 입구에 불빛이 보였다. 개 한 마리가 종종걸음을 치며 낮은 지붕의 가장자리로 가서 그를 쳐다보았다. 나무 위쪽에는 하루의 마지막 햇살이 스며 있었다. 그는 휴대용 침구와 배낭을 챙겨 들고 걷기 시작했다.

선로를 가로지르는 다리가 있었다. 그는 시내에서 멀어지는 그 방향으로 걸었다. 잠시 후 흙길이 나왔다. 소나무들이 어두워지기 시작했다. 그리고 잡초가 무성한 정원의 큰 집에 다다랐다. 녹슨 난로, 화분, 망가진 의자 같은 온갖 종류의 폐기물들이 집 옆에 쌓여 있었다. 문 위에 금속 간판이 있었다. '샬레 어쩌고저쩌고'라고 쓰인 간판이었다. 글자는 빛이 바래 희미했다. 여닫이창은 벽 안쪽 깊숙이 있었고, 덧문은 닫혀 있었다. 그는 불빛이 보이는 뒤쪽으로 돌아가 노크했다.

한 여자가 문으로 다가왔다.

"잠잘 곳이 있습니까?" 그가 물었다.

여자는 대답하지 않았다. 그녀는 집 안의 어둠을 향해 누군가를 불렀고, 잠시 후 다른 여자가, 그녀의 어머니가 나타나서 그를 데리고 몇 층 걸어 올라가 하룻밤에 10프랑이면 묵을 수 있는 방으로 안내했다. 그녀는 두 손을 들고 손가락 열 개를 다 펴서 분명히 표현했다. 방에는 아무것도 씌우지 않은 매트리스를 깐 침대가 있었다. 이미 누군가의 물건이 있었다. 신발과 장비들이 벽 옆에 널려 있었으며, 한 칸짜리 선반 위에는 빵 한 덩어리와 알람 시계가 놓여 있었다.

"이 방으로 할게요."

전구가 하나 달린 화장실이 있었다. 모든 것이 꾸미지 않고, 페인트칠도 하지 않은, 다만 세월과 더불어 때가 탄 것들이었다. 그날 밤 랜드는 저녁도 먹지 않고 잠자리에 들었다. 다시 비가 오기 시작했다. 처음에는 소리를 들었고, 얼마 있다가 창문 밖에서 내리는 비를 보았다. 많은 것을 냄새로 아는 짐승처럼 그는 심란하지 않았고, 오히려 평온하기까지 했다. 담요 냄새, 나무 냄새, 흙 냄새, 프랑스 냄새…… 이 모든 냄새가 친숙하게 느껴졌다. 침대에 누운 그는 육체적인 차분함보다는 훨씬 더 깊은 어떤 것, 삶 자체의 고동 같은 것을 느꼈다. 확고한 기쁨이, 따뜻함과 충만한 행복감이 차올랐다. 무엇을 주고도 살 수 없는 것들이었다. 비가 내리고 있고, 그는 조용히 숨을 쉬고 있었다. 그 어떤 것도 이를 대신할 수 없었다.

6

샤모니는 한때 훼손되지 않은 아름다움을 간직한 마을이었다. 비록 지금은 너무 많은 사람이 찾아오고 건물 또한 과도하게 늘어났지만, 그래도 남아 있는 자취—좁고 굽이진 거리, 튼튼한 헛간, 허물어지고 방치된 두꺼운 벽—는 이 마을의 전통적인 특징과 사라진 풍취를 드러낸다. 마을은 산속의 깊은 V자 지형인 아르브 계곡에 자리 잡고 있으며, 암석 가루가 섞여서 물빛이 뿌연 아르브강이 거리 옆을 세차게 흐른다. 빙하의 돌출부가 옆에 붙은 몽블랑 아래쪽 비탈이 이 마을에 그늘을 드리운다.

알프스는 비교적 최근 시기인 4, 5세世. 지질시대를 구분하는 단위 전에 지각변동으로 습곡 작용이 일어나 지층이 밀려 올라가 생긴 젊은 산맥이다. 몽블랑 자체는 더 오래되었다. 몽블랑은 공룡시대보다도 더 오래된 시기에 광대한 단층에 의해 형성되었다가 유럽을 뒤덮었던 바다에 잠겨 사라진 지괴산지다. 이 옛 시대의 화강암이 알프스가 태어났을 때 다시 솟아올랐는데, 주변 모든 것보다 더 높이 솟아올라 유럽에서 가장 높은 지점이 되었다.

몽블랑을 둘러싼 **에귀유**라는 한 무리의 첨봉과 뾰족한 봉우리들이 있는데, 이것들이 100년 이상 산악인들을 끌어모았다(처음에는 영국인들이, 이후 각국 사람들이 찾아들었다). 언뜻 보면 에귀유가 무수히 많아 보인다. 그것들은 활모양으로 열을 지어서 남쪽과 동쪽으로 뻗어 있는데, 그랑드조라스산 같은 거봉들은 가까이에 있는 산들에 거의 가려져 있다.

북벽은 가장 춥고 일반적으로 등반하기 가장 어려운 곳이다. 그곳은 해를 아주 적게 받는다. 때로는 하루에 한두 시간 정도밖에 해가 들지 않고, 1년 내내 눈에 덮여 있는 경우가 많다. 겨울은 춥고, 여름은 짧으며 대체로 날이 흐리다. 주민들은 튼튼하고 자립심이 강한 산사람들이다(오랫동안 샤모니의 가이드를 할 수 있는 자격은 이 계곡에서 태어난 사람들에게만 주어졌다). 한편 새로 생긴 길들이 이 마을을 세계로 열어주었다. 7, 8월에는 엄청난 인파가 몰려든다. 식당, 호텔, 심지어 산에도 사람들이 가득하다. 9월이 되면 마치 포고령이라도 내려진 듯 모든 사람들이 사라지고, 밤에 칼튼CARLTON. 샤모니에 있는 '레지당스 칼튼Résidence Carlton'을 말함이라고 쓰인 푸른색 글자만이 텅 빈 거리 위에 애처롭게 빛난다.

며칠 동안 비가 내렸다. 구름이 산을 가리고 차가운 비가 끊임없이 내렸다. 실내에 습기가 스며들었다. 랜드는 체크무늬 셔츠 차림에 부츠를 신고 난로 옆에 앉았다. 첫날 오후 비에 흠뻑 젖어 돌아온 두 젊은 독일인이 이따금씩 한두 마디를 내뱉었다. 고약한 날씨야. 그런 말을 하곤 했다. 남풍은 언제나 고약해. 저 사람 어디 출신이라더라? 아, 캘리포니아! 그들은 고개를 끄덕였지만 랜드는 해줄 말이 없었다.

그러던 어느 날 날이 개었다. 산이 나타났다. 어디든 움직임이 활발해졌고, 사람들은 그걸 느낄 수 있었다. 양철 지붕과 조그만 가게들이 있는 샤모니가 햇빛을 받으며 나왔다.

우체국 내 전화 부스의 문들이 끊임없이 열리고 닫혔다. 직원들의 높고 성마른 목소리가 허공에 울려 퍼졌다. 랜드는 줄을 섰다. 앞에는 이틀 동안 수염을 기른 한 일본인이 서 있었다. 그 사람은 우푯값을 치르려고 조그만 캔버스 가방을 뒤졌다. 그 안에서 지갑을 꺼내 열었다. 더 작은 지갑이 또 하나 있었다.

"저걸 좀 봐요. 저게 믿어져요?" 랜드가 말했다. 뒤에 수염을 기른 얼굴이 있었다. 미국인의 얼굴이었다.

"저 사람은 이제 돈이 모자라다는 걸 알게 될 거예요."

일본인은 지갑을 흔들어서 동전 몇 개를 카운터에 떨어뜨렸다. 동전이 더 있을 거라고 믿는 게 분명했다. 다시 지갑을 흔들었다. 달랑 동전 하나만 떨어졌다. 그것으로는 부족했다.

"내가 돈을 빌려줘야겠어요." 랜드가 말했다. "아니, 저 사람들은 편지 한 장 한 장 다 무게를 재나요?"

"때로는 우표를 붙이고 나서 다시 무게를 재기도 한답니다."

"그러는 이유가 뭐죠?"

"오, 그러지 말아요. 이유 따위는 없어요. 전에 프랑스에 와본 적 없나요?"

그의 이름은 폴 러브였다. 샤모니에서 세 번째 시즌을 보내는 여행사 직원이었다. 그는 인상을 써가며 이곳에서 보았던 장면들을 이야기해주었다. 그중에는 과일을 훔치거나 달랑 맥주 한 병 마시면서 몇 시간을 죽치고 있는 뻔뻔한 영국인 이야기도 있었다. 일본인들은 다르다고 했다. 그들은 떼로 몰려오며, 산 어디서

든 볼 수 있고, 크랙바위에 갈라진 틈새에서 잠을 자거나 몸이 뒤집히기도 하고, 수시로 떨어진다고 했다. 공중에 있는 일본인을 보는 것은 드문 일이 아니라고 했다.

"그들 중 절반 정도만 왕복 티켓을 구입해요." 그가 말했다. "당신은 어디에 묵고 있나요?" 사람들이 떼 지어 나타나기 전인 지금이 캠프를 구축하기 좋은 때라고 그가 조언했다.

"당신은 어디에 캠프를 설치했나요?"

"날 따라와요."

그가 길을 인도했다. 두 사람은 마터호른을 맨 처음 오른 윔퍼가 묻힌 묘지를 지나갔다. 그 너머는 숲이었다. 양치식물과 울창한 녹지가 사방에 널려 있었다. 여기서는 마을이 보이지 않았다. 보이는 거라곤 하늘과 맞은편에 우뚝 솟은 브레방의 가파른 암벽뿐이었다.

"여기는 어디예요?"

"비올레." 러브가 말했다. "한 해가 시작되고 나서 시간이 많이 지나면 냄새가 썩 좋지는 않아요."

그는 이미 랜드에 대한 판단을 마쳤다. 옷차림과 팔뚝의 핏줄과 소중히 다루는 장비로, 그리고 무엇보다도 그의 내면 어딘가에 자리 잡은 어떤 냉정함으로 판단을 내렸다. 평판이나 이름으로 랜드를 알아차린 것이 아니었다. 그런 것은 아무런 의미도 없었다. 그는 자신의 판단을 전적으로 확신했다.

"어디를 등반한 거예요?" 러브가 물었다.

"아직 아무 데도 안 올랐어요."

"당신은 보나티 필라1955년에 이탈리아의 등반가 발터 보나티(1930~2011)가 혼자서 오른 드뤼 남서벽 루트를 오르는 것으로 시작하는 마니아 부류는 아니군요."

"그럼요. 이제야 계획을 세우고 있을 뿐인걸요. 당신은요?"

"나도 여름 내내 그러고 있어요. 해보고 싶은 게 있나요?"

"당신이 하고 싶은 거라면 뭐든." 랜드가 붙임성 좋게 말했다.

그들은 라슈날 봉을 오르기로 결정했다. 러브가 그곳 상황이 나쁘지 않다고 들었다. 그리고 그의 말에 따르면, 등반 방법을 상상해볼 수 있었다.

"등반의 난이도는 어떤가요?"

"T. D. 등급이에요. **트레 디피실**Très Difficile'매우 어려운'이라는 뜻의 프랑스어. '국제 프랑스어 형용사 체계'에서 사용하는 여섯 단계 등반 등급 중 네 번째로 높은 난도에 해당하는 등급. 사실 난 세계 정상급 수준의 등반가는 아니에요." 러브가 시인했다.

"그래요?"

"그렇지만 어떻게 등반해야 하는지는 알죠."

푸른 숲속에서, 비에 젖은 싱그러운 흙냄새 사이에서, 순수하고 고요한 대기 아래에서, 거의 우정이라 할 만한 것이 두 사람 사이에 싹텄다. 땅 위에는 오래전의 캠프파이어로 까맣게 그을린 돌들이 있었다. 러브의 안경이 반짝였다. "러브와 랜드, 그건 모래와 사막 같은 관계……."

"장갑과 손 같은 관계는 어떤가?"

"그게 더 낫네!"

그들은 차를 끓여 마셨다. 즐거운 오후가 지나갔다.

그들은 이른 아침에 몽블랑 옆쪽의 낮은 바위 능선인 **콜드로뇽**을 향해 나아갔다. 아직 햇볕에 녹지 않은 발밑의 눈은 단단했다. 낯설고 알 수 없는 거대한 봉우리와 첨봉들이 사방에 널려 있었다.

그들은 로프를 묶지 않고 약간 어색하게 걸었다. 지형은 가팔랐다.

"눈 상태가 좋군." 러브가 말했다.

잠시 동작을 멈추었을 때 랜드가 불쑥 물었다. "자기 제동설상 등반 시 불의의 추락을 멈추는 데 사용하는 피켈 기술 방법을 알고 있나?"

"아니."

"내가 보여줄게. 비탈에서 떨어지려 할 경우엔 먼저 픽pick. 피켈에서 얼음을 찍는 곡괭이 기능을 하는 부분을 사용하게." 랜드가 자신의 피켈로 시범을 보였다. "그런 다음 에지피켈에서 얼음을 깎는 기능을 하는 부분. 블레이드라고도 함를 쓰는 거야. 둘 다 효과가 없을 땐 샤프트피켈에서 지팡이 기능을 하는 부분를 때려 박아야 해."

설명을 듣자 어떤 모호한 위험의 문이 열리는 듯한 기분이 들었다. 러브는 서로 로프를 묶고 오르는 게 나을 것 같다고 생각했지만 아무 말도 하지 않기로 작정했다. 그는 다시 출발했다. 얼마 후 그가 손가락을 들어 가리켰다.

"드디어 나왔어."

그들은 바위 능선을 넘은 다음 오른쪽으로 돌았다. 그가 가리킨 암벽에 이른 아침의 햇살이 비쳤다. 240미터나 되는 무연탄 덩어리 같은 벽이었다. 뒤로 더 큰 봉우리들이 있었지만, 상대적으로 작은 크기에도 불구하고 마치 저절로 눈길이 가는 군중 속의 위협적인 얼굴처럼 그 암벽이 눈에 띄었다.

발치에서 랜드가 올려다보았다. 손을 뻗어 암벽을 만졌다. 잠이 든 것처럼 표면이 차가웠다. 이 루트가 시작되는 곳에 수직 크랙이 있었다. 그는 어떤 이유에선가 여기서, 이 외딴 곳에서 자신의 등반 능력이 사라져버리기라도 한 듯 갑자기 불안감을 느꼈다. 자신감을 상실했다. 바위에 손을 얹고 첫 번째 발의 홀드를 찾은 다음 오르기 시작했다. 천천히 조금씩 나아가자 불안감이 없어졌다. 그는 위로 올라갔다.

랜드는 첫 번째 빌레이 자세를 취할 때 스웨터를 벗어 배낭에 쑤셔 넣었다. 햇볕은 따뜻했다. 아래에서 러브가 올라오고 있었다. 수염은 이미 헝클어진 상태였다. 얼굴을 들자 젊은 시절의 카를 마르크스처럼 보였다.

랜드는 편안했다. 홀드가 어디에 있을지 본능적으로 알 것 같았다. 피톤이 여러 곳에 박혀 있어서 등반 루트를 찾기는 어렵지 않았다. 그는 올라가면서 그 피톤들을 제거하여 자신의 장비 걸이에 걸었다.

"피톤을 빼내면 안 될 것 같은데." 러브가 말했다. "사람들이 시간을 절약하기 위해 거기에 남겨둔 거잖아."

"자기가 직접 설치하지 않은 피톤은 절대 믿어서는 안 돼."

"진심으로 하는 말이야?"

"물론이지. 빌레이 준비됐나?"

"빌레이 준비 완료."

"여긴 수평으로 횡단하며 등반하는 구간이야. 자넨 이걸 좋아하게 될걸세."

러브는 심리적으로 위축되었다. 랜드가 아무런 언급 없이 지나간 곳에서 자신은 힘겹게 바둥거렸다. 자기 페이스대로 등반해야 한다는 점을 알고 있었지만, 자신이 더 느린 데다 누군가가 기다리고 있다는 사실을 의식하지 않을 수 없었다. 그는 다음 홀드 외에는 아무것도 생각하지 않으려 애쓰면서 손가락을 구부리고 눈앞의 바위를 응시했다.

햇볕은 이제 온 힘을 다해 그들을 내리눌렀다. 일종의 현기증이, 자포자기가 러브를 덮쳤다. 저 아래에 있는 빙하와 눈밭의 하얀 빛이 아른거리면서 피어오르는 것 같았다. 하늘은 티 없이 푸르렀다.

30분 후 두 사람은 위에서 무슨 소리가 나는 것을 들었다. 목소리였다. 암벽을 살펴보았다.

"저쪽."

그들이 올라가려고 하는 바위 능선 근처 오른편에 사람이 둘 있었다. 랜드가 느꼈던 어떤 기쁨이 사라졌다. 두 사람만 있는 게 아니었다. 그들은 다른 두 사람을 뒤따르고 있었다. 러브가 귀를 기울였다.

"프랑스어야."

빨간 스웨터를 입은 선등자는 후등자와 이야기를 나누다가 피톤을 박으려고 해머로 눈을 돌렸다. 그가 피톤을 비스듬히 한 방 쳤다. 피톤이 튀어나왔다. 강철 도구는 쨍그랑 소리를 내며 저 아래 바위에 부딪쳤다가 곧장 떨어져 내렸다. 잠시 번쩍이더니 평평한 빙하가 있는 곳으로 사라졌다.

"젠장Merde." 그들은 서로를 향해 웃고 소리쳤다. 그들의 목소리가 떠내려왔다. 선등자는 또 다른 피톤을 박으려 했다. 그것도 튀어나왔으나 이번에는 붙잡았다. 그는 갑자기 무력감과 좌절감을 익살스럽게 드러내 보이려고 몸을 축 늘어뜨렸다.

오래지 않아 랜드와 러브는 그들을 거의 따라잡았다. 랜드는 이제 두 번째 사내의 위치에서 5미터 정도 아래에 있었다. 거기서 옴짝달싹 못 하고 한없이 기다려야 했다. 짜증이 났다.

"여보세요!" 그가 소리쳤다.

위에 있는 사내가 흘깃 내려다보았다.

"우리, 올라갈 수 있을까요?"

그들이 프랑스어로 뭐라고 소리쳤지만 랜드의 말에 대답하지는 않았다.

갑자기 선등자의 발 가까이에서 뭔가가 돌출되더니 빠르게 움직였다.

"바윗돌!" 랜드는 벽을 껴안았다. 돌은 암벽에서 튀어나와 호를 그리며 지나갔다. 신발 상자 정도 크기의 돌이었다. 돌이 아래쪽 암벽에 쿵 하는 폭발음을 내며 부딪치는 소리가 들렸다.

"이 개자식!" 랜드가 소리쳤다. "너 같은 놈은 등반하면 안 돼! 골프나 쳐!"

러브가 랜드 옆으로 올라왔다.

"하마터면 저 돌에 맞을 뻔했어."

"저 자식, 다음번엔 더 큰 돌을 발로 차서 떨어뜨릴 거야."

"늦기 전에 소리쳐서 얘길 좀 해봐." 러브는 도리 없이 암벽에 몸을 바싹 붙였다. 수염이 마구 흐트러져 있었다. "내 반사신경은 항상 좀 느려. 아무튼 더 큰 돌 얘기는 진심으로 한 말이 아니길 바라네. 한때 블레티에르산의 암벽 전체가 심하게 훼손된 적이 있었지."

"저런 녀석들이 등반해서 그런 걸 거야."

"사실 프랑스인들은 아주 훌륭한 산악인이야. 어느 누구 못지않지. 이탈리아 사람들도 그렇고. 독일 사람들은 그다지 좋아하지 않아. 산을 훼손한 사람들 명단에 독일인들이 포함되어야 할 거라고 생각해." 러브가 말했다.

그는 아래를 흘끗 내려다보았다. 중간쯤 올라왔다. 저 아래 빙하가 아주 작아 보였다. 자신이 어딘가 다른 곳에 있는 듯한 느낌이 들었다(전에도 여러 번 이런 기분을 느꼈다). 어떤 끔찍한 일이, 물리법칙이 정지된 무슨 일이 일어날 것만 같고, 그가 알고 있는(확신하고 있으며 기대하고 있는) 모든 것이 혼돈의 순간에 녹아버릴 것만 같은 곳에 있는 듯했다. 그는 자신이 떨어지는 모습을 보았다.

이 느낌과 자신감이 번갈아 찾아들었다. 한 층의 연약함이 벗겨지면 그 밑에 더 강하고 영적인 것이 남아 있었다. 그는 자신이 어디에 있는지, 조금 전 어떤 느낌을 받았는지 거의 잊어버렸다. 그는 신처럼 고요한 봉우리들을 휘둘러보았다. 봉우리들이 발산하는 광대함과 고요함에 경외심을 느꼈다. 어떤 의미에서는 그도 그것들의 일부였다. 무슨 일이 일어나든 위엄은 커질 것이고, 심지어 정당화되기까지 할 것이다. 등반이 해볼 만한 것이라는 생각이 들었고, 동반자에게 그지없는 친근감이 느껴졌다. 랜드의 성격이 존경스러워졌다.

"저기 에귀유뒤제앙이 있어." 그가 말했다. "저곳엔 그랑드조라스가 있고."

랜드는 위를 쳐다보았다.

"이러다간 밤새도록 여기 있겠어." 랜드가 말했다.

드디어 등반길이 깨끗이 열렸다. 프랑스인들은 이제 한참 위에 있었다. 러브는 피곤해지기 시작했다. 그걸 느낄 수 있었다. 힘이 빠져갔다. 암벽이 무자비해졌다. 암벽에서 적의가 느껴졌다.

그는 위에 있는 랜드를 지켜보았다. 랜드는 여전히 암벽과 사이가 나쁘지 않았고, 여전히 암벽을 겁내지 않았다(한 가지 동작을 취한다. 좋지 않다. 이번에는 약간 다르게 움직여본다. 이번 동작은 성공적이다). 그가 아무것도 하지 않고 있는 것처럼(심지어 암벽 표면을 탐사하지도 않는 것처럼) 보일 때도 있었다. 그러다가 손을 뻗고, 당기고, 어떤 틈새에 발을 들여놓으려 애쓰곤 했다. 부드러운 동작으로 나아가고 멈추고 심지어 후퇴하기도 했다. 개구리를 삼키는 뱀처럼 가만히 있다가 부산스럽게 움직이고, 그러다 잠시 멈추었다. 만약 어떤 행동이 효과가 없으면 물러서고, 위치를 바꾸고, 손가락을 가볍게 움직여서 풀어준 다음 다시 시도할 것이다. 육체적 행동들을 상상하기란 어렵지 않지만 한없이 거듭해서 암벽 저 위까지 올라가는 일, 그것은 다른 문제다. 저 아래 까마득한 거리를 내려다보는 것도.

러브는 정신을 가다듬고 뒤따랐다. 거의 포기할 뻔한 순간도 있었다. 다리가 떨리기 시작했다. 만약 그가 떨어진다면 로프가 붙잡아줄 테지만, 무엇보다도, 차라리 죽더라도, 그러고 싶지 않았다. 차마 실패할 수가 없었다.

구간에 따라 어떤 구간은 조금 더 쉽고 어떤 구간은 그렇지 않았으나, 그들은 정상에 올랐다. 다른 사람들은 보이지 않았다. 끝났다. 로프를 풀 때 러브가 느꼈던 번민, 나약함과 의지박약에 대한 부끄러움 따위가 모두 사라졌다. 그는 말로 표현할 수 없는 기쁨을 실감했다. 지금껏 살아오면서 자신이 이보다 더 가치 있게 느껴진 적이 없는 것 같았다.

"오늘 등반 나쁘지 않았어." 랜드가 말했다.

"버스에 탄 여자가 처음으로 태평양을 보았을 때 했다는 말이 생각나……."

"뭐라고 했는데?"

"난 더 클 거라고 상상했는데."

그들은 눈 덮인 북쪽 비탈을 타고 하강했다. 비탈이 가팔라서 쿵쿵거리며 발을 내디뎌야 했다. 위험에 대한 생각을 까맣게 잊고 있던 러브가 돌연 미끄러졌다. 발이 비껴 나갔다. 그는 빠르게 떨어지기 시작했다.

"자기 제동! 자기 제동!"

곤경에서 벗어나려는 어떠한 시도도 하지 않은 러브는 헝겊 인형처럼 더 빠르게 떨어지면서 부딪치고, 부러질 것처럼 튕겨 나갔다. 다행히도 꽤 먼 거리의 아래쪽 눈은 부드러웠다. 움직임을 멈춘 그는 가만히 누워 있었다. 수염에는 얼음이 엉겨 붙었다. 손가락 마디의 피부가 까졌다.

"내 말 못 들었어?" 랜드가 소리치며 황급히 그에게로 갔다.

"아, 들었네. 들었어." 그가 랜드를 올려다보며 말했다. "자네 말 들었지. 나는 이렇게 말했어. 저이는 내 친구야."

"뭐라고?"

"아주 좋은 내 친구라고 했지."

대중 샤워장은 라레지당스라는 건물 지하에 있었다. 잡초가 우거진 오솔길을 지나서 몇 개의 엉성한 문을 통해 들어갔다. 안에는 비누와 수건이 비치된 부스가 있었다. 평소 사람들로 붐비는 곳이었다. 샤워장 문이 열리고, 누군가 들어가고, 문이 닫혔다. 폭포처럼 쏟아지는 물소리와 이상한 언어의 말소리가 들렸으며 수증기 냄새가 났다. 실내용 슬리퍼를 신은 여자가 손님들에게서 1프랑씩 받았다.

여자는 러브를 알고 있었다. 어딜 등반한 거예요, 하고 그녀가 물었다.

"라슈날 봉." 그가 대수롭지 않다는 듯이 말했다.

"대단하네요Très bien." 그녀가 말했다. 검은 머리에 이가 누런 여자였다. 그녀가 옆에 앉은 사람을 흘끗 보았다.

"이분과 함께Avec ce monsieur?"

예, 하고 러브가 대답했다.

"쟤들은 뭣 때문에 이렇게나 오래 걸리는 것 같아?" 랜드가 말했다. 샤워장 문을 바라보고 있었다.

"옷을 빨고 있어. 물론 금지되어 있지."

더 많은 사람들이 입구로 오고 있었다. 그중 일부는 대기 줄을 보고 발길을 돌렸다. 갑자기 랜드가 똑바로 앉았다.

"이봐!" 그가 소리쳤다.

빨간 스웨터였다. 그는 벌떡 일어섰다.

"이봐, 당신!" 문간 근처 사람들 사이에 그 사내가 있었다. "당신 말이야!"

랜드는 복도를 달려갔다. 문 가까이에서 빨간 스웨터를 잡았다. 단단히 붙들었다.

"이봐, 잘 들어. 다음번엔," 그는 자기 말이 귀에 박히도록 또박또박 천천히 말했다. "그 빌어먹을 산에서 당신을 곧장 던져버릴 거야……."

사내의 얼굴에 몹시 당황한 표정이 어렸다.

"알아들었어?"

사내가 단조로운 영국인의 목소리로 대답했다. "무슨 산이요?"

"당신, 라슈날 봉에 오르지 않았어?"

"안 올랐는데요."

랜드가 그를 놓아주자 영국인은 옷매무새를 가다듬었다. 사내는 머리를 집어넣으려는 거북이처럼 훨씬 작고 조심스러워 보였다.

"당신과 비슷한 스웨터를 입은 사람이 산에 있었어요."

"그런 것 같았습니다."

7

존 브레이는 빨간 스웨터 위에 더러운 스웨이드 재킷을 입고 있었고, 얼굴은 도둑처럼 생겼다. 그는 프랑스 담배를 피웠다. 입술에는 물집이 하나 잡혀 있었다. 나이는 스물둘이었다.

"가이드들이 암벽에 설치해둔 피톤을 죄다 뽑고 있는 못된 사람을 찾고 있습니다." 그가 말했다. 비가 내리고 있었다. 그들은 '내셔널'이라는 바에 앉아 있었다. 부츠가 젖은 탓에 바닥이 지저분했다. "그 사람들은 그냥 웃고 넘어갈 수 있는 일이 아니라고 생각해요."

"유감스럽군."

"그들이 해놓은 일을 당신이 망치고 있는 겁니다."

"이보게, 나도 가이드였네."

"정말이에요? 어디서?"

"티턴에서."

"그런 이름은 들어본 적이 없습니다. 새로운 곳인가 보군요."

"히말라야는 들어본 적 있나?"

"못 들어본 것 같은데요." 브레이가 말했다. 그러고 나서 낮은 목소리로 속삭였다. "조심해요. 그들이 와요."

일본인 한 무리가 들어와서 주위를 둘러보며 빈 테이블을 찾고 있었다.

"안녕하세요." 그들이 좁은 통로를 비집고 지나갈 때 브레이가 손을 흔들며 인사했다. "날씨가 좋지요?"

그들은 약간 혼란스러운 표정으로 고개를 끄덕이며 알아들었다는 표시를 했다.

"등반은 좋았어요?" 그가 물었다.

그들이 마침내 이해했다.

"아, 예. 크라임일본어의 음운 체계로 인해 클라임climb을 크라임crime으로 발음한 것," 그들이 말했다.

"어디를 등반했어요? 트리올레? 그레퐁?"

"예, 예." 그들이 맞장구를 쳤다.

"행운을 빌게요." 그가 빙긋 웃으며 손을 흔들었다. "작달막하고 좋은 사람들이에요." 브레이가 그들의 귀에 들리지 않게 조그만 소리로 랜드에게 말했다. "일본인들은 엄청 많은 인원이 무리지어 이곳에 온답니다."

"그 얘기는 이미 들었네."

"어떤 얘기요?"

"공중에 있는 일본인들에 관한 거."

브레이는 탐탁지 않아 하며 마지못해 웃었다.

"무슨 얘기죠? 난 그런 얘긴 모르는데."

밖에는 비가 억수로 쏟아졌다. 야영지는 흠뻑 젖었고, 오솔길은 진창이 되어 질퍽거렸다. 영국식 술집인 내셔널은 질박하고

저렴한 곳이었다. 영국인 중에는 마치 색으로 마무리하거나 매만질 가치가 없다는 듯 얼굴이 창백하고 투박한 부류의 사람들이 있다. 이 뚱한 얼굴을 한 사람들이 실내를 채우고 있었다.

"이곳은 비가 그치질 않아요." 브레이가 말했다. "여기 사람들이 **보 픽스**beau fixe라고 부르는, 한동안 맑은 날씨가 계속되는 때를 기다리는 수밖에 없습니다. 그러면 괜찮아요."

"그러면 어디로 갈 텐가?"

"등반 말인가요? 못 정했습니다."

"오르고 싶은 곳이 있나?"

"당신은 어떤 걸 생각하고 있는데요?"

"프레니 알지?"

브레이가 약간 긴장한 기색으로 웃었다. "그곳을 염두에 두고 있는 겁니까?"

"관심 있나?"

"그렇다고 해야 할 것 같아요."

"그럼 해보지 그래?"

"음…… 며칠은 걸리겠죠? 안 그래요?"

"그럴 거야."

프레니는 몽블랑 근처의 접근하기 어려운 거대한 버트레스규모가 큰 직벽다. 세상에 널리 알려진 비극이 일어난 곳이었다1961년 등반가들이 프레니 중앙 필라를 오르다 폭풍설을 만나 보나티만 생환한 사건.

"보나티가 온갖 끔찍한 어려움을 겪었던 곳이죠? 맞아요, 틀림없어요. 관심 있습니다."

브레이는 조그만 손으로 두꺼운 담배를 쥔 채 체스판을 바라보며 곰곰이 생각하듯 머리를 앞으로 숙이고 있었다. 그는 미장이였다. 영국의 등반은 전쟁제2차 세계대전을 말함 이후에 달라졌다. 한때 대학생들의 영역이었던 등반의 세계에 노동자계급이 침입했다. 노동자들은 스코틀랜드와 웨일스의 암벽에서 경험을 쌓은 다음, 특유의 의심 많고 쌀쌀맞은 태도를 풍기며 방방곡곡을 찾아다녔다. 주로 잉글랜드의 맨체스터, 리즈 등지와 같은 대기오염이 심한 산업도시 출신들이었다. 산악 등반에서도 자신들이 슬럼가에서 살아남을 수 있었던 것과 동일한 자질—강인함과 냉소주의—을 발휘했다. 그들에게는 신조도 없고 규약도 없었다. 있는 거라곤 충치와 무례함, 그리고 한 가지 야망뿐이었다. 정복하고자 하는 야망이었다.

8

건물의 셔터는 여전히 내려가 있고, 금세기를 지난 세기와 구별해주는 것은 배수로를 따라 늘어선 빈 차들뿐인 이른 시간의 고요 속에서 랜드는 굽이진 새벽 거리를 걸었다. 커다란 배낭을 짊어지고 로프를 든 모습이었다. 주변에는 인적이 드물었다. 다른 방향으로 걸어가는 여자 한 명과 뜨락에서 뭔가를 사냥하는 꼬리 없는 흰 고양이 한 마리가 전부였다. 그가 가까이 다가가자 고양이는 덤불 속으로 들어갔다. 이제 보니 꼬리가 있었다. 거의 안 보일 정도로 완벽하게 검은 꼬리였다.

케이블카 정류장에는 이미 사람들이 기다리고 있었다. 그들은 말없이 서서(몇 사람은 빵을 씹으면서) 다가오는 그를 지켜보았다. 브레이는 없었다. 파란색 에나멜 배지를 단 가이드 몇 명이 고객들과 함께 있었다. 랜드는 배낭을 내려놓았다. 거리 저편에서 아직 무리에 합류하지 못한 두세 사람이 오고 있었다. 6시가 되기 몇 분 전이었다. 그는 어떤 이질감을 느꼈다. 자신은 판지로 만들어진 인간이고, 다른 판지 인간들 사이에서 기다리고 있는 듯한 기분이 들었다. 몇몇 판지 인간들이 이따금 한두 마디 말을 웅얼거렸다.

주위가 소란스러워졌다. 승차권을 파는 사람이 안에 있는 부스로 들어간 것이었다. 사람들은 먹이가 배급되려는 것을 아는 동물처럼 부스 문 가까이로 모여들기 시작했다.

마지막에 누군가가 급히 랜드에게 다가왔다. 두꺼운 스웨터와 코듀로이 바지 차림의 영국 등반가 중 한 사람이었다.

"존은 오기 힘들어요." 그가 말했다. "어디가 아픈 것 같아요."

"언제부터요?"

"오늘 아침이요. 내일은 괜찮을 겁니다."

문은 아직 잠기지 않았다. 사람들은 앞으로 움직이고 있었다. 캠프로 돌아가려면 한참을 걸어야 했다. 그는 전날 밤 어떤 순서에 따라 신중하게 짐을 정돈해서 쌌다.

"아무튼 지금 가지는 않을 거죠?"

"브레이에게 독감이 심하지 않기를 바란다고 전해주세요."

랜드는 거의 마지막으로 표를 구입했다. 그가 탑승할 때 케이블카가 약간 흔들렸다. 순간 치명적인 실수를 저지른 것처럼 긴장했지만, 케이블카는 이내 미끄러지듯 소나무 위를 가파른 각도로 계속 상승했다. 마을이 작아지기 시작하다가 한데 모여 있는 것처럼 보이더니 점점 뒤로 물러났다. 케이블카는 소리 없이 부드럽게 위로 올라갔다.

브레이는 침낭 안이었다. 옷은 여기저기 흩어져 있었다. 그는 한쪽 팔꿈치를 바닥에 대고 몸을 일으켰다.

"랜드를 만났어?"

“응. 거기 있더군. 네가 아프다고 얘기해줬어.”

“그 얘길 듣고 뭐래?”

“자기는 어쨌든 올라가겠대.”

“올라간다고?”

해는 이미 떴다. 햇빛이 나무들을 빛으로 채우고 있었다. 브레이는 잠시 후회했다. 날은 맑았고, 산이 손짓했다.

“아마 혼자 가지는 않을 거야.” 브레이가 말했다.

“어쩌면 위에서 누구를 만날지도 모르지.”

“그러겠지. 사람들이 줄 서 있을 테니까.”

“그 사람이 너를 산에서 던져버릴 거라고 한 사람이니?”

“내가 아니야. 오해야.”

“그럼 네가 그 사람을 산에서 던져버릴 거야?”

“아냐.” 브레이가 그의 말을 끊었다. “내가 내일 갈 거라고 얘기했어?”

“네가 그 사람을 볼 가능성은 그닥 크지 않은 것 같아.”

하늘은 티 한 점 없이 맑았고 하늘빛은 완벽했다. 밤늦게 고요가 찾아왔다. 바람이 바뀌기 시작했다. 갑자기 어디에선가 회색 띠가 나타나 허공에 떠다녔고, 그걸 알리려는 것처럼 천둥이 쳤다. 등반가들은 서둘러 내려왔다. 비가 내리기 시작했다. 어쩌면 더 높은 고도에서는 눈이 내리고 있을지도 몰랐다.

선잠을 자던 브레이가 매서운 빗소리에 화들짝 놀라며 깨어났다. 어두운 가운데 창문을 통해 어렴풋이 바깥 상황을 볼 수 있었다. 날씨가 추워졌다. 초원의 아래쪽 풀들이 비를 맞으며 진저리를 쳐댔다. 그는 약간 혼란스러워하다가 재빨리 프레니를 생각했다. 지금 이 순간 프레니는 마치 거대한 배처럼 구름과 어둠을 헤치며 항해하고 있었다. 별안간 아주 가까운 곳에서 번개가 쳤다. 귀청이 터질 듯한 천둥소리가 울렸다. 곧이어 다시 정적에 휩싸였고, 그 정적 속에서 눈이 일종의 무한한 잔해처럼 쏟아져 내렸다.

다음 날 그는 시내로 들어갔다. 구조대는 차고 옆 낡은 건물 안에 자리 잡고 있었다. 여전히 비가 내렸다. 입구 안쪽에 자전거가 몇 대 있었다. 위층에서 문이 닫히는 소리가 들렸다. 모자를 쓰고 파란 스웨터를 입은 두 남자가 계단을 내려왔다. 그들은 브레이를 지나쳐서 밖으로 나갔다.

2층에는 게시판과 사무실이 있었다. 단파 라디오가 틀어져 있었다. 영어를 쓰는 사람은 없었다. 이윽고 영어를 쓰는 사람이 카운터로 왔다.

"무슨 일입니까?"

"실종 신고를 하려고요."

"어디서요?"

"프레니 필라pillar. 능선과 연결되지 않은 독립 봉우리에서."

"그걸 어떻게 알아요? 당신이 그 사람과 함께 있었습니까?" 가이드가 물었다.

"아니요. 그는 혼자였습니다."

"혼자?" 가이드는 반은 얘기를 하고 반은 라디오를 듣고 있었는데, 그때 그와 다른 가이드들이 갑자기 웃음을 터뜨렸다. 브레이는 기다렸다. "그 사람은 왜 혼자죠? 이봐요, 우린 이 폭풍우가 지나갈 때까지는 아무것도 할 수 없어요."

"폭풍우가 얼마나 오래 갈까요?"

프랑스인들은 언제나 똑같았다. 질문을 이해하지 못한 척하면서 절대 대답해주지 않았다. 그는 계속 기다렸고, 비로소 달리 할 일이 없어진 가이드가 그에게 다시 알은체를 하며 말했다.

"내일 다시 오십시오."

"대단히 고맙습니다."

그들은 이름도 묻지 않고 메모도 하지 않았다. 브레이는 아래층으로 내려갔다. 길 건너편에 경찰차 두 대가 서 있었다. 영국의 겨울처럼 비가 내리고 있었다. 이런 날에 일을 하러 가면 안이 건조하고 따뜻해 보이는 차들이 창문을 다 닫고 물을 튀기며 지나가곤 했다. 그는 주중에는 난방이 안 되는 추운 집들에서 일하고, 주말에는 집을 떠나 역시나 추운 곳을 등반하는 데 익숙했다. 해스턴스코틀랜드 산악인 두걸 해스턴(1940~1977)을 말함이나 브라운영국의 산악인 조 브라운(1930~2020)을 말함 같은 화려한 산악인—그렇게 되기 위해서는 굉장한 등반을, 믿을 수 없을 만큼 대단한 등반을 해야 했다—이 아니라 그들의 뒤쪽 근처 어딘가에 위치한 등반가였지만 말이다. 그는 자신에게 찾아올 기회를 기다리며 등반 세계의 변두리에 머물러 있었다. 그들 못지않게 산을 잘 오를 수 있었다. 아마도 그에게 부족한 것이 있다면 절대적으로 불가능한 루트에 대한 자신감, 그걸 기어이 해내고야 말겠다는 용기일 터였다. 그러나 기회가 올 것이다. 어쨌든 그는 기다리고 있었다.

브레이는 빗속을 걸어서 되돌아왔다. 폭풍우가 내리는 시간이 길어질수록 성공의 기회는 줄어들었다. 산 위는 춥고, 빙벽은 도저히 정복할 수 없을 정도로 거대하게 형성되었다. 암벽의 모든 특징들이 가려지고 모든 루트가 지워져버렸을 것이다. 그는 운이 좋았다. 설사가 그를 구했다.

"나는 갈 수 없었어." 그는 훗날 종종 말했다. "너무 바빴거든."
그 말은 유명인의 삶을 특징짓는 우연의 일치 중 하나였다.

9

정적에 휩싸인 봉우리와 계곡 사이에서 분명하고 둔중한 프로펠러 소리가 가까워졌다 희미해졌다. 멀리서 보면 헬리콥터는 눈밭을 비스듬히 가로질러 가서 잠시 한곳에 머물러 있다가 다시 나아가는 곤충을 닮았다.

비는 그쳤다. 구름 뒤로 푸른 하늘이 보였다. 눈은 산 상층부의 모든 것을 덮었다. 모든 수평한 것, 모든 레지ledge. 암벽에서 선반처럼 튀어나온 좁은 바위. 비교적 넓은 것은 테라스라 함를 덮었다. 여전히 구름에 가려진 정상에는 추위가 들러붙어 있었다.

한 등반가가 프레니 중앙 필라에서 발견되었다. 사람들은 그렇게 말했다. 어떤 발표도 없고 오직 침묵만이 모든 것을 말해주는 재난처럼 구조헬기가 오가는 소리는 점점 더 불길해졌다. 사고는 흔했다. 때로는 그 불가피함이나 공포 때문에 눈에 띄는 것도 있었다. 정말로 끔찍한 사례들은 결코 사라지지 않았다. 유명한 범죄가 한 시대의 일부가 되듯이 그런 사례들은 등반의 일부가 되었다.

수색은 오후 늦게 중단되었다. 빙하 위에 사람 하나가 보였다. 다음 날 정오, 더럽고 꾀죄죄한 랜드가 기진맥진한 모습으로 나타나서 야영지로 난 길을 걸었다. 한쪽 어깨에는 배낭이 걸쳐져 있었다. 그는 지구에 다른 사람은 없는 것처럼 왼쪽도 오른쪽도 보지 않고 걸었다.

자기 텐트 바깥에 앉아 있던 러브가 그를 불렀다. 랜드는 계속 걸어갔다. 파카 안에서 와인병을 꺼냈다. 코르크 마개는 뽑혀 있었다. 계속해서 걸음을 옮기며 와인을 마시기 시작했다.

텐트에 도착한 그는 그 자리에서 무릎을 꿇고 앞으로 넘어졌다. 곧 상체가 텐트 속으로 사라졌다. 두 발은 텐트 밖에 있었다. 잠시 후 발이 몸을 따라 텐트 안으로 끌려 들어갔다.

브레이가 눈을 뜨고 누워 있는 그를 발견했다.

"무슨 일이 있었던 거예요?" 브레이가 물었다.

랜드의 시선이 천천히 움직였다.

"나는 그들이 얼어붙은 시신을 끌어내릴 거라고 생각했어요." 브레이는 기다렸다. 대답이 없었다. 그때 랜드가 낮은 목소리로 입을 열었다.

"**보 픽스**였어."

"얼마나 높이 올라갔어요? 어디에 있었습니까?"

랜드는 눈을 감았지만, 고작 1분 동안이었다. 눈은 저절로 다시 떠졌다. 누워 있는 그의 머릿속에는 고해성사를 하지 못하고 죽어가는 사람처럼, 하지 못한 말을 무덤으로 가져가는 사람처럼 말이 들끓고 있었다.

"깜짝 놀랐어." 이윽고 그가 말했다. "그런 상황이 너무 빨리 닥쳤어. 뭔가를 해볼 시간이 없었지. 난 조그만 레지에 다다랐어.

처음엔 그냥 비였는데……."

"그래서요?"

"거기 있었지. 그날 밤과 다음 날."

"무섭지 않았어요?"

"몸이 거의 마비되었어." 그가 말했다. "내가 얼마나 어리석었는지 깨달았어. 난 그릇된 이유로 올라간 거야. 아무것도 몰랐어. 그런 일을 겪은 것도 당연해."

몇몇 얼굴들이 텐트 안을 들여다보려고 했다. 랜드의 목소리는 너무 낮아서 들리지 않았다.

"마침내 내려가야겠다고 마음먹었지. 현수하강보통 로프를 두 줄로 하여, 로프만으로 하강하는 방법. 라펠 또는 압자일렌이라고도 함을 했어. 로프가 꽁꽁 얼었더군. 빙벽을 찍어서 홀드를 만들었지. 피켈을 떨어뜨릴까 봐 두려웠어. 피켈을 손에서 놓치면 그걸로 끝장이니까."

"구조대가 당신을 찾던가요? 내가 산악구조대에 상황을 알렸는데."

"구조헬기가 날아가더군. 그들이 날 봤는지는 모르겠어."

브레이는 고개를 끄덕였다. 자신이 어제 느꼈던 감정과 죽음의 문턱에 들어선 사람을 너무 쉽게 포기한 사실이 부끄러웠다. 진이 다 빠져버린 낮은 목소리는 내면 깊은 곳에서 새어 나오는 것 같았다. 고단한 얼굴이 그를 깊이 감동시켰다. 그는 자신이 포기했다는 것을, 그리하여 패배했다는 것을 인정했다. 그 순간 뭔가가 브레이를 랜드에게 결속시켰다. 그 감정을 표현하고 싶었지만 그냥 가만히 있었다. 대신 와인병을 집어 들었다.

"마실래요?"

랜드가 고개를 저었다.

"괜찮은데요." 브레이가 와인을 마시면서 말했다. "어디서 난 거예요?"

"기억이 안 나."

랜드는 곯아떨어졌다. 부츠를 신은 채였다. 후퇴의 혼돈 속에 누워 있었다. 때가 낀 손톱은 까맸다. 그는 열여덟 시간 동안 잠을 잤고, 그동안 사람들이 오솔길을 오갔다. 시내에서는 이미 그의 이야기가 돌고 있었다.

10

가을에 랜드는 **문방구** 뒤쪽에 있는 방 하나를 구했다. 강가 근처 엠파스데물랭 골목길에 있는 집이었다. 야영지는 텅 비었고, 마을은 조용해졌다. 9월의 빛이 모든 것을 비추었다. 게으르게 불타는 태양이 하루하루를 채웠다.

고지대 목초지에서 구슬프게 울리는 카우벨 소리, 마을 사람들의 무관심, 서늘한 푸른 숲……. 이런 것들이 계절을 잘 설명해 주는 것 같았다. 산봉우리들은 생명력을 잃은 채 더 어둡게 변해 갔다. 블레티에르, 베르테, 빙하 저 위에 솟은 그랑드조라스. 그는 봉우리들을 열망이나 혼란의 감정 없이 다른 식으로 보기 시작했다. 봉우리 위에는 다른 하늘이—고요하고 신비로운 하늘, 마지막 항해의 푸른빛을 띤 하늘이—있었다.

그의 머리는 길었다. 기르고 있는 턱수염은 이미 부채꼴로 펼쳐져 있었다. 구약성서의 예언자 같은 야성미를 물씬 풍기는 얼굴이었다. 몇몇 가게에서 그를 알아보았고, 이제 그는 프랑스어로 더듬더듬 말하기 시작했다. 그는 깔끔하고 건조했다. 저녁이면 길고 좁은 바게트 끝부분이 밖으로 삐져나온 종이봉투를 들고 셋방을 향해 터벅터벅 걸어갔다.

그다음에는 '로페 박물관'이라는 조그만 박물관 뒤편의 셋방에 살았다. 방은 복도 끝에 있었다. 그러고 나서는 역 근처 집의 다락방에서 살았다. 녹색 덧문과 빛바랜 벽이 있는 커다란 집이었다. 다락방은 어두운 골목에 있는 정원 문을 통해 들어갔다. 문 근처에 놓인 카페 테이블 두 개는 녹이 슬고 있었다. 집 안에는 음식 냄새, 담배 냄새 같은 따뜻하고 고리타분한 냄새가 배어 있었다. 방에는 조그만 채광창과 발코니가 있었다. 발코니에는 한때 흰색이었던 커튼을 친 쌍여닫이문이 있었다. 길 건너편에는 차고와 '호텔 데에트랑제'의 뒤편이 있었다. 금속제 지붕에 비가 내렸다. 이따금 달가닥거리는 열차 소리가 은은하게 들려왔다.

그는 '스포츠 지로' 밖에 서서 진열창에 놓인 부츠를 바라보았다. 누군가가 문 앞에서 그에게 안으로 들어오라고 손짓했다. 가게 주인이었다.

"비를 맞으며 서 있을 필요는 없어요." 지로가 말했다.

"고맙습니다Merci."

"프랑스 말 할 줄 알아요?"

"못 해요."

"할 줄 아는 것 같은데요."

여자 점원은 거의 쳐다보지도 않았다. 그렇게 보인다면 말을 할 필요도 없어요, 그녀가 프랑스어로 말했다. 그래도 어쨌든 "고맙습니다" 말고도 할 줄 알아야 해. 지로가 대꾸했다. 예를 들면? 그녀가 말했다.

지로의 못생긴 얼굴이 체념한 표정을 지었다.

"무슨 얘기인지 이해 못 했어요." 랜드가 말했다.

"아무것도 아니에요."

여자는 고개를 돌렸다. 그녀에게는 그를 짜증 나게 하는 어떤 거리감이 있었다. 심지어 무례하게도 느껴졌다. 평소 같으면 어떻게 대응할지 알았겠지만, 여기서는 언어가 그의 발목을 잡았다.

랜드는 다음 날 샤워장에서 그녀를 생각했다. 물이 쏟아지며 그의 몸과 팔다리를 빛나 보이게 했다. 자신감이 생겼다. 억제할 수 없었다. 그녀를 소유하는 꿈을 꾸었다. 꿈을 충족시키는 꿈을 꾸었다. 손이 벽에 부딪치고 있었다. 그는 신음 소리를 내며 절정을 향해 나아갔다…….

어깨에 꽃무늬 숄을 두른 여자가 그에게 물었다. "당신은 영국인인가요Vous êtes anglais, monsieur?"

랜드가 아니라고 하자 그녀가 털어놓았다. 영국 사람은 아주 더러워요. 오히려 아랍인이 더 깨끗해요. 영국에 가본 적 있나요? 아니요. 뜻밖에도 그녀는 빙긋 웃었다.

두슈 시립 샤워장에서 일하는 여자와 스포츠용품점 주인 레미 지로는 랜드가 가끔 만나게 되는 사람이었다. 그가 이야기를 나누는 사람은 많지 않았다. 파요 은행에는 특정한 눈길로 그를 흘끗 쳐다보는 창구 직원이 있었다. 서른 살쯤 된 얼굴이 좁은 여자였는데, 그 얼굴에는 사랑을 위해 스스로 신세를 망친 여자처럼 뭔가 감춰진 게 있었다. 랜드는 그녀가 젊은 사업가에게 건넬 두툼한 100프랑짜리 지폐 뭉치를 세는 따분하고 무표정한 얼굴을 지켜보았다. 그가 창구로 다가서자 그녀가 잠깐 눈을 치켜떴다. 랜드는 각오하고 있었다. 마치 그가 그녀의 팔을 잡은 듯한 태도였다. 때로는 길거리에서 창살이 쳐진 창을 통해 그녀를 보았다. 그는 그녀가 결혼했다는 사실을 알고 있었다. 손가락에 낀 금반지를 보았던 것이다.

날은 점점 추워졌다. 첫눈이 내렸다. 어둠이 내려앉고 눈이 흩날리는 모습은 아름답고 화려하기까지 했다. 랜드는 겨울을 어렵지 않게 헤쳐나갈 수 있을 거라고 생각했다. 그러나 몇 주가 지나자 그 생각이 얼마나 큰 오산이었는지 깨닫기 시작했다. 무모하게 너무 멀리 와버린 것이었다. 소형차를 몰고 황량한 시골을 달리는 것과도 같았다. 앞 유리창에는 얼음이 꼈고 눈에 들어오는 지평선은 하얬다. 만약 엔진이 고장 난다면, 그가 우연히 달아나야 하는 일이 벌어진다면…….

그는 외로움과 지독한 추위를 계산에 넣지 않았다. 자신이 끔찍한 실수를 저질렀다고 느꼈다. 발이 묶였다. 집의 덧문은 밤이 되면 닫혔다. 방은 난방이 되지 않았다. 그는 늘 추웠다. 라디오에서는 사라진 소녀들을 찾는 방송이 흘러나왔다. 이것이 그가 알아들을 수 있는 최초의 소식 가운데 하나였다. '……**16세, 키 1미터 80센티미터로 날씬함, 녹색 눈, 긴 갈색 머리, 전화는** 53.36.39Seize ans, mince, longeur un metre quatre-vingt, yeux verts, cheveux longs, châtains. Téléphonez 53.36.39' 등등. 종종 뉴스에 나오는 단어 몇 마디를 알아듣기도 했다.

어떻게 하다 보니 전장이 옮겨 갔는데도 외국 마을에 남겨지고 만 것 같은 기분이 들었다. 모두가 떠나고, 캠프는 버려지고, 그는 홀로 겨울을 나고 있었다.

제네바로 통하는 도로 부근 기계 공장에서 불법적인 일자리—그는 취업 허가가 나지 않았다—를 찾았다. 청소를 하는 일이었다. '호텔 로마' 뒤쪽이었다. 저녁에 집으로 돌아가면서 그곳을 지나칠 때면 불 켜진 창문과 주차된 차들이 그를 비웃었다.

거의 매일 루이즈를 생각했다. **그래, 이리 와, 당장 이리로 와**. 그는 휑한 카페에 앉아 빈 종잇장을 메워가며 글을 써댔다. 쓴 글을 천천히 되풀이해서 읽고는 대신 엽서를 보냈다. 계속해서 엄청난 폭설이 쏟아졌다. 마을 위에서 산들이 번뜩였다. 토요일에 구깃구깃한 10프랑짜리 지폐로 임금을 받았다. 이 세상에 다른 세계로 들어가는 쉬운 길은 없었다.

어느 날 밤 길모퉁이에서 영화 포스터를 읽고 있는 은행 창구 직원을 보았다. 여자는 혼자였다. 랜드의 심장이 뛰었다. 그녀 옆에 다가가 섰다.

"안녕하세요Bonsoir."

그녀는 대꾸하지 않았다. 대신 몸을 돌려 냉정하게 판단하려는 듯 그를 바라보았다.

그녀는 그를 처음 보았을 때 자신이 떨고 있다는 것을 느꼈다. 그녀는 어떤 남자들에게 약해서 그들에게 자신의 삶을 건네곤 했다. 그의 눈, 윤이 나는 얼굴……. 랜드는 그녀가 모든 것을 내던졌던 유형의 남자였다. 이미 두 번이나 그런 적이 있다.

랜드는 이 사실을 알지 못했다. 그는 언어 문제 때문에 그녀에게 거의 말을 건네지 못했고, 그녀는 대화를 꺼리는 것 같았다. 그녀는 반항적인 맨얼굴이었다. 남편은 부모를 만나러 가고 없었고 아이가 한 명 있었다.

그들은 강가를 걸었다. 강물이 소리를 내며 빠르게 흘렀다. 그 옆에서 걷던 랜드는 너무 커져버린 욕망에 육체적인 고통마저 느꼈다. 그는 그녀를 쳐다보고 싶었다. 대놓고 보고 싶었다. 담배 피우는 모습을, 옷을 벗는 모습을 보고 싶었다.

랜드는 간신히 문간에서 그녀에게 키스했다. 그녀는 어디에 사는지 말하려 하지 않았다. 그녀는 심하게 망가진 구두를 신고 마지막 걸음을 내디딘 것처럼 서 있었다. 얼굴을 그의 가슴에 묻은 채 그가 가슴을 만지도록 허락했다.

다음 날 랜드는 은행에서 그녀를 보았다. 빙긋 미소 지을 줄 아는 여자는 아니었다. 그는 어떻게 해야 할지 몰랐다. 매일 은행에 올 수는 없었다. 게다가 그녀의 남편이 돌아오고 있었다. 두 사람은 열정적인 신호를 주고받았지만, 알고 보니 그는 그녀를 다시 만날 수 없었다. 그녀의 이름은 니콜 빅스였다.

겨울이 지나갔다. 그 시절이 어땠는지 기억하기가 쉽지 않았다. 가장 힘들었던 학창 시절의 첫해처럼 희미해졌다. 그가 외로웠다는 것을, 빛과 온기를 부러워하며 그 일부가 되고 싶었으면서도 그러지 않기로 결심하고 사회의 가장자리에 서 있었다는 것을 그의 얼굴을 살펴보는 것만으로는 알 수 없었다. 그의 얼굴에는 이 가운데 어떤 것도 드러나지 않았다.

위에서는 **에귀유**가 반짝거렸다. 산은 잠들고 빙하는 눈 속에 숨어 있었다.

11

초원에 텐트가 딱 하나 있었다. 멀리서 보면 맨 처음 도착하여 설치한 텐트처럼 보이고, 가까이서 보면 마지막 남은 텐트처럼 보였다. 내부는 나름대로 쾌적하게 꾸며져 있었다. 평평한 돌 위에 가지런히 놓인 몇 권의 책, 알코올램프, 폴대에 테이프로 붙여 놓은 둥글게 말린 사진 몇 장이 눈에 띄었다.

풀은 이미 무릎 높이까지 자랐고, 군데군데 일찍 핀 꽃들이 보였다. 5월이었다. 손가락 크기만 한 커다란 민달팽이들이 천천히 돌 위를 기어갔다. 아래쪽에는 몽탕베르로 가는 길이 되어버린 좁은 길이 있었다. 그렇지만 매년 이맘때에는 그 길을 이용하는 사람이 전혀 없었다. 위로는 프랑스의 푸른 하늘이 펼쳐졌다. 밴 한 대가 길 위에 멈춰 서 있었다. 차체가 약간 기울어진 것으로 보아 구덩이가 있는 것 같았다.

한 사람이 자신 없는 발걸음으로 풀밭을 걸어왔다. 그는 종종 유별난 동작으로 뒤를 돌아보곤 했다. 랜드는 그 모습을 지켜보고 있었다. 겨울이 끝났지만 이상하게도 무기력했고, 자신을 짓눌렀던 고독과 스스로에 넌더리를 느끼고 있었다. 무엇도 그런 상태를 끝낼 수 없을 것 같았다. 랜드는 상처 입은 사람처럼 몇 안 되는 자기 물건들 사이에 홀로 누워 있다가 갑자기 벅찬 기쁨을 느꼈다. 마치 흰 제복을 입은 해군 장교가 해안가에 발을 내디디는 것을 본 조난자처럼 기뻤다. 걸어오는 사람의 금발이 햇빛을 받아 반짝였다.

"세상에." 랜드가 말했다.

"안녕, 친구." 캐벗이었다.

"믿을 수가 없어. 날 어떻게 찾았어?"

"어렵지 않았어." 그는 앉을 자리를 찾았다. "모든 마을 사람이 자네가 어디 있는지 아는 것 같던데."

"친구를 많이 사귀긴 했지."

"정말 그런 것 같아." 캐벗이 랜드를 자세히 들여다보았다. "그래, 어떻게 지냈나?"

"음, 여긴 눈이 많이 오는 것 같아. 찾아오는 사람들도 많고. 대부분이 프랑스 사람이지. 이탈리아 사람도 많아. 어떤 사람들인진 잘 모르겠어. 자넬 보니 정말 반갑네. 여긴 혼자 왔나?"

"아니. 자, 내 밴이 있는 곳으로 가세."

랜드는 일어섰다. 여전히 믿기지 않았다. "이봐, 캐벗. 이곳에서 당분간 머무를 생각이야?"

캐럴 캐벗은 길에서 그들이 출발하는 모습을 보았다. 남편이 다른 남자의 어깨에 팔을 걸치고 걷더니 별안간 달리기 시작했다. 똑바로 달리지 않고 술에 취한 것처럼 커다란 원을 그리며 달렸다. 그녀는 누가 외치는 소리를 들었다. 랜드였다. 그는 두 팔을 마구 휘두르면서 폴짝폴짝 뛰었다. 두 사람은 그녀가 있는 곳까지 달려왔다.

"무슨 일이에요?"

"랜드가 여기 있어."

그녀는 랜드를 조금 알고 있었으나 거의 알아보지 못했다. 그가 어떻게 생겼는지 기억하려 애썼다. 몇 번밖에 못 봤지만, 그는 키가 크고 자신감이 넘치며 머리가 덥수룩하고 무언가 숨은 기운이 느껴지는 사람 같다는 이미지를 간직하고 있었다. 이제 보니 그는 무법자 같았다. 그에게서 나무껍질 냄새와 연기 냄새가 났다.

"안녕하세요." 그녀가 말했다. "잭이 당신이 이곳 어딘가에 있다고 말했을 때 당신을 찾기 어려울 거라고 생각했답니다."

그녀는 애리조나 출신의 편하고 낙천적인 여자로, 어떤 면에서는 남편보다 세련된 사람이었다. 시내 거리를 함께 걸을 때 그녀는 꿈꾸는 듯 우아한 모습이었다. 맨살을 드러낸 두 팔을 교차시켜서 양손으로 반대편 어깨를 감싸며 걸었다. 그녀는 남편과 랜드가 걷는 동안 걸음을 멈추고 가게 진열창을 들여다보다가, 서두르는 기색 없이 그들 뒤를 느긋하게 걸었다. 캐벗 또한 캐럴이 어디 있나 보려고 고개를 돌리는 법이 없었다. 캐벗은 종종 한 팔을 그녀의 허리에 두르고 계속 얘기를 늘어놓았다. 그럴 때 그녀는 캐벗과 함께 있으면서도 대체로 그의 말을 귀 기울여 듣지는 않는 것 같았다.

캐벗은 더욱 강해졌다. 목수로 일해온 그는 무거운 망치를 휘두르며 건물의 뼈대를 짰다. 팔뚝이 우람했다.

"자네 프랑스어는 어떤가?" 그가 물었다.

"별로야."

"정말? 프랑스인 여자 친구가 없었어?"

"어떤 여자 친구도 없었네."

캐벗은 갑자기 랜드가 대단히 존경스러워졌다.

"못 믿겠어요." 캐럴이 차분한 목소리로 말했다.

"생각을 해보긴 했어요."

랜드의 외모—마치 사라진 동료 두세 사람의 옷을 걸치고 있는 것 같은 외양—에도 불구하고 랜드는 유난히 건강하게 잘 지내는 것처럼 보였다. 그의 눈은 빛났다. 생기가 넘쳤다. 캐럴과 캐벗은 나중에 그 얘기를 나누곤 했다.

"그는 어딘가 성자처럼 보여." 캐럴이 말했다.

"내티 범포와 비슷한 것 같아."

"누구?"

"사슴 사냥꾼『모히칸족의 최후』를 포함한 제임스 페니모어 쿠퍼의 5부작 연작 소설에 등장하는 백인 주인공 내티 범포의 인디언식 이름."

"내가 좀 멍청한 거 당신도 알잖아. 그 사람이 누군데?"

그들은 저녁을 먹으러 랜드를 데리고 르슈카에 갔다. 행인들이 고개를 돌려 그들을 쳐다보곤 했는데, 아마 그녀의 얼굴이나 그들 부부에게서 풍기는 행복감을 보았을 것이다. 다음 날 그들은 차를 몰고 생제르베와 그 너머의 계곡으로 갔다. 지붕에 돌을 얹은 낡은 농장들이 근래에 새로 지은 샬레산지에 지은 목조 오두막 사이에 자리 잡고 있었다. 산들은 희고 거대했다.

"저 위쪽 상태는 어떤가?"

"여전히 눈이 많이 쌓여 있어." 랜드가 말했다. "그렇지만 눈 상태는 단단하다고 하더군. 며칠 전에 사람들이 얘기하는 걸 들었어. 눈이 얼마나 많이 쌓여 있느냐보다 눈 상태가 중요해."

"우리가 등반할 수 있는 곳이 있을 거야. 나는 이제 몸 관리에 들어가고 싶어."

"괜찮아 보이는데 그래."

"그동안 산을 떠나 있는 게 몹시 불안했어. 자네를 생각하기 시작한 것도 그 한 가지 예일 거야. 나 없이는 자네가 등반하지 않았으면 하는 산들이 있다네."

"안심해도 될걸세."

"당분간은 그럴 수도 있겠지만 아무튼 걱정스러워. 아무리 생각하지 않으려 해도 오르고 싶은 마음을 멈출 수 없는 산들이 있어. 등정에 대한 생각을 도저히 지울 수가 없는 거야. 자네도 그런 느낌을 받은 적 있나?" 그가 잠시 말을 멈추었다. "문제는 그런 산을 등정할 수 있는 다른 사람들이 있다는 거야. 그래서 밤에 잠이 안 올 정도라네."

"그래, 어떤 산을 생각하고 있는지 말해보게."

"마음을 단단히 먹어야 할 거야."

"어서 말해봐."

캐벗은 여전히 대답을 회피했다. "몸 상태는 아주 좋아야 할 거고."

"왜?"

캐벗은 잠시 뜸을 들였다.

"드뤼." 그가 말했다.

외따로 우뚝 솟은 회색빛 화강암 암벽. 그 모습이 랜드의 마음속에서 주변 풍경으로부터 분리되어 앞으로 쑥 다가와 훨씬 또렷해지는 것 같았다. 검은 선들이 흘러내리는 짙은 빛깔의 암벽, 수 세기 동안 부서져 내린 바빌로니아 신전 같은 산. 기둥들과 길은 깎여나가고 거대한 조각들이 수백 수천 미터 상공에서 떨어져 낮은 슬래브에서 폭발하는, 오랫동안 오를 수 없었던 전설적인 봉우리, 드뤼.

랜드는 땅을 내려다보았다. "드뤼……." 그가 쑥스러운 듯 수줍게 미소 지었다.

"어떤가?"

"잭, 난 자네를 기다리고 있었네."

그 산은 마치 거대한 오벨리스크 같다. 가장 쉬운 루트를 통해 첫 등정이 이루어졌다. 오랜 세월에 걸친 시도 끝에 1935년에야 북벽이 정복되었다. 가장 어려운 루트인 서벽은 제2차 세계대전 후까지도 남아 있다가 마침내 1952년에 등정이 이루어졌다.

서벽은 뾰족하고 우뚝해 보인다. 마치 첨탑 같다. 앞쪽에서는 산의 온전한 깊이와 힘을 드러내지 않는다. 계곡—레틴느—에서 보면 산이 순한 손가락 같은 게 아니라 강력한 머리, 신의 머리 같은 존재라는 것을 알게 된다.

일반적인 루트는 오른쪽에서 시작하여 낙석의 통로인 가파른 쿨루아르couloir. 눈사태나 폭우 등에 의해 형성된 급경사의 골를 오르는 것인데, 그곳에서 많은 산악인들이 죽었다. 쿨루아르 꼭대기에서 일련의 테라스가 산의 중앙부로 이어지고, 거기서부터 450미터 이상의 완강하고 무자비한 암벽을 헤치고 올라야 한다.

그들은 이 루트에는 별 흥미가 없었다.

잔인한 노력을 요하는 지루한 등반이 있다. 그것은 거의 파괴적인 일이다. 홀드 없이, 자연이 만들어낸 선이나 홈 없이 바위의 경사에 맞서 오르는 행위는 말하자면—때로는 필수적이긴 하지만—추한 행위다. 더 우아한 방법일수록 더 드물다. 완벽한 사랑이 그러하듯이 말이다. 그리하여 가장 위험한 시도가, 비록 죽음을 초래하게 된다 할지라도, 그 정당성에 의해 아름다워진다. 암벽에는 약점이 있고 결함이 있다. 그 약점과 결함으로 암벽의 매끄러움을 극복할 수 있다. 이런 것들을 발견하고 연결하는 것이 정상에 이르는 길이다.

대담함과 논리가 저항하기 힘들 만큼 강력한 루트가 있다. 물론 순수하게 수직적인 것이 이상적이다. 만약 꼭대기에서 돌이 떨어지는 길을 왼쪽이든 오른쪽이든 거의 벗어나지 않고 오를 수 있다면—불가능해 보이긴 하지만—그 사람은 어떤 지울 수 없는 선을, 정상을 지나가는 선을 남기게 될 것이다.

그 선의 이름은 직통이다.

그들은 3주 동안 크게 무리하지 않고 등반을 한 뒤, 6월에 구불구불하고 가파른 숲길을 걸어 올라 몽탕베르로 갔다. 그곳에서는 드뤼의 고전적인 윤곽이 보였다. 얼마간 뒤편 산들의 그림자가 드리워진, 멀고 외딴 모습이었다. 그들은 역과 호텔 아래에 겨울 강처럼 누워 있는 빙하로 내려갔다.

빙하는 눈에 덮여 있을 때만 위험하다. 그해에는 눈이 일찍 녹았다. 빙하 표면은 가루가 된 바위가 섞여 회색빛을 띠었다. 빙하는 온갖 크기의 화강암 덩어리를 운반했다. 그들은 다른 두 사람을 지나갔다. 한 쌍의 남녀였는데, 모두 농인이었다. 둘은 서로에게 신호를 보내며 침묵 속에서 움직였다. 크레바스빙하의 표면에 생긴 깊은 균열의 푸른빛에서 서늘한 숨결과 물소리가 들려왔다. 그들은 빙하 맞은편에서 가파른 둑을 올라가 희미한 길을 걷기 시작했다. 관목과 작은 소나무가 있는 굽은 길이었다. 날씨는 따뜻했다. 그들은 말없이 걸었다. 빙하에서 보였던 드뤼는 중간에 놓인 바위 능선 뒤로 사라졌다. 얼마 후 위를 올려다보니 다시 드뤼가 보였다. 처음에는 가장 높은 돛대의 꼭대기처럼 봉우리의 끝부분만 보이다가 점차 나머지 부분이 눈에 들어왔다. 그들은 긴 오르막길을 계속 걸었다. 벌써 세 시간이 지났다. 나무와 관목은 더 이상 없었고 곳곳에 눈이 쌓여 있었다. 마침내 노두에 이르렀다. 드뤼 산기슭의 눈밭에 있는 섬처럼 보였는데, 사람들은 그것을 **로뇽**rognon. 빙하 위에 노출되어 있는 바위이라고 불렀다.

정오였다. 하늘은 맑고 대기는 고요하게 느껴졌다. 그들 위로 신화적인 암벽이 몸을 살짝 뒤로 젖힌 듯한 모습으로 치솟아 있었다. 햇빛이 꼭대기를 가로지르며 흐르는 듯했다. 거대한 쿨루아르와 높은 곳에 있는 레지에 눈이 쌓였다. 바위 곳곳이 녹슨 것처럼 흐릿했다. 연륜이 절로 느껴지는 거봉이었다. 어디에선가 희미하게 속삭이는 듯한 소리가 들리더니 이내 요란하게 우르릉거렸다. 오른쪽에서 나는 소리였다. 그들은 바위가 암벽을 타고 떨어지는 우아한 모습과 바위 앞에서 눈이 흘러내려 바다처럼 폭발하는 것을 지켜보았다. 소리는 천천히 잦아들었다. 정적이 고였다. 공기는 차가웠다. 랜드는 배낭을 벗었다. 위를 응시했다.

"바윗덩어리야."

캐벗이 고개를 끄덕였다. 눅눅한 그늘 속에 자리 잡은 그들은 마치 이곳까지 헤엄쳐 와서 수면 위로 떠오른 것 같았다. 차가운 공기는 비말 같았고 그들의 얼굴은 흐릿했다.

그들은 앉아서 그것을 자세히 관찰했다. 쿨루아르를 오르지 않기로 했다. 그곳은 일반적인 루트의 출발점일 뿐 아니라 따로 떨어져 있었지만, 나머지는 오버행암벽에서 수직을 넘어 머리 위를 덮은 형태의 바위과 아래를 향한 슬래브들로 채워진 하나의 거대한 앞치마 같은 형태였다. 그렇지만 눈앞에 한 무리의 아치로 이어진 듯 보이는 비스듬한 단층이 하나 있었다. 그들은 150미터 위에 있는 일종의 레지에 도달할 것이다.

"일련의 크랙이 있어." 캐벗이 말했다. 희미한 수직선들이 있었는데, 군데군데 거의 사라지고 보이지 않았다. 정말로 사라지고 아무것도 없는지는 알기 어려웠다. 그것들을 연결할 수 있는 방법이 있을지도 몰랐다.

캐벗은 쌍안경으로 살펴보았다. 보이는 범위는 제한적이었으며, 이미지는 불안정하고 흔들렸다. 그 위의 오버행까지는 잘 알려진 대로 하나의 거대한 암석 덩어리가 박힌 촉스톤chock stone. 크랙이나 두 개의 벽 사이에 단단히 낀 암석이었다. 그곳을 지나쳐 위로 오르면 그들은 일반적인 루트의 끝에 합류하게 될 것이고, 그러면 나머지 경로를 간파할 수 있을 터였다.

그들은 몇 시간 동안이나 관찰하면서 온갖 세세한 사항을 전부 기록했다. 랜드는 몽당연필로 그것을 적었다. 기록을 끝마칠 무렵 왼쪽에서 넘어오는 태양이 드뤼 봉에 햇살을 던지며 봉우리를 광대하고 숭고한 빛으로 물들였다.

"이제 끝내세." 이윽고 캐벗이 말했다.

랜드는 내려가기 전에 잠시 쌍안경으로 봉우리를 살펴보았다. 그는 말이 없었다. 어떤 엄숙함을 느꼈다.

커다란 산은 심상치 않다. 큰 산은 산악인의 모든 것을, 전적으로 모든 것을 요구한다. 그것은 어렵고도 아름다워야 한다. 잊을 수 없는 여인의 이미지처럼 기억 속에 있어야 한다. 더럽혀지지 않아야 한다.

“얼마나 걸릴 거라고 생각해?”

“이틀. 어쩌면 사흘.” 캐벗이 말했다.

“피톤은 얼마나 가져가야 할까?”

“내 생각엔 우리가 가지고 있는 거 전부.”

“무게가 문제가 될 거야.”

캐벗은 대답하지 않았다. “저건 정말 멋진 선이야.” 그가 마지막으로 눈을 들어 말했다. “저게 바로 우리를 정상까지 데려다줄 수 있어. 그렇잖아?”

“혹은 그 이상까지.”

12

랜드는 바다 멀리까지 헤엄쳐 가고 있었다. 그쪽에 뭔가가 있었다. 사람이었다. 희미해지는 울음소리가 대기를 울렸다. 팔이 무거웠다. 너울은 더 심해졌다. 소리를 지르려 했으나 소리가 잘 나오지 않았다. 누군가 물에 빠져 죽어가고 있는데 그 사람에게가 닿을 용기가 없었다. 그는 포기하고 있었다. 심장이 납덩이처럼 무거웠다. 돌연 잠에서 깨어났다. 꿈이었다. 새벽 2시였다.

몇 시간 동안 똑같은 생각이 거듭되었다. 산의 어두운 암벽이 불면의 시간뿐 아니라 온 세상을 가득 채웠다. 암벽의 냉혹함과 숨겨진 공포는 오직 특정한 때에만 드러날 것이다. 동이 트기 훨씬 전에 그는 이 같은 두려움의 희생자가 되어 누워 있었다. 공격 전 철鐵의 시간이었다. 그의 눈은 앞으로 다가올 일들에 대한 심상으로 이미 지쳐 있었고, 기적들은 손바닥에서 빠져나갔다.

날씨가 좋지 않았다. 등반이 지연되어 신경이 날카로워진 상태였다. 매일 아침 잠에서 깬 그들은 흐린 하늘을 보거나 빗소리를 들었다. 로프, 피톤, 보급품 등 모든 것이 준비되었다. 그들은 매일 하릴없이 앉아 있었다.

알프스에서는 날씨가 굉장히 중요하다. 재난의 원인은 대부분 갑작스러운 폭풍우다. 무심히 다가오는 구름, 바람의 변화, 별로 중요해 보이지 않는 것들이 위험을 초래할 수 있다. 게다가 태양은 더 높은 고도에서 얼음과 눈을 녹이고, 때로는 믿을 수 없을 만큼 커다란 바윗덩어리들이 쪼개져 아래로 떨어진다. 이런 일은 보통 오후에 일어난다.

산악인은 산을 알아야 한다. 속도와 판단은 필수적이다. 계속 오르든 하산하든 고전적인 결정은 언제나 같다. 계속 오르는 것이 더 쉬운 때가, 사실상 정상에 이르는 것이 유일한 출구인 때가 온다. 그 순간에도 여전히 힘이 있어야 한다.

마침내 날이 개었다. 그들은 역까지 걸어갔다. 둘의 배낭은 엄청나게 컸다. 무게가 적어도 20킬로그램은 나갔다. 로프를 어깨에 걸치고 있어서 걸음을 옮길 때마다 갑옷이 움직이듯 나직한 소리가 울렸다.

랜드의 마음은 텅 비었다. 손은 무중력 상태에 놓여 있는 것 같았다. 그는 땅에 붙어 있기 위한 밀도가 부족함을 느꼈다. 존재에 매달리는 힘이 부족함을 느꼈다. 자신이 불면 날아가버릴 일종의 껍질이 된 듯한 기분이었다.

이 아침을, 이 위대한 아침을 그는 결코 잊지 못할 것이다. 캐럴은 관광객 사이에 서 있었다. 한 무리의 초등학생이 메르드글라스Mer de Glace. '얼음의 바다'라는 뜻으로, 몽블랑 산괴에서 가장 큰 빙하로 소풍을 가기 위해 교사들과 도착했다. 랜드는 지붕을 떠받치는 기둥 가까이에 서 있었다. 그의 다리에 와 닿는 햇볕이 따뜻했다. 그들과는 다른 복장, 배낭에서 튀어나온 빵 덩어리, 장비들이 그를 그들과 구분해주었다. 랜드를 감싸고 있는 일종의 차이가 그를 다른 생명체처럼 보이게 했다. 그 차이는 더없이 중요했다.

초등학생 무리는 열차에 올랐다. 그들 주변 좌석은 비어 있었다. 아이들의 떠들썩한 소리와 커플들의 나직한 웅얼거림, 캐시미어 스웨터를 목에 두른 젊은 남자들의 목소리 사이에서 날카로운 기적 소리가 울렸다. 열차가 움직이기 시작했다. 캐럴은 플랫폼이 끝나는 곳까지 열차 옆에서 따라 걸었다.

계곡이 멀어져갔다. 맞은편에는 브레방이 벽처럼 우뚝 솟아 있고, 그 봉우리를 향해서 희미한 길이 지그재그 모양으로 나 있었다. 초로의 영국 남자와 그의 아내가 가까운 자리에 앉았다. 그는 챙을 젖힌 모자를 쓰고 있었다. 얼굴에는 반점들이 있었다.

"무척 아름답지?" 남자가 말했다.

"난 세르뱅마터호른의 프랑스 이름이 더 좋아. 세르뱅이 훨씬 더 멋있어."

"그렇게 생각해?"

"세르뱅은 장엄해."

"글쎄, 이곳도 장엄한데."

"어디?"

"저기."

그녀는 잠시 밖을 내다보았다.

"아니야." 그녀가 말했다. "같지 않아."

열차는 부드럽게 흔들렸다. 열차가 위로 올라갈 때 그들 부부의 대화는 차창가를 떠다니는 종잇조각 같았다. 몽탕베르에서는 사람들이 하산하기 위해 기다리고 있었다.

랜드와 캐벗은 그날 오후 3시 무렵까지 드뤼 아래에 캠프를 꾸렸다. 저녁에는 맛있는 식사와 수프, 두꺼운 빵 조각, 말린 과일을 먹고 차를 마셨다. 그러고 나서 초콜릿 바를 하나 먹었다. 새벽에 출발하기로 계획을 세웠다. 위에 있는 암봉은 고요했다. 비스듬히 내리쬐는 햇살이 그들의 어깨 위에, 지의류가 낀 따뜻한 바위와 마른 풀 위에 떨어졌다. 그들은 샤르모즈첨봉인 그랑샤르모즈를 말함의 어깨 뒤로 황홀하게 해가 지는 모습을 지켜보았다. 캐벗이 담배를 피웠다. 그가 연기를 뱉으면서 얇은 담배를 내밀었다. 랜드가 캐벗의 손가락 사이에 낀 담배를 받아 들었다.

"이건 어디서 났어?"

"가지고 온 거야." 캐벗은 상체를 뒤로 젖혔다. 여러 생각들이 떠올랐다가 사라지곤 했다. "그래서," 그가 말했다. "사람들이 아침을 기다리는 거야. 난 이 시간이 좋아. 하루 중 이때가 가장 좋아."

"자……."

캐벗이 손을 뻗었다. 그는 담배 연기를 깊이 들이마시고는 빙그레 웃었다. 이곳에서는 그가 다른 사람처럼 보였다. 더 차분했다. 여전히 힘이 느껴졌지만, 저 아래 세계에서 그에게 달라붙어 있던 자만심은 아니었다. 랜드에게 산이 해준 것들을 캐벗에게는 유복한 가족, 학교, 운동부 같은 것들이 해주었다. 두 사람 사이에는 깊은 동료애와 이해심이 형성되었다. 그들은 동등했다. 말없이 엄숙한 협약을 맺은 것 같았다. 그 협약은 절대 깨지지 않을 것이다.

해가 이울었다. 날씨는 점점 추워졌다. 9시 30분쯤 잠이 들었다. 한 시간 후 천둥소리가 들렸다. 희미했지만 틀림없는 천둥소리였다. 자정께에 비가 내리기 시작했다. 다음 날 그들은 비참하리만큼 흠뻑 젖어 폭우를 뚫고 내려갔다. 셋 다 개처럼 밴의 뒷좌석에 몸을 포개고 웅크린 채 잠을 잤다. 자는 동안 빗방울이 계속해서 차의 지붕을 두드려댔다.

그들은 드뤼 발치까지 세 번이나 걸어가야 했다. 날씨가 도와주지 않았다. 그들뿐 아니라 다른 모든 사람들도 꼼짝 못 하게 했다. 브레이는 시내에 있었다. 그는 가이드 한 명과 얘기를 나눴다. 이 마을 출신의 가이드로 날씨에 관한 구전 지식을 알고 있는 사내였다.

"사람들이 올해의 바람이라고 부르는 것이 있대요." 브레이가 설명했다. "그 바람은 1월 23일에 온답니다. 올해는 서쪽에서 불어왔다는군요."

"그게 무슨 의미가 있는 거지?"

"하루는 날이 좋고 다음 2, 3일은 비가 오고, 그런 식이라는 거죠. 날씨 변동이 심하다는 거예요."

"그런 얘기는 나도 해줄 수 있을 것 같은데." 캐벗이 말했다.

그들은 7월 중순에 다시 시작했다. 날씨가 개어서 산악인들이 산으로 몰려들었다. 근처 빙하 위에 한 쌍의 남녀가 있었다. 여자는 커다란 배낭을 짊어졌고, 남자 친구는 멀리 앞에 있었다.

"저 친구는 뭐 하러 여자를 데려온 거지?"

"젖을 짜려고." 캐벗이 말했다.

여자는 안경을 썼다. 얼굴은 축축해 보였다. 나중에 얼음 위에서 두세 번 넘어진 그녀는 좌절감에 울음을 터뜨리며 그 자리에 주저앉았다. 남자는 뒤도 돌아보지 않고 계속 걸어갔다.

로농 위에 다른 일행이 이미 캠프를 설치해둔 상태였다. 오스트리아인 두 명이었는데, 형제로 보였다. 캐벗은 그들을 보자마자 불안해했다.

"다른 쪽으로 가세." 그가 말했다.

그날 저녁 그들은 계곡 건너편에서 내려가는 마지막 열차의 기적 소리를 들을 수 있었다. 나중에는 노랫소리가 들렸다. 그 오스트리아인들이었다.

"저치들이 뭘 할 거라고 생각해? 우리와 똑같은 걸 하려는 게 아닐까?"

"모르겠어." 랜드가 말했다. "비가 올 때 저 친구들은 어디에 있었지?"

"일찍 출발하는 게 좋겠어." 캐벗이 작정하고 말했다.

그들은 아침 5시에 조용히 텐트를 걷어 그들과 드뤼 봉 발치 사이에 있는 빙하로 내려갔다. 이미 동이 텄다. 손은 차가웠다. 그들의 발소리가 얼어붙은 수면 위에서 짖는 것 같았다.

"그 친구들이 아직 안 일어났다면 이 소리가 그들을 깨울지도 몰라." 랜드가 말했다.

"어찌 됐든 그들은 일반적인 루트를 오를걸세."

"자네가 그걸 어떻게 알아?"

"저기 그 친구들이 있잖아."

오른쪽 저 멀리 조그맣게 보이는 두 사람의 형체가 쿨루아르를 향해 나아가고 있었다.

"이젠 걱정할 게 없군." 랜드가 말했다.

"그래."

빙하와 바위 사이에는 베르크슈룬트빙하가 산과 만나는 부분에 생긴 깊은 크레바스가 있다. 그들은 어렵지 않게 그곳을 건넜다. 화강암은 어두운 빛깔에 얼음처럼 차가웠다. 랜드가 바위에 손을 얹었다. 마치 자신이 암벽이 아닌 어떤 행성—너무 광대해서 상상할 수 없지만, 동시에 어찌된 일인지 그 존재를 의식하고 있는 행성—의 질서에 속하는 무언가를 만지고 있는 것만 같았다.

그들은 6시 직전에 등반을 시작했다.

"내가 첫 피치확보 지점과 확보 지점 사이의 간격를 오를게. 됐지?" 캐벗이 말했다.

그는 바위를 잡고 발 디딜 곳을 찾으며 오르기 시작했다.

13

"빌레이 해제!"

잠시 후 로프가 느슨하게 내려왔다. 랜드는 뻣뻣해진 손으로 로프에 캐벗의 배낭을 묶고 배낭이 바위를 스치면서 올라가는 모습을 지켜보았다. 로프가 다시 내려오자 자신의 배낭을 로프에 묶었다. 몇 분 뒤 그는 암벽을 오르고 있었다.

처음에는 불안감이 존재한다. 첫 6미터 정도가 특히 불안하다. 그러나 곧 사라진다. 바위는 차가웠다. 그의 손을 물어뜯는 듯했다. 잠시 움직임을 멈추자 뒤에서 멀리 떨어진 계곡으로부터 희미한 트럭 소리가 들려왔다.

그는 캐벗이 빌레이를 하고 있는 곳에 이르렀다. 그들은 몇 마디를 주고받았다. 랜드가 선등했다. 자신 있는 태도로 올랐다. 지면과의 거리가 멀어졌다. 몸은 시동이 늦게 걸리지만 일단 부드럽게 작동하면 영원히 움직일 수 있는 기계와도 같다. 랜드는 홀드를 찾아서 크랙에 재밍jamming. 암벽등반에서, 바위의 갈라진 틈 속에 손이나 발, 다리, 몸을 끼워 넣고 비틀 때 발생하는 지지력을 이용하여 등반하는 기술을 하고, 만져보고, 때로는 거부하면서 조금씩 위로 올라갔다.

정오 무렵엔 꽤 높이 올라가 있었다. 앞치마의 꼭대기를 이루는 눈 덮인 레지에 이르렀다. 여기서부터 주벽이 시작되었다. 햇빛이 먼 상공에서 보이지 않는 정상 너머로 쏟아져 내렸다. 그들은 좁은 노두에 앉아 간단히 요기를 했다.

"지금까지는 괜찮았어. 물 좀 주겠나?" 캐벗이 말했다. 물을 받을 때 실수가 있었다. 플라스틱병이 그의 손에서 떨어진 것이었다. 잡으려 했지만 결국은 떨어져버렸다. 한 번, 두 번, 세 번이나 아래쪽 암벽을 스치며 튕겨 나가 흰 빙하에 가려져 보이지 않았고, 한참 후에야 빙하에 떨어지는 소리가 났다.

"미안." 그가 조용히 말했다.

랜드는 아무 말도 하지 않았다. 물병이 하나 더 있었지만 이제는 준비한 것의 절반밖에 남지 않았다. 산은 확대한다. 아주 작은 사건, 아주 사소한 말도 돌이킬 수 없는 것으로 확대하는 수가 있다.

일련의 연속적인 수직 크랙이 시작되었다. 랜드는 위로 올랐다. 첫 번째 수직 크랙의 꼭대기에 이른 후 다른 수직 크랙으로 가야 했는데, 꽤 멀리 떨어진 왼편에 있었다. 중간에는 거의 아무것도 없었다. 홀드들은 아래쪽으로 기울어져 있었다. 랜드는 시도했다가 물러났고, 다시 시도했다. 20센티미터 정도 떨어진 두툼하게 솟은 부분에 도달해야 했다. 암벽의 매끄러움이 그를 위협했고, 마지막 15센티미터의 거리가 그를 유혹했다. 얼굴은 땀에 젖었다. 다리가 떨리기 시작했다. 준비, 속으로 중얼거렸다. 몸을 쑥 뻗었다. 도달했다. 손가락이 거기에 닿았다. 그는 그리로 건너갔다. 아래에서는 그가 미끄러지듯 날렵하게 암벽을 건너고 홀드도 거의 필요 없는 것처럼 수월해 보였다. 캐벗은 그저 랜드가 피톤을 박아 넣고 계속 나아가는 것을 보았다. 바로 그때 햇빛이 암벽 뒤에서 쏟아져 나와 캐벗의 눈을 멀게 했다. 그는 눈을 가렸다. 확신할 수는 없지만, 저 위의 촉스톤을 보았다고 생각했다.

그날 오후 몽탕베르에서도 망원경으로 그들의 모습이 보였다. 산의 넓은 면적이 햇빛을 받아 창백해 보였다. 커다란 오버행 아래 어느 정도 떨어진 지점에서 별 움직임이 없는 두 개의 반점을 알아볼 수 있었다. 하얀 헬멧이 햇빛에 반짝였다.

오후가 지나갔다. 그들은 여전히 햇볕에 노출되어 있었다. 햇볕의 온기가 좋았다. 언제나 끝없는 기다림이 있었다. 선등자가 길을 찾는 동안 목이 뻣뻣해지도록 위를 올려다보며 기다려야 했다. 암벽의 침묵이, 규모의 거대함이 그들을 에워쌌다.

갑자기 어디선가 무시무시한 소리가 났다. 윙 하고 떨어지는 물체에서 나는 소리였다. 랜드는 암벽을 껴안았다. 보이지 않는 뭔가가 내려가고, 쿵 하는 소리가 나고, 흔들리면서 떨어지고, 이내 사라졌다. 그는 위를 쳐다보았다. 무서운 광경이 눈에 들어왔다. 커다란 낙하 물체의 가장자리 부분이 캐벗을 스치고 지나간 것 같았다. 캐벗은 순종하듯 천천히 고개를 숙였다. 다리가 풀리고 팔이 처졌다. 소리 없이 성스러운 동작을 지어 보였다. 그는 떨어지기 시작했다.

"잭!"

로프가 팽팽하게 당겨졌다. 랜드 위쪽의 캐벗은 로프에 매달린 채 한쪽으로 기울어지고 있었다.

"잭! 괜찮아?"

캐벗의 고개가 푹 수그러지고 다리는 달랑거렸다. 아무런 대꾸도 없었다.

등반가는 다른 일행을 로프로 끌어 올리지 못하고 그저 지탱할 뿐이다. 랜드는 좋은 자리에 발을 디뎠지만, 결과가 이미 마음속에 스며들고 있었다. 그는 손에서 로프를 살짝 풀어 보냈다. 캐벗의 한쪽 발이 약간 움직였다. 그 발이 홀드에 닿았다. 아마 홀드를 몸을 지탱하는 지지대로 사용할 생각인 듯했으나 발이 미끄러지고 말았다. 그의 머리가 암벽에 부딪혔다.

"괜찮아?"

말이 없었다.

"잭, 아래를 봐!" 그가 소리쳤다.

아래쪽에 더 좋은 자리가 있었다. 랜드는 캐벗에게 말을 걸면서 로프를 느슨하게 풀어주었다. 옷이 뾰족한 조각에 걸린 것처럼 캐벗이 뭔가에 걸려 가만히 있는 것 같았다. 눈을 뜨고는 있으나 아무것도 보지 않은 채로 암벽에 붙어 있었다.

랜드는 마침내 위로 올라가서 캐벗 옆으로 다가갔다. 캐벗이 고개를 조금 돌렸다. 턱과 얼굴 옆면 전체가 피범벅이었다. 눈은 술에 취해 비몽사몽인 사람처럼 감겨 있었다. 상의는 피에 젖어 있었다. 랜드는 갑자기 메스꺼웠다.

"얼마나 심한 거야? 어디 좀 보세."

그는 헬멧을 벗기면서 머리가 피에 젖어 번들거릴 거라고 예상했다. 피가 왈칵 쏟아졌다. 턱에서 피가 뚝뚝 떨어졌다.

"붕대 있어?"

"아니." 캐벗이 간신히 입을 열어 말했다.

랜드는 손수건을 붕대처럼 감싸 묶었는데, 이내 피에 젖어 짙게 물들었다. 피가 멈추는지 보려고 턱을 닦았다. 랜드의 심장이 쿵쿵 뛰었다. 귓구멍에서 피가 나오는지 살펴보려 했다. 귀에서 피가 난다면 심각한 뇌진탕이나 두개골 골절일 수도 있었다.

그 순간 한 가지 사실이 확실해 보였다. 캐벗은 죽을 거라는 사실이었다.

"아파?"

캐벗이 천천히 고개를 끄덕였다. 피는 멈추지 않았다. 랜드는 바위에 손가락을 닦으며 도망치고 싶다는 생각을 가라앉히려 애썼다. 그는 해머로 피톤을 박아서 자신과 캐벗을 거기에 고정시켰다. 캐벗은 잠든 사람처럼 머리를 앞으로 떨구었다. 그들 아래 300미터나 되는 거리가 있었다. 해가 지기까지 앞으로 두세 시간은 남아 있었다. 어쨌든 계속 여기에 머물 수는 없었다.

그리 높지 않은 위쪽에 레지를 가릴 수 있는 오버행이 보였다. 그것이 최고의 희망이었다. 아마 거기에 도달할 수 있을 터였다.

"저기로 올라가 레지가 있는지 볼게."

캐벗은 말이 없었다.

"레지가 있으면 자네를 올려줄 거야. 괜찮겠지? 이따가 끌어올릴게."

캐벗이 작별을 고하듯 고개를 살짝 들었다. 눈이 흐리멍덩했다. 그는 시체처럼 희미하고 오싹하게 미소 지으며 간신히 입술을 벌렸다. 피에 젖은 이의 윤곽이 드러났다.

"잠깐만 기다려." 랜드가 말했다.

몸을 놀리기 시작했을 때 끔찍한 두려움이 그를 훑고 지나갔고, 두려움은 줄어들지 않았다. 그는 아무런 보호도 받지 못한 채 혼자 오르고 있었다. 아니, 혼자 오르는 것보다 더 나빴다. 그는 악의에 찬 차가운 암벽을 기어오르면서 자신이 달라붙은 그

평평한 바위 전체가 떨어져나가 자신을 완전히 날려버릴지도 모른다고 상상했다.

마지막 열차가 몽탕베르에서 내려간 지도 오래였다. 망원경을 들여다보는 유일한 눈은 저녁 식사 전에 산책을 즐기는 호기심 많은 호텔 손님들뿐이었다. 그들이 본 것은 장엄한 풍광의 아름답고 고요한 세부 경치뿐이었다. 햇빛은 순수하고 하늘은 맑았다. 그들은 물론 다른 모든 창조물은 오버행 아래 써늘한 그늘과 그 속에 감춰진 마음이 텅 빈 사내를 알아보지 못했다.

랜드는 좁은 크랙에 피톤을 박아 넣으며 천천히 바깥쪽으로 나아갔다. 짧은 줄사다리 **에트리에**에 온 체중을 맡긴 채 그 일을 했다. 크랙이 끝났다. 필사적으로 찾아보았으나 피톤을 박아 넣을 자리가 없었다. 몸을 내밀어 가장자리 주변을 더듬으며 홀드를 찾아보았다. 드디어 홀드를 하나 찾았다. 어쩌면 마지막 피톤에 한 발을 딛고 몸을 쭉 펴서 더 먼 어딘가의 또 다른 홀드를 찾을 수 있을지도 모른다. 그는 손가락으로 보이지 않는 바위를 더듬고 또 더듬었다. 한 번은 더 노력할 힘이 있었다. 숨을 깊이 들이쉬고 방향을 돌린 다음 몸을 뒤로 젖혀서 자유로운 손으로 만져보았다. 아무것도 없었다. 그는 어렵사리 조금 더 높은 곳으로 손을 뻗어 더듬거렸다. 아무것도 없었다. 공포가 밀려들었다. 미친 듯이 더듬어댔다. 그의 손이 가 닿은 가장 높은 곳에서 홀드를 하나 찾았다. 바위가 그의 분투에 감동하여 마음을 누그러뜨린 것이었다. 그는 힘겹게 올라가서 헐떡거리며 누웠다. 레지의 폭은 60센티미터였다. 바닥이 고르지는 않았지만 어쨌든 레지였다. 그는 캐벗을 끌어 올리기 시작했다.

14

해가 몽블랑 뒤로 넘어갔다. 날씨는 더 추워졌다. 하늘에는 여전히 빛이 남아 있었다. 소형 블루엣 스토브로 차를 끓였다.

캐벗은 앞으로 고개를 푹 숙인 채 움직이지 않았다. 머리와 얼굴의 피는 말라 있었지만 내리깐 눈에는 초점이 없었다.

랜드는 엉망이 된 캐벗의 두 손 사이에 찻잔을 넣어주었다.

"머리는 어때? 피는 멈춘 것 같은데."

캐벗이 피가 굳어 가장자리가 까매진 이를 드러냈다. 살짝 고개를 끄덕였다.

"이제 괜찮아 보이는데." 랜드가 말했다.

캐벗은 말이 없었다. 잠시 후 조그만 목소리로 말했다. "날씨는 어때?"

하늘은 맑았다. 첫 번째 별이 희미하게 나타났다.

"날씨에 시달리고 싶진 않아." 그가 중얼거리듯 말했다. 그 말을 하는 것만으로도 지쳐 보였다. 명상에 빠진 듯했다. 랜드는 캐벗의 손에서 찻잔을 빼냈다.

멀리서 샤모니의 불빛이 보였다. 날이 어두워질수록 불빛은 더 많고 뚜렷해졌다. 불빛들은 따뜻한 식사, 대화, 아늑한 방을 의미했다. 모두 별처럼 도달할 수 없는 것들이었다. 지금은 더 추워졌다. 추위는 산봉우리를 덮으며 빠르게 찾아들었다. 잠들지 못하는 긴 밤이 시작되었다.

캐벗은 휴대용 침구를 덮었다. 손은 호주머니에 넣고 부츠 끈은 느슨하게 풀었다. 고대 건축물의 갈색빛을 띤 암벽이 어둠에 묻혔다. 극심한 고립감, 일종의 폐소공포증이 랜드에게 밀려왔다. 공간이 자신을 짓누르기라도 하는 것처럼 숨을 쉴 수 없을 것만 같았다. 그래도 그는 맞서 싸웠다. 위에서 오리온자리의 차가운 별 세 개가 빛났다. 마음이 산만하게 흩어졌다. 그는 생의 마지막 시간이 끝나기를 기다리는 사형수를 떠올렸다. 캘리포니아에서 보낸 날들을 생각하고, 자신의 젊음을 생각했다. 발이 차가웠다. 발가락을 움직여보았다. 시간이 흘렀다. 망각의 시간이, 별을 빤히 쳐다보는 시간이 흘렀다. 지금껏 보아온 그 어느 때보다도 별이 많았다. 밤의 찬 기운이 별의 개수를 크게 증가시킨 것이었다. 별들은 희박한 공기 속에서 몸을 떨었다. 어두운 지평선 위로 제네바의 불빛이 밤새도록 밝게 빛났다. 별똥별 하나가 하얀 불덩이처럼 떨어졌다. 비행기가 북쪽으로 지나갔다. 랜드는 원망과 절망을 느꼈다. 그의 시선이 300미터 암벽을 타고 내려갔다. 그는 떨어지고 또 떨어졌다. 캐벗은 꼼짝도 하지 않았다. 이따금 신음소리를 낼 뿐이었다.

푸른빛이 옅어졌다. 별들이 희미해지기 시작했다. 기진맥진한 랜드의 몸은 뻣뻣해져 있었다. 몽블랑의 거대한 반구형 산봉우리가 빛 속에서 솟아올랐다.

"잭, 일어나." 그는 캐벗을 흔들어야 했다. 캐벗이 눈을 깜박거렸다. 아무것도 할 수 없는 사람의 눈이었다. 방탕한 사람의, 인생을 낭비한 사람의 눈이었다. "동이 텄어."

"몇 시야?"

"5시 30분. 프랑스의 아름다운 아침이야." 추위에 손가락이 곱은 랜드는 간신히 스토브에 불을 붙이고 먹을 것을 꺼냈다. 그는 기력을 소진한 것 같은 캐벗을 티 나지 않게 살펴보았다.

"한결 나아졌어." 뜻밖에도 캐벗이 그렇게 말했다.

랜드는 그를 쳐다보았다.

"내려갈 수 있겠어?"

"내려가?" 잠시 침묵이 흘렀다. "안 돼." 캐벗은 마치 싸우다가 피를 흘리고, 몸이 찢겨 죽은 듯했다가 웬일인지 다시 일어난 강인한 짐승 같았다. "내려가면 안 돼." 그가 말했다. "난 괜찮아. 할 수 있어."

"그건 아닌 것 같아."

"난 할 수 있어." 캐벗이 완강하게 말했다.

"가장 어려운 부분이 앞에 남아 있어."

"알아."

랜드는 더 이상 말하지 않았다. 물건을 치우고 장비를 정리하면서 생각에 집중하려 했다. 캐벗은 강했다. 의심의 여지가 없었다. 그는 자신을 충분히 통제하고 있는 듯했다. 상황은 이제 많이 좋아졌다.

"정말 그렇게 생각해?" 랜드가 물었다.

"그래. 계속 올라가자고."

처음에는 알 수 없었다. 시작은 느렸다. 그들의 몸은 긴 시간

추위에 시달린 탓에 굳어 있었다. 랜드가 선등했다. 얼마 지나지 않아 그는 캐벗이 등반할 수 있는 상태가 아니라는 것을 알았다. 캐벗은 잠든 것처럼 한곳에 오래 머물곤 했다.

"괜찮아?"

"잠시 쉬고 있을 뿐이야."

그들은 초보자를 데리고 등반하듯 무척 느리게 나아갔다. 때때로 캐벗은 손짓, 몸짓을 했다. 괜찮아, 1분이면 돼. 그렇지만 거의 매번 5분에서 10분쯤 걸렸다. 랜드는 로프로 그를 끌어 올려야 했다.

두 사람은 촉스톤을 지나 거대한 두 개의 슬래브가 펼친 책처럼 만나는 안쪽 모서리 부분을 오르기 시작했다. 그들은 자신들이 실제로 거기 있는 게 아니라 어떤 게임의 일부에 놓인 것만 같았다. 그저 등반 동작을 수행하고 있을 뿐이었다. 그게 전부였다. 그러나 이제 와서 내려갈 수는 없었다. 내려가려면 한참 전에 내려갔어야 했다. 힘겹게 몸부림치며 150미터를 더 올라온 지금은 내려갈 수 없었다. 그들은 이 암벽을 오른 최초의 일행이 퇴각했던 곳—그 일행은 북쪽으로 돌아서 내려갔다—근처에 있었다. 그곳이 정확히 어디인지 랜드는 알지 못했다. 그는 수년 전에 설치되었을 볼트를 찾아보았으나, 도저히 찾을 수 없었다.

그들은 으스스하게 드러난 크고 넓은 슬래브에 이르렀다. 홀드는 미미했다. 얇은 선에 지나지 않는 정도였다. 피톤을 박아 넣을 곳이 없었다. 그 슬래브 위로 나아갔을 때 랜드는 어떤 예감이 밀려드는 것을 느낄 수 있었다. 일종의 절망감이 점점 커져갔다. 등반하는 사람을 벽에 매달릴 수 있게 하는 것은 무엇보다 믿음이다. 그는 30분 동안 얼마 안 되는 거리를 가로질러 나아갔지만,

그러는 동안에도 헛수고라는 확신이 들었다.

"보기보다는 나쁘지 않아!" 그가 소리쳤다.

캐벗이 출발했다. 조금씩 매우 천천히 움직였다. 3분의 1쯤 왔을 때 그가 간단히 말했다.

"난 못 하겠어."

"아니, 할 수 있어."

"아마 다른 길이 있을 거야."

"자넨 할 수 있어."

캐벗은 잠시 멈추었다가 다시 시도했다. 거의 즉시 발이 미끄러졌다. 그는 간신히 매달렸다.

"난 할 수 없어." 그가 말했다. 극도로 지쳐 있었다. "자넨 날 여기 두고 가야 해."

침묵.

"안 돼, 다시 해봐."

"난 돌아갈 거야. 자넨 계속해. 나중에 내게 와줘."

"그럴 수 없어." 랜드가 말했다. "이봐, 어서 해봐." 그가 아무렇지도 않은 목소리로 말했다. 자기 목소리에 공포가 배어 있을까봐 두려웠다. 아래를 내려다보고 싶지 않았다. 아무것도 보고 싶지 않았다. 등반 과정 중에는 산이 무엇도 허락하지 않는 가장 어렵고 힘든 피치가 있다(언제나 기술적으로 가장 어려운 지점을 뜻하는 것은 아니다). 그 지점에서 산은 조그만 움직임도, 아주 작은 희망도 허락하지 않는다. 머리카락 한 올보다도 가는 선 하나만 있을 뿐인 그곳을 어떻게든 넘어가야 하는 것이다.

공허한 공간이 그에게서 힘을 빼내며 랜드가 마지막을 준비하게 했다. 그 광대함 속에서 그는 감정도 두려움도 없는 아무것도 아닌 존재였다. 그럼에도 고뇌가 있었고, 여전히 매달린 채 움직이려 하지 않는 캐벗에 대한 극도의 증오심이 일었다. 여기서 포기하면 안 돼, 속으로 중얼거렸다. 절대 포기하지 마, 그는 의지를 불태웠다.

랜드가 눈을 돌려 바라보았을 때 캐벗은 또 한 걸음을 내딛고 난 뒤였다.

그날 저녁 두 사람은 암벽 위쪽 레지에 자리 잡았다. 위에는 레지의 상부를 막아주는 오버행이 있었다. 그들은 늦게까지 구름이 몰려왔다는 사실을 알아차리지 못했다.

첫 돌풍은 거의 부드럽게 불었다. 하지만 바람에는 앞으로 닥쳐올 일을 경고하는 냉기가 스며 있었다. 멀리서 우르르하는 천둥소리가 들렸다. 랜드는 그 소리가 잦아들기를 기대하며 기다렸다. 다시 천둥이 쳤다. 가까운 곳에서 일어나는 공습 같았지만, 그것이 그들을 지나쳐갈지도 모를 일이었다. 구름이 더 짙어졌다. 샤르모즈는 어두워지면서 사라지고 있었다. 황혼 속에 번개가 번쩍하면서 브레방을 때렸다. 드뤼의 암벽은 아직 깨끗했고 늦은 시간의 어스름한 빛에 젖어 부드러워 보였다. 천둥소리가 요란했다.

랜드는 무력감을 느꼈다. 그는 폭풍우가 다가오는 것을 보았다. 폭풍우는 앞에 비구름을 달고 푸른 물결처럼 계곡을 올라오고 있었다. 랜드는 그것이 혹시라도 자신을 알아차리고 자기 쪽으로 방향을 홱 바꿀까 두려워하는 사람처럼 앉아서 폭풍우를 지켜보았다.

얼마 후 소리가 들렸다. 공기의 움직임이 빚어내는 기이한 소리가 사방에 가득했다. 랜드는 벌 떼가 웅웅거리는 듯한 소리의 정체를 즉시 알아차렸다.

"저게 뭐야?" 캐벗이 말했다.

"꽉 붙잡아." 랜드가 경고했다.

그들은 구름 속에 있었다. 몇 초 사이에 드뤼가 사라져버렸다. 아무것도 볼 수 없었다. 소리는 바로 머리 위에서 들려왔다가 그 다음에는 더 가까이에서, 거의 귀 안에서 들리는 것 같았다.

"점점 더 요란해지고 있어."

랜드는 대꾸하지 않았다. 겨우겨우 숨을 쉬면서 기다리고 있었다. 운무와 추위는 눈가리개 같았다. 그는 점점 크게 웅웅거리는 으스스한 소리에 귀를 기울였다.

갑자기 귀를 찢는 폭발음과 함께 어스름이 하얗게 번뜩였다. 청백색 뱀 같은 번개가 몸을 비틀며 크랙을 타고 내려왔다.

다시 번개가 쳤다. 이번에는 레지를 때린 번개의 충격으로 그의 팔다리가 움찔하며 튀어 올랐다. 유황 냄새 비슷한 바위 타는 냄새가 났다. 우박이 떨어지기 시작했다. 랜드는 용기에 매달렸지만 아무 의미 없는 짓이었다. 그는 입안에서 죽음을 맛볼 수 있었다.

캐벗은 랜드 옆에 웅크리고 있었다. 그는 이전보다 훨씬 더 느리게 움직이며 하루를 끝냈다. 그는 시체처럼 어둠 속에 앉아 지구의 종말이 닥친 듯 귀를 찢는 천둥소리에 미동도 하지 않았다. 그는 랜드를 짓누르는 무거운 짐이었다. 번개가 또다시 번쩍였다. 애처로운 캐벗의 모습이 뚜렷이 보였다. 랜드는 그 모습을 응시했다. 자신이 본 것을 결코 잊지 않았다. 반쯤 얼굴을 가린 붕대 아래 한쪽 눈이 랜드를 똑바로 바라보고 있었다. 침착하고 흔들림 없는 여자의 눈 같았다. 랜드의 절망감을 이해하는, 인내심이 가득한 눈이었다. 캐벗은 살아 있는 걸까? 그런 생각마저 들었다. 눈은 살짝 움직이며 아래를 내려다보았다.

엄청난 폭발음이 났다. 몸이 부르르 떨렸다. 새벽까지는 아홉 시간이 남아 있었다.

15

자정에 폭풍우가 멈췄다. 그리고 이내 얼어붙었다. 그들의 옷은 젖었고 우박은 눈으로 변해 있었다. 어둠 속에서도 앞을 조금 볼 수 있었다. 때때로 구름 사이에 빈 공간이 보이곤 했다. 그런 다음에는 완전한 정적 속에서 그 두꺼운 물결이 다시 밀려왔다. 마치 그들을 묻어버리고 흔적조차 지워버릴 것처럼 밀려들었다. 랜드는 몸을 떨었다. 이건 나약한 행동이라며 속으로 중얼거렸지만, 떨리는 몸을 멈출 수가 없었다.

마침내 하늘이 회복해졌다. 폭풍우는 여전히 공중에 걸려 있었다. 옷과 장비는 얼었고, 로프는 뻣뻣했다.

간신히 차를 끓였다. 멀리서 끝없이 늘어선 검은 구름이 적군처럼 움직이고 있었다. 날씨가 괜찮아지면 정상에 오르려 시도해 볼 수 있을 것이다. 랜드는 금속 맛이 나는 미지근한 액체를 홀짝였다. 마음이 공허했다. 그에게는 결심도 계획도 없었다.

그들은 한 시간 동안 많은 장비 사이에서 멍하니 움직였다. 장비를 바로잡는 데 엄청난 노력이 필요했다. 앉아서 쉬고 싶은 유혹은 저항하기 힘들 정도였다. 모든 바위에, 모든 크랙에 눈이 쌓여 있었다. 햇빛이 서쪽 바위 능선에 내리쬐고 있었다. 랜드의 몸은 여전히 떨렸다. 어쩐지 날씨가 더 추워진 듯했다.

그가 바위를 만졌을 때 바위는 깊이 가라앉은 난파선의 옆구리 같았다. 손가락 끝을 따뜻하게 하려고 입김을 호호 불었다. 팔다리는 지쳐 있었다. 가까운 곳에서 새들이 휙휙 날아다니는 소리가 들렸다. 랜드는 잠시 환상 속에서 그 새들과 함께 날아오르는 꿈을 꾸었다. 두 팔을 활짝 펼치고서 새들처럼 암벽을 스치듯 날아오르는 꿈이었다.

캐벗은 더 강해진 것 같았다. 전보다 더 쉽게 움직였다. 산은 그들 위로 마지막 장애물들을 쌓아두고 있었다. 암벽, 파편들, 짙은 빛깔의 부서진 지붕들, 이 모든 것들이 바깥쪽으로 기울어져 있었다.

"날씨가 좋을 때 해내야 해."

"그래야겠지." 랜드가 웅얼거리듯 말했다. 그는 뭔가 묘하게 뒤바뀌는 것을 느꼈다. 흡사 모든 힘을 다 쏟아 달리다가 마지막 구간에서 누군가 자기 앞으로 치고 나가는 것처럼 캐벗의 말에 고무되는 대신 힘이 쭉 빠지는 것을 느꼈다. 정상이 가까이에 있다는 단 하나의 사실이 그를 지탱해주었다.

"우린 해낼 거야." 얼마 후에 캐벗이 말했다. 그는 부하들 앞에 나서기 위해 피투성이가 된 모습으로 함교함장이 항해 중에 배를 지휘하도록 갑판 맨 앞에 높게 만든 구조물로 돌아가는 함장 같았다.

마지막 오버행, 마지막 로프 길이…… 그리고 그들은 거기에 이르렀다. 정오가 다 된 시각이었다. 아래에서 녹색 계곡과 빙하가 빛났다. 그들은 가장 높은 봉우리 몇 개를 빼고는 다른 무엇보다 높은 곳에 다다랐다. 두 사람은 말없이 서 있었다. 너무 감격스러워 말이 나오지 않았다. 저 아래 지점에서 비박bivouac. 악천후 등으로 계획하지 못했던 곳에서 불가피하게 하는 야영했던 일이 몇 주 전, 아니 몇 년 전인 것만 같았다. 아직 깊은 골짜기로 내려가서 조금 더 올라갔다가 하산해야 했지만, 그것은 중요하지 않았다. 드뤼 서벽이 그들 아래에 있었던 것이다.

캐벗이 의욕적으로 앞장섰다. 그가 길을 이끌었다. 빠르게 움직였다. 너무 서두르는 것 같았다. 특히 로프를 이용한 현수하강 때 더욱 서둘렀다. 산을 내려가는 일은 언제나 위험하다. 최악의 상황이 끝난 것처럼 보여서 방심하기 쉽다.

"뭐가 그리 급해?" 랜드는 손을 뻗어 그를 제지했다.

"어서 가자고."

"자네 발이 자꾸 뭘 걷어차고 있어."

"걱정 마." 그는 그렇게만 말했다.

그날 밤 두 사람은 샤르푸아 오두막으로 허정허정 들어가서 열여덟 시간을 잤다. 그들이 몽탕베르에 도착했을 때 체구가 큰 남자 하나가 호텔에서 나왔다. 〈제네바 신문〉의 기자였다.

"어떻게 된 겁니까?" 기자가 물었다. 캐벗은 싸움의 희생자처럼 보였다. "낙석에 맞은 거예요? 언제요? 얼마나 높은 곳에 있었습니까?"

기자는 차분하게, 친근한 태도로 말했다. 아무것도 적지 않았다. 자신도 산을 올라 산을 잘 아는 사람이었다. 그에게는 오래된 옷을 입고 정원을 거니는 귀족에게서 느껴지는 편안함이 묻어 있었다. 그는 드뤼의 모든 역사와 그동안 드뤼 등반이 어떻게 행해졌는지를 잘 알고 있었다. 눈은 날카로웠고, 코는 더더욱 날카로웠다.

'그들은 자신의 삶을 산에 바쳤다Ils livraient leurs vies à la montagne…….' 그의 기사는 이렇게 끝맺었다. '그들은 자신의 삶을 산의 발치에 펼쳐놓았다Les étalant à son pied.'

등반을 하는 것과 그런 사람에게서 확인받는 일은 전혀 다른 문제였다.

그날 밤 샤모니에서의 저녁 식사 자리에 캐벗은 목이 파인 노란 스포츠셔츠를 입고 나왔다. 짙게 멍이 든 얼굴에는 하얀 붕대가 감겨 있었다. 캐벗이 미리 뒷자리 테이블을 요청해두었다. 그는 가벼운 두통이 있다고 실토했지만 기분은 한껏 고무되어 있었다.

"등반에 관해서는 유럽에서 가장 글을 잘 쓰는 기자라네." 그가 말했다. "그 친구가 거기 나타나리라곤 생각도 못 했어."

"어떻게 그런 일이 일어난 거지?" 랜드가 물었다.

캐벗이 빙그레 미소 지었다. 따뜻하고 다정한 미소였다. 그가 와인을 따랐다. "그는 드뤼를 훤히 알고 있어. 그가 자네에 대해 글을 쓴다면 자네가 부탁할 수 있는 건 그것뿐이야." 캐벗의 말은 여러 차례 최초 등정을 한 유명 가이드의 악수를 받느라 끊겼다. 이어 랜드도 악수를 받았다. "고맙습니다. 고마워요Merci."

"저분은 누구예요?" 캐럴이 물었다.

영광이 저녁의 시원한 공기처럼 그들 위로 부드럽게 떨어져 내렸다.

캐럴이 가만히 남편을 바라보며 "당신이 이이를 더 잘 돌봐줄 거라고 기대했어요"라고 말했다.

"우리가 해낼 거라곤 생각도 못 했어요." 랜드가 고백했다.

"해낼 수 있을 거라고 생각했겠죠."

"어리석은 짓이었습니다."

"아니, 어리석은 짓이 아니었어." 캐벗이 말했다. 그의 얼굴은 인격이 둘로 나뉜 것처럼 한쪽은 멍이 들어 파랬고 다른 한쪽은 잘생겨 보였다. "만약 우리가 죽었다면 어리석은 짓이었겠지만 말이야."

"그래, 알아. 정말 대단했어." 랜드가 나직이 중얼거렸다.

"그건 다음에 다시 얘기하자고."

"바윗덩어리에 머리를 맞았지만 이이는 정말 운이 좋았어요." 캐럴이 말했다. "아주 크게 다칠 수도 있었잖아요."

그들은 푸짐하게 저녁을 먹었고, 오랫동안 그 자리에 앉아 시간을 보냈다. 캐벗은 자신이 기억하는 모든 것을 얘기했다. 다만 바위에 머리를 맞은 순간부터 그가 '자넨 계속해. 나중에 내게 와줘'라고 한 말에 랜드가 간단히 '그럴 수 없어'라고 답했을 때까지의 이야기는 없었다. 이어서 폭풍우가 몰려오는 얘기를 했다. 캐럴은 멍하니 듣고 있었다. 그녀의 잔은 비어 있었다. 취했지만 그 취기가 지혜로움처럼 보이는 경우도 있다.

"무슨 얘기를 하고 있는 거야?" 그녀가 말했다.

"폭풍우 얘기를 하고 있어."

"아까와 같은 거?"

"얘길 방해하지 마." 캐벗이 말했다.

캐럴은 난감해하며 랜드에게로 고개를 기울였다. 랜드는 그녀의 머리카락 냄새를 맡을 수 있었고 그녀의 따뜻함을 느낄 수 있었다. 마치 시야를 벗어나 가없이 펼쳐진 평온한 들판 같았다. 그녀는 나흘 밤낮으로 남편을 기다렸다.

"폭풍우 아직 안 끝났어?" 그녀가 투덜거렸다.

"응, 왜?"

"머리는 여전히 아파?"

그는 듣지 않는 것 같았다.

"당신, 누아예가 와서 우리랑 악수하는 거 봤지?"

"왕년에 이름을 날린 사람인가 보지?"

"왕년에도, 지금도, 미래에도 잊히지 않을 사람이야."

"우리, 집에 가자." 그녀가 말했다. "졸려."

"가자고." 랜드가 거들었다. 그의 행복감이 한계를 넘어섰다. 피곤했다. 별 아래 누워 별들을 바라보고 싶었다. 별들은 이틀 전 밤에 보았을 때보다 더 가깝지도 더 멀지도 않았다. 그가 일어섰을 때 의자가 넘어졌다. 웨이터가 급히 달려와서 의자를 바로 세웠다. 그는 등산가였다.

"안녕히 가세요." 웨이터가 그들에게 영어로 말했다.

랜드는 입구 쪽에서 몸을 돌렸다. 키가 크고 여윈 랜드는 다소 별난 사람이었다. 그때 그는 자각하지 못했지만 시간이 지나면서 되돌릴 수 없는 습관이 된 하나의 행동을 처음으로 보여주었다. 그의 얼굴에는 피곤함과 희미한 시련의 흔적이 서려 있었다. 그는 한 팔을 들었다.

"수고하세요." 그가 말했다. 잠시 후 덧붙였다. "아주 좋았어요……."

16

랜드는 유명 인사가 되었다. 최소한 유명 인사에 가까웠다. 사람들은 나무숲 뒤쪽 어딘가에 그의 텐트가 있다는 것을 알고 있었다. 그는 도망자처럼 거기에 필요한 물건만 몇 가지 두었는데, 촘촘히 감은 로프와 피톤 꾸러미와 부츠가 발치께에 흩어져 있었다. 그 어느 때보다도 지금 그에 대해 알려진 바가 적은 것 같았다. 어둠 속에서 어지럽게 총을 쏘아대는 것처럼 그에 관한 완전히 빗나간 얘기들이 떠돌아다녔다.

그는 더욱더 보기 힘든 사람이 되었다. 적어도 한동안은 그랬다. 그 사실은 소문만 부추길 뿐이었다. 키 큰 흙빛의 미국인은 다 그라고 여겨졌다. 평소 거의 발을 들이지 않던 장소에 혼자 있거나 사람들과 얘기를 나누는 모습이 목격되었다.

등반에 대한 열정이 밀려들었다. 한곳을 끝내기 무섭게 다른 곳을 시작할 준비가 되어 있었다. 캐벗과 블레티에르를 등정했고, 브레이와 다시 드뤼를 갔다. 이번에는 일반적인 루트로 올랐다. 그는 만족하지 못하거나 극도로 지쳤지만, 다음 날이면 새로운 기분으로 일어나곤 했다. 랜드는 등반을 처음 하는 사람처럼 완전히 산에 빨려 들었다. 산을 오를 때면 그의 내부에서 생명력이 넘쳐흘렀다. 그의 야망은 예전에는 평범했으나 드뤼 이후 달라졌다. 파괴할 수 없는 거대한 행복이 그를 가득 채웠다. 자신의 삶을 찾은 것이었다.

마을 뒷골목은 그의 것이었다. 위쪽 목초지와 하늘 높이 솟은 봉우리들도 그의 것이었다. 모든 것이 반갑게 손짓했고, 마침내 사랑받는 한 해였다. 오려낸 기사들은 접어서 치웠다. 그는 그것들을 경멸하는 척했으나 따로 보관해두었다. 랜드는 자신이 옳다고 믿는 전설의 진정한 형태에 대해 언급했다. 나아가 일련의 등반 과정을 세세히 열거하기를 원치 않는다고 말했다. 스포츠 경기의 스코어나 범죄 기사처럼 읽고 버려지는 걸 원치 않기 때문이라고 했다.

"다들 자기가 등반한 얘기를 글로 썼어." 캐벗이 주장했다. "휨퍼, 힐러리, 테레이. 쓰지 않았다면 어떻게 그들에 대해 알 수 있겠어?"

"우리가 모르는 사람들은 어떻고?"

"예를 들면?"

"어떤 이들이 그랑드조라스 북벽 워커에 어떻게 올랐는지 들어본 적 있나? 그들 중 세 사람이 이탈리아에서 왔지. 처음에는 그게 어디에 있는지도 몰랐어. 오두막 관리인에게 그랑드조라스가 어디 있냐고 물었다더군. 저 위에, 하고 관리인이 말했어. 그렇게 해서 워커를 찾은 거야. 사실인지는 모르겠지만, 아무튼 사람들이 하는 얘기는 그래."

"약 10여 권의 책에만 나와 있지. 그건 리카르도 캐신그랑드조라스 북벽 워커스퍼 루트를 최초로 개척한 사람이었어." 캐벗이 말했다.

"글쎄, 내가 그걸 읽었더라도 큰 의미는 없었을 거야. 의미가 있었을 것 같지 않아."

"그걸 어떻게 알아?"

아침이었고, 빛은 여전히 새 빛이었다. 멀찍이서 이름 없는 보초들이 흐릿하게 서 있는 모습이 눈에 들어왔다. 랜드는 그 산들을 가질 수 있었다. 앞으로 나아가기만 하면 되었다. 그는 멀리 떨어진 봉우리들을 태양처럼 어루만졌고, 봉우리들은 그의 존재에 눈을 떴다. 그 생각이 그를 무모하게 만들었다. 엄청난 힘을 느꼈다. 산등성이 높은 곳에 자리 잡은 자신의 불멸의 모습을 보았다. 그걸 이루기 위해서는 기꺼이 목숨도 바치리라 생각했다.

"난 우리가 드뤼를 어떻게 올라갔는지 사람들이 알게 되길 원치 않아. 우리가 해냈다는 것만 알아줬으면 해. 나머지는 그들의 상상에 맡기고 말이야."

"멋진 생각이군. 하지만 세상엔 수많은 등반가들이 있어." 캐벗이 애매하게 손짓하며 말했다.

"그래서?"

"오래도록 살아남는 이름은 한 줌밖에 되지 않을 거야."

"다른 것들도 모두 그렇잖아." 랜드가 말했다. 마음이 혼란스러워져 말을 잇지 못했다. 그는 자신이 무엇을 했고, 무엇을 할 것인지 같은 일들이 설명되기를 원치 않았다. 그렇게 되면 뭔가가 사라져버리기 때문이었다. 그가 많은 대가를 치르고 얻으려 한 지극히 가치 있는 단 한 가지는 방해받지 않고 혼자 나아가는 것이었다.

그는 강물 속의 한 마리 물고기처럼 깊은 고독을 느꼈다. 고독감 속에서 입을 다문 채 그물에 잡히지 않고 반짝이면서 물살을 거슬러 나아갔다. 그는 문득 마흔에 임금 노동자로 일하면서 해 질 무렵 집으로 돌아가는 미래의 자신을 보았다. 식당 창문, 자동차 전조등, 문 닫은 가게들, 이 모든 것은 그가 한 번도 굴복한 적이 없는 세계, 끝까지 저항할 세계의 일부였다.

시즌 후반에 지로가 랜드를 앙리 비강이라는 사람의 집으로 데려갔다. 집은 마을이 내려다보이는 구시가지에 있었다. 비강은 마흔이 넘은 남자였는데, 비록 그 자신은 적당히 무난한 등반가에 지나지 않았지만 산악계에서는 친숙한 인물이었다. 그는 아버지로부터 그르노블 근처에 있는 몇몇 공장을 물려받았다. 비강이 랜드를 따뜻하게 맞이했다.

"만나 뵙게 되어 기쁩니다." 비강이 말했다. 그는 개방적이고 관대하며 첫눈에 호감이 가는 사람이었다. "당신은 나보다 더 샤모니 토박이 같아요. 프랑스어 할 줄 알아요Vous parlez français?"

"이분은 늑대랍니다." 지로가 말했다. "은밀한 삶을 살고, 혼자 여행을 다니거든요."

"더더욱 마음이 끌리는 분이로군요."

"알파 늑대죠. 우두머리 말입니다."

"내가 상상했던 게 그겁니다. 술은 뭘로 드시겠어요?"

랜드의 수염 끝부분은 여름의 열기로 하얗게 빛이 바래 있었다. 수염에 둘러싸인 입술은 윤이 났다. 그는 와인 한 잔을 받아 들었다.

"내 친구들을 소개할게요." 비강이 말했다.

자신감 넘치는 얼굴들, 기억하기 힘든 이름들. 손님들은 집 안 여기저기에 삼삼오오 흩어져 있었다. 몇몇은 랜드를 아는 것 같았다. 그를 신경 쓰지 않는 사람도 많았다. 다들 웃고 떠들며 편안한 시간을 보내고 있었다. 이 모든 일은 그가 호텔 로마 뒤편 건물에서 바닥을 쓸고 있을 무렵의 크리스마스 때, 와인 한 병에 취해 침대에 쓰러졌을 때 있었던 일이다. 그는 복수를 하고 싶었다. 자신은 싸구려 취급을 받아서는 안 되었다. 자신이 그들의 악수나 칭찬의 대상일 수만은 없었다.

"카트린, 당신도 이분 알 것 같은데……."

"네." 카트린이 말했다. "고맙습니다." 그녀가 악수를 했다. 그녀는 어쩔 수 없다는 몸짓을 하며 사과했다. "프랑스식이라서요."

나른하면서도 우아한 여자는 지로의 가게 점원이었다. 그는 이유도 모르면서 괜히 불안했다.

"당신이 영어를 할 줄 아는지 몰랐습니다"가 그가 할 수 있는 말의 전부였다.

"예. 약간. 조금밖에 못해요." 그녀의 이는 작고 하얐다. 미처 알아채지 못했던 수줍음은 몹시 심했다. "드뤼에 올랐던 건 굉장한 모험이었겠어요. 당신 친구는 정말 운이 좋았어요."

"아, 그 얘기 들었어요?"

그녀는 대답하지 않았다. 아둔한 그의 대답이 마음에 들지 않는다는 듯한 태도였다.

"그 친구는 아직 여기 있나요?" 이윽고 그녀가 말했다. "난 그분을 본 적이 없어요."

"체르마트로 갔어요. 마터호른을 오르려고요."

"당신은요?"

"나?"

"당신은 안 갔어요?"

"난 여기 있기로 했습니다."

두 사람의 시간을 비강이 방해했다. 그가 사람을 소개해주고 싶다며 누군가와 함께 돌아온 것이었다. 얼마간 대화가 이어졌다. 주로 계절이 얼마나 멋진가에 관한 얘기와 사람들이 어떤 루트들을 너무 자주 오르면서 배설물이 문제가 됐고, 그것은 새로운 객관적 위험이라는 얘기를 했다. 그들은 선선히 동의했다.

카트린은 정원을 거닐었다. 레틴느 계곡에서 보면 거대한 드뤼가 거의 장밋빛으로 물들어 있을 저녁 시간이었다. 제비가 허공을 빙빙 날아다니고 있었다. 몽블랑 호텔에서부터 마지막 테니스 경기의 우울한 소리가 소나무 숲을 헤치고 흘러들어 왔다. 그녀가 서두르지 않고 자리를 뜨던 태도, 어쩌면 그것이 의미하는 바일 수 있는 것, 그녀에게 누군가가 있다는 것, 돌아갈 누군가가 있다는 것, 그런 생각이 랜드를 착잡한 기분과 공포와도 흡사한 감정으로 채웠다.

그는 카트린이 정원에 혼자 있는 것을 보고 안도했다. 그녀는 막 불빛이 나타나기 시작한 마을을 지그시 내려다보고 있었다.

"얘기해봐요. 왜 영어를 못 하는 척했어요?"

"못 하는 척하지 않았어요." 카트린이 말했다. 그녀는 내성적이고 얌전했다. 또 어떤 특정한 것들에, 그리고 오직 그것들에만 관심이 있었다. "왜 그 친구와 함께 가는 대신 이곳에 남기로 한 거예요?"

"아무 계획이 없었어요."

"바로 그거예요. 나도 마찬가지예요." 그녀의 입가에 천천히 미소가 떠올랐다. 억지로 지어 보이는 미소였다. 랜드는 그녀가 자신을 어떻게 생각하는지, 아니 도대체 무슨 생각을 하고 있는지 알 수 없었다.

17

카트린은 케이블카 정류장 근처, 돌 문설주와 철책이 있는 집에서 살았다. 커다란 저택이었지만, 마치 혁명 때 군인들에게 탈취당한 궁전처럼 위상이 떨어져 있었다. 그 집에는 용도가 불분명한 방이 여러 개 있었다. 페인트칠을 하지 않은 회벽은 빛이 바랜 모습이었다.

그들은 아르장티에르에서 저녁 시간을 보낸 뒤 차를 타고 돌아왔다. 둘이 함께 밖으로 나간 것은 처음이었다. 랜드는 그녀에 대해 훨씬 많이 알게 되었다. 그녀의 아버지는 영국인이었다. 그녀는 곧잘 농담을 했다. 동시에 그와 일정한 거리를 유지했다(그것은 춤을 추는 것과도 비슷했다). 어쩌면 그는 그녀를 만질 수 있을 것이다. 아마도 저항하지 않을 것이다. 그러나 그녀는 아마도 참을성 있게 수동적으로 받아들이는 이상은 하지 않을 것이다.

"당신은 참 이상해요." 랜드가 말했다.

"아니요, 이상하지 않아요." 그녀가 말했다. "난 무척 평범해요."

"믿을 수 없어요."

"지극히 평범해요."

"그럼 나는 어떤가요?"

"모르겠어요."

"의견이 있어야 해요."

"아직은 없어요."

"계속 샤모니에 살았어요?"

"오, 아니요. 그냥 놀러 왔을 뿐이에요. 그런데 이곳이 마음에 들었어요. 사람들이 좋았죠." 그녀가 차를 멈추었다. "여기가 내가 사는 곳이에요."

그는 고개를 돌렸다. 길에서 멀찍이 물러나 있는 유령 같은 건물이었다.

"대저택이네요."

"이 집에 세 가구가 살고 있어요."

"정말 큰 집이군요. 나도 들어가도 될까요?"

"오…… 안 될 것 같아요."

"왜요?"

"별로 재미가 없거든요."

"집이?"

"아니, 내가요."

"잠깐만 있을게요."

그들은 문으로 걸어갔다. 육중한 문이었다. 문 위쪽은 쇠막대가 달린 유리로 되어 있었다. 그녀는 호주머니를 더듬어 열쇠를 찾았다.

"내가 먼저 들어갈게요."

뒤에서 문이 닫혔다. 그녀가 계단을 올라갔다. 방 안으로 들어

가서 불을 켰다.

"자, 이래요. 이게 다예요."

랜드가 카트린을 껴안으려 했으나 피했다.

"무슨 일 있어요?" 그가 물었다.

"정말 하고 싶어요?"

"아니, 그냥 농담한 거예요."

"난 여기가 아주 평평해요." 그녀가 담담히 말했다. "남자 가슴이나 다름없어요."

"상관없어요."

잠시 후 그녀는 옷을 벗기 시작했다. 그 동작에는 체념이 서려 있었다. 불을 끈 뒤 마지막에 벗은 옷에서 걸음을 떼고 나왔다. 창 너머 큰길에는 차들이 오갔다. 두 사람은 그녀의 좁은 침대에 누웠다.

랜드는 그녀에게는 너무 성급하고 강해 보였다. 그녀 자신은 욕구가 없었다. 욕구를 포기했다. 그의 욕구를 받아들일 뿐이었다. 그의 강렬함이, 그리고 갑작스러운 끝맺음이 그녀를 놀라게 했다. 행위가 끝나자마자 그는 잠에 빠졌다.

아침이 되자 전조등 불빛 같은 햇빛이 방 안으로 쏟아져 들어왔다. 카트린이 조그만 흰 컵을 양손에 들고 어디에선가 방으로 돌아왔다. 랜드는 허리에 두른 시트까지 내리고 발가벗은 모습으로 침대에 앉아 있었다. 그의 몸은 그녀를 놀리는 것 같았다. 거의 그녀의 살결만큼이나 매끄러웠다.

컵이 부딪치는 소리, 스푼이 한가로이 달그락거리는 소리……. 익숙한 아침 소리가 들렸다. 그녀는 오늘 아침 자신을 향한 그의 관심이 덜하다는 것을 알았다. 심장이 슬픈 박자로 뛰었다. 그의 목에는 조그만 연녹색 구슬 목걸이가 걸려 있었다. 그녀는 옷을 입으면서 거울로 그 목걸이를 보았다.

"여기 있고 싶으면 있어도 돼요."

그는 말없이 그녀를 지켜보았다.

"나는 가야 해요." 그녀가 말했다. 그리고 마치 그럴 의무라도 있는 것처럼 잠깐 미소를 지어 보였다.

랜드는 침대에 누웠다. 여자의 냄새가 아직 몸에 배어 있었다. 집 안 다른 곳에서 발소리가 들려왔다. 목적 없이 떠도는 듯한 발소리였다. 문이 열렸다 닫히는 소리가 들렸다. 빈 컵들이 바닥에 놓여 있었다. 그는 갑자기 시계가 움직이기라도 한 것처럼 똑딱거리는 시계 소리를 알아차렸다. 사치스러운 기분이 들었다. 그는 자신의 다리, 자신의 성적 능력, 자신의 운명을 당연한 것으로 여겼다. 그동안 희미해졌던 의식이 되살아났다. 그것은 초점이 흐려지고 변하던 영상이 한 번에 해결되는 영화 같았다. 숨겨져 있던 깨끗하고 밝은 이미지가 튀어나오는 것 같았다.

가게에 들렀을 때 그는 몇 마디 말만 나직이 속삭였다. 카트린의 표정은 부드러워졌지만 대답은 하지 않았다. 그녀의 마음은 예상치 못한 아이 같은 몸짓에서 드러났다. 랜드가 가게에서 나간 뒤, 그가 찾아왔다는 사실에 고무된 그녀는 카운터의 모서리를 잡고 몸을 뒤로 젖혔다가 꿈꾸는 듯한 표정을 지으며 앞으로 내밀고, 다시 뒤로 젖혔다가 앞으로 내밀었다.

"당신 괜찮아Vous êtes bien?" 지로가 물었다.

"그럼요Très bien."

18

커튼이 드리워졌다. 9월은 날씨가 좋고 햇빛이 아름다운 달이었지만 마을은 거의 텅 비다시피 했다. 모두가 이곳을 떠났다.

"나는 이곳에 머물러도 괜찮지만," 브레이가 우울한 어조로 말했다. "오드리가 제네바로 오겠대요. 내가 만나러 가겠다고 했어요." 오드리는 그의 여자 친구였다. "지금이 오드리가 휴가를 낼 수 있는 유일한 때거든요. 돈도 많이 깨지겠죠. 난 당신 같은 사람이 못 돼요. 여자한테 의지하며 살 순 없어요."

랜드는 카트린의 작은 차를 몰고 마을을 돌아다녔다.

"아쉽지만 어쩌겠어요." 브레이가 말했다. 그는 뻔뻔스럽고 싸구려 취향을 지닌 삼류 건달이 되었을 수도 있다. 저녁을 먹은 후 큼지막한 엽궐련을 피우고 마르텔코냑 브랜드을 즐겨 마셨다. 산이 그를 구원한 것이었다.

그에게는 위대함에 필수적인 상상력이 없었다. 최고의 등반은 용기 이상의 것을, 영감을 필요로 한다. 그는 군대로 치면 부사관이었다. 격동의 시대였다면 아마 대령이 됐을지도 모른다. 상의 단추를 풀고 부하들과 취하도록 술을 마시는 그런 대령이 됐을지도 모른다.

오드리는 간호사였다. 그녀는 자신이 속한 계층의 특징을 지니고 있었다. 조소적이고 솔직했다. 상스러운 말과 외국 요리를 싫어했으며 스포츠에 무관심했다. 젊음이 부분적으로 그런 특징들을 누그러뜨렸다. 많은 영국 여성들에게는 그들의 명성에도 불구하고 강한 육욕이 있다. 비록 그걸 부인한다 할지라도 말이다. 오드리의 얼굴은 정감이 갔고, 피부는 브레이가 꿈꾸는 그녀의 몸을 빛나 보이게 할 만큼 굉장했다. 브레이의 편지는 남들은 상상도 못 할 성애적인 이미지로 가득했다.

"당신도 영국에 가지 그래요? 그냥 이곳을 박차고 떠나는 거예요. 영국엔 일거리가 있어요. 나랑 같이 일할 수도 있고."

"가서 뭘 해?"

"미장일. 이건 전통 있는 일이에요. 오케이시도 미장이였어요."

"누구?"

"「주노와 공작Juno and the Paycock」. 들어본 적 있어요? 아무튼 상관없어요. 우리도 그 일을 부업으로 하는 거예요."

"내가 갈 수도 있겠군."

"어쨌든 우린 12월에 이곳에 돌아올 거예요."

"뭐 하러?"

"아이거. 캐벗이 나한테 그때 오라고 했어요." 그의 얼굴에 기뻐하는 기색이 역력했다. "캐벗이 그 얘기 안 했어요?"

"안 했는데." 잠시 후 랜드가 덧붙였다. "아이거를 어떻게 한다고?"

브레이는 당황했다. 뭔가 잘못되었다는 것을 눈치챘다.

"아, 음, 난…… 난 당신도 알고 있을 거라고 생각했어요. 캐벗은 겨울 등반을 할 거예요."

"그렇군." 랜드가 간신히 말했다.

"당신은 안 가나요? 난 당신도 가는 줄 알았는데……."

랜드는 뺨을 맞은 것 같았다.

"난 안 가."

"미안해요."

"괜찮아." 랜드가 말했다. "그 얘기 좀 더 해줘."

랜드는 얘기에 집중하지 못했다. 어떤 말도 귀에 들어오지 않고 슬쩍슬쩍 지나쳐 갔다. 스콧영국의 남극 탐험가 로버트 스콧(1868~1912)을 말함 같은 경우가 될 것이다…… 극지 탐험을 밀어붙인…… 사전 비박 준비, 어떤 폭풍우도 이겨낼 수 있도록 2~3주 분량의 식량 준비하기……. BBC가 촬영할 것이다.

"그렇군." 그는 갑자기 브레이가 미워졌다. 뭔가를 도난당했다는 느낌에 가슴이 찢어지는 듯했다.

"다들 아이거를 오르고 싶어 하잖아요." 브레이가 자신 없게 말했다.

"그걸 오르고 싶어 하는 게 아니야. **이미 올랐기**를 바라는 거야." 랜드는 돈을 찾으려고 호주머니를 뒤졌다. "자," 그가 테이블 위에 돈을 내려놓으며 말했다. "내 밥값은 여기 두고 갈게."

그는 텅 빈 오후의 거리로 나갔다. 햇빛이 건물들을 비추었다. 완전히 버림받은 기분 때문인지 속이 울렁거렸다.

"무슨 일이에요?" 카트린이 걱정스럽게 말했다.

그에게서 자포자기의 빛이 번뜩였다. 그가 침대에 털썩 주저앉았다.

"몸이 안 좋아요?"

"괜찮아요." 그가 드러누웠다.

"그런데 왜 그래요?"

"아무것도 아니에요. 캐벗이 등반을 할 거라네요. 그뿐이에요."

"그 사람은 등반을 하는 사람이잖아요. 그게 나쁜 거예요?"

"아이거를 등반할 거래요."

"정말 왜 그러는 거예요? 당신, 꼭 죽을 것 같아 보여요."

그날 밤 랜드는 뜬눈으로 밤을 새웠다. 쓰라린 생각이 거듭 마음속에서 끓어올랐다. 방이 좁아 보였다. 홀로 숲속에 있고 싶은 마음이 간절했다. 숲속이라면 하늘이, 차가운 은하계의 별들이 그를 진정시켜줄 것이다. 자신이 납치당해서 집을 떠나 있는 것만 같았다. 땅으로 가고 싶었다.

랜드는 자신의 손바닥을 칼로 베었던 카우아이섬 출신의 여자를 떠올렸다. 그녀는 주술을 믿었다. 재미없고 진지한 여자였다. 가장 친한 친구 세 사람의 이름을 적어줘. 언젠가 그녀가 말했다. 그러면 내가 당신의 치명적인 적이 될 사람 이름에 동그라미를 쳐줄게.

19

가을날에는 온기가 있다. 태양은 멀어져가면서 남아 있는 모든 것을 발산한다. 그 따뜻함은 신비롭고, 메시지를 전한다. 작별이라는 메시지를.

카트린이 그를 구해주었다. 두 사람은 주말에 그녀의 작은 차를 타고 엑스레뱅과 샹베리에 갔다. 시골에 도착해서는 차를 세워두고 걸어 내려갔다. 발이 미끄러졌다. 제방은 가팔랐다. 산비탈은 태양을 향해 있었다. 집 한 채, 사람 한 명 보이지 않았다. 낙엽이 거의 무릎 높이까지 수북이 쌓여 있었다. 거기서 그들은 음식을 꺼내 먹고, 얼마 후에 큰대자로 누웠다. 벌들이 음식 찌꺼기에 달라붙었다.

한 시간이 지났다. 또 한 시간 반이 지났다. 랜드는 일어나 앉았다. 카트린은 잠시 눈을 제대로 뜨지 못했다.

"오, 맙소사." 그녀가 중얼거렸다.

"일어나요."

"일어나기가 너무 힘들어요." 그녀가 힘없이 말했다. "죽으면 그

후에 깨어나는 일이 없었으면 좋겠어요. 다시 깨어난다면 너무 힘들 것 같아요."

랜드는 카트린 옆에 무릎을 꿇고 앉았다. 그녀가 그에게 몸을 기댔다. 뭔가 툭 떨어지는 소리가 희미하게 들렸다. 화려한 푸른 반점이 하나 있는 나무 빛깔 회색 나방 두 마리가 서로 엉겨 붙은 채로 떨어졌다. 놈들은 움직이지 않았다.

"봤어요?" 그녀가 말했다.

아래쪽에는 냇물이 흘렀다. 그들은 여름이 아무렇게나 흩뿌려두고 간 푸른색과 보라색 꽃들 사이로 걸어 내려갔다. 이어 메마른 과수원을 지났다. 저 끝에 흰 염소 한 마리가 뒷다리로 불안하게 서서 나뭇가지에 달린 열매를 먹고 있었다. 이번 겨울은 추울 것이다. 쥐들은 목초지를 떠났다. 나뭇잎은 이미 떨어져 있었다.

그들은 뒤를 돌아보았다. 산비탈을 지지하기 위해 쌓은 긴 돌담이 땅속에 반쯤 숨어 있었다. 햇빛이 흐릿해졌다. 멀리 위쪽에서 차의 흰빛이 반짝였다.

가을의 마지막 의식이었다. 그들은 천천히 걸어 올라갔다. 카트린은 숨이 차서 걸음을 멈추어야 했다. 랜드는 남은 길을 그녀를 들고 갔다. 두 팔로 안은 것이 아니라 어깨 위에 들쳐 메고 올라갔다. 그녀의 엉덩이가 한쪽 뺨에 닿았다. 그녀는 바둥거리지 않았다. 조용히 매달린 채 마치 그가 말이라도 되는 듯 만지작거렸다.

안시에 가서는 호숫가를 걸었다. 빈 선착장이 물속으로 뻗어 있었다. 니스 칠을 한 배들이 삐걱거렸다. 그는 철제 발코니에 '호-텔'이라는 글자가 부착되어 있는 안시의 한 호텔에서 평생을 산 듯한 기분이 들었다. 텔레비전을 보는 데 1프랑이 들었다. 페리에 한 병이 창밖에 놓여 있었다. 그들은 자정에 침대로 들어갔다. 그녀의 팔찌가 탁자 유리 위에 쨍그랑하고 떨어졌다.

"술을 너무 많이 마셨어요." 그녀가 간신히 말했다. 창문은 열려 있었고, 드문드문 차들이 너무 빠른 속도로 거리를 질주했다.

새벽의 산은 짙고 어두웠다. 하늘은 창백했다. 시간은 알 수 없었다. 그는 발코니로 나갔다. 안시는 푸르렀다. 건물들은 유령 같은 모습이었다. 바다에서 솟아오르는 것 같았다. 이불 사이에서 한쪽 눈이 그를 쳐다보았다. 아직 화장 얼룩이 지워지지 않은 눈이었다. 그녀가 약에 취한 듯한 목소리로 말했다.

"한밤중에 거기서 뭐 해요?"

한평생을, 그 이상을 산 듯한 기분이 다시금 들었다. 랜드는 프랑스를 보기 시작했다. 관광객들로 가득 찬 산악 마을뿐 아니라 일단 들어가면 피의 일부가 되는 무적의 중심지도 보기 시작했다. 물론 그는 카르노 대로나 장조레스 대로, 또는 강베타, 위고, 파스퇴르의 이름을 붙인 거리를 비롯한 많은 길들의 의미를 알지 못했다. 왕과 공화국의 변화무쌍한 역사는 그에게는 아무것도 아니었다. 그러나 위대한 문명이 스스로를 보존하는 방식을 자기도 모르게 본 것이었다. 왜냐하면 프랑스는 자신의 광채를 의식하기 때문이다. 그것을 이해한다는 건 이곳의 식탁에 앉고, 이곳의 지붕 아래에서 자고, 이곳의 아이들과 결혼한다는 것을 의미한다.

불멸의 아침들. 랜드의 성기는 에스키모인들이 조각한 짙고 매끄러운 돌조각처럼 딱딱하고 묵직했다. 믿을 수 없는 인력引力과 밀도를 가지고 있었다. 시트를 옆으로 당겼다. 카트린은 알몸이었다. 머리카락이 베개 위에 넓게 펼쳐져 있었다. 물에 빠져 죽은 여자 같았다. 바다에 묻힌 것처럼 침대 속에 가라앉아 있었다. 그는 그녀에게 손을 대고 침착하게 그녀를 누렸다. 첫 차량들이 빠르게 지나갔다. 거리에서 누군가의 발소리가 메아리쳤다.

이 사랑은 한 사람의 행위였다. 공유되지 않았다. 그는 마치 넓은 호수에서, 완벽하게 고요한 새벽 호수에서 배를 타는 사람 같았다. 노걸이에 걸린 노가 삐걱, 삐걱, 삐걱 하는 소리 말고는 아무 소리도 안 들렸다. 배 안에 혼자 있는 남자가 천천히 몸을 떨고 신음 소리를 내기 시작했다. 나중에 그들은 몸을 바싹 붙이고 동지처럼 나란히 누웠다.

랜드의 머리카락은 카트린의 머리카락과 비슷했다. 팔은 그녀의 옆구리 근처에 놓여 있었다. 근육은 잠이 들었고, 빛이 근육을 희미하게 드러내고 있었다.

"우리, 샤모니로 돌아갈 건가요?" 그녀가 물었다.

"아니요."

"당신을 파리에 데려가고 싶어요." 그녀가 손가락으로 그의 팔을 어루만졌다. "당신을 자랑하고 싶거든요."

"어디에서 머물 건데요?" 그는 잊지 못할 파티를 마치고 막 침대에 쓰러진 것처럼 극심한 피로감에 젖어 있었다. "출근은 어떡하고?"

"아, 지로는 다시 일하게 해줄 거예요. 어쨌든 요즘은 전혀 바쁘지 않으니까." 그녀는 깜빡 잠이 든 것 같았다. "내게 돈이 조금 있어요." 그녀가 말했다. "우린 아주 멋진 시간을 보낼 수 있을 거예요."

그들은 정오에 일어나 식당을 찾았다. 둘 다 몹시 배가 고팠다.

아파트는 멘 대로에서 떨어진 작은 거리에 있었다. 그들은 저녁 무렵 도착했다. 폭풍우 빛깔을 닮은 푸른 저녁이었다. 차가 많이 다니는 강변도로를 달리다 건물이 빽빽이 들어찬 동네를 지나갔다. 가게 앞 불빛들이 초저녁의 어둠을 비추었다. 버스들이 요란한 소리를 내며 스쳐 갔다. 이 시간에 보는, 그것도 난생처음 보는 도시에는 짜릿한 흥분감이 배어 있었다. 황홀한 기분이었다. 나무들은 아직 무성한 이파리를 간직하고 있었다. 식당 밖에는 굴을 파는 노점들이 있었다. 굴이 담긴 바구니는 손님들이 볼 수 있도록 비스듬히 놓여 있었다. 거리는 사람들로 붐볐다. 도시는 상상도 못 한 거대한 꿈처럼 흐르면서 그에게 노래를 불러주고 있었다.

방이 두 개 있었다. 이상하게도 누가 막 이사를 간 것처럼 가구가 거의 없었다. 부엌 하나에 길고 좁다란 붉은색 벽 욕실이 하나 있었다. 욕조 속으로 물이 한 방울씩 똑똑 떨어졌다. 온수를 틀자 가스히터가 요란한 소리를 내며 작동했다. 거울에는 사진과 초대장들이 붙어 있었다. 냉장고를 둘 만한 공간이 마땅찮아서 냉장고는 앞쪽 방에 놓여 있었다.

그 방의 주인인 콜레트가 다음 날 돌아왔다. 갈기 같은 긴 머리와 늘씬한 다리가 인상적인 여자였다. 그녀는 자기가 먼저 마흔다섯 살이라고 얘기했다. 원래 살던 사람은 자신의 딸인데, 지금은 다른 데 가 있다고 했다.

"로마에 있어요." 그녀가 설명했다. "학교에 다니기로 결심했답니다. 딸아이는 물건들을 잔뜩 가지고 갔어요. 아무튼 여기서 편히 지내길 바랄게요." 그녀의 눈빛은 매우 솔직했다. "그렇지만 당신은 더 좋지 않은 곳에서 자는 데 익숙하죠?" 랜드에게 물었다. "카트린이 당신에 대해 얘기해줬어요. 당신의 환상적인 삶에 대해서 말이에요. 지식인은 아니군요?"

"지식인?" 그가 말했다.

"마음에 들어요. 난 지식인이라면 넌더리가 나거든요." 그녀는 튼튼하고 하얀 이를 소금으로 닦았다. 강 건너편에 그녀의 가게가 하나 있었다. 수입 의류와 액세서리 같은 것을 파는 가게였다. 그녀가 직접 시작한 일이었다.

"일이 아주 재밌어요. 어느 정도 고객이 있답니다. 카트린은 알고 있어요. 난 그 사람들에게 아주 잘 해줘요. 취급하는 상품들도 좋고요." 다채롭고 생기 넘치는 존재였다. 그녀가 광택이 나는 스타킹을 신은 두 다리를 꼬고 앉아 담배를 찾으려고 핸드백을 뒤졌다. 그녀는 패션모델이었고, 일은 그렇게 시작되었다.

"처음엔 전혀 자신이 없었어요. 탈의실에 패션모델 경험이 있는 여자가 하나 있었죠. 내가 엄청 겁을 집어먹고 있는 모습을 그녀가 보았어요. 나를 한쪽으로 데려가더군요. 그녀가 말했어요. '저리로 나가면 이걸 꼭 기억해. 당신은 젊고 아름답고, 저들은 개똥 같은 사람들이란 걸 말이야.' 내가 한 모든 일들은 혼자 힘으로 해낸 거예요." 그녀가 말했다. "아무도 내게 뭔가를 주지 않았어요. 이혼할 때 남편이 아파트의 절반을 주긴 했죠. 그런데 벽돌담을 쌓았어요. 그 사람은 거실과 부엌을 차지했고, 난 침실과 욕실을 가졌어요."

그녀는 자신의 사업을 유명한 고급 매춘부처럼 꾸려나갔다. 남자 손님들을 돈 내는 사람payeurs, 순교적인 사람martyrs, 마음에 드는 사람favoris으로 분류했다. "물론 그 사람들끼리 정보를 교환하지 않는 경우에 한해서 말이에요. 패션모델 경험이 도움이 되었죠. 난 사치품에 대한 취향을 개발했어요." 그녀의 목소리는 힘차고 거침없었다. 목소리를 물줄기처럼 사용했다. 웃음소리는 걸쭉하고 탁했다. 자유로운 여자의 웃음이었다. "사치품에 대한 취향을 개발했죠. 하지만 그것이 나를 망치게 두지는 않았어요."

파리에는 그런 여자들이 가득했다. 그는 거리에서, 버스에서, 모든 곳에서 그들을 보았다. 학생, 결혼한 여자, 술집과 카페에서 눈에 띄는 사치스러운 얼굴들……. **향수 상점** 진열창에는 가슴과 피부 관리 상품의 매혹적인 광고가 반짝였다. 그의 시선은 매춘부를 바라보는 젊은 남편처럼 그런 것들에 머물렀다.

생미셸 대로 옆길의 한 술집에 검은색 아이라인으로 눈의 윤곽을 짙게 그리고, 밝은 실크 스카프를 백조 같은 목에 두른 여자가 있었다.

"누구예요? 아는 사람?" 카트린이 물었다. 그는 깜짝 놀랐다. 카트린은 잡지를 대충 넘기며 보고 있었다. 랜드는 그녀의 어깨 너머로 잡지를 훑어보기 시작했다. 11월이었다. 밤은 추웠지만 낮은 아직 괜찮았다. 파리가 그에게 자신을 열어 보이고 있다는 생각이 들었다.

"안녕하세요Bonsoir." 카트린의 친구였다. 뒤에 있던 흑발의 남자가 무심한 태도로 악수했다.

"이쪽은 미셸이에요." 프랑수아즈가 자리에 앉으며 말했다. "미셸은 영국에서 살았어요. 당신, 영국인이에요?" 그녀가 랜드에게 물었다.

"아닙니다."

"미국인Americain." 미셸이 피곤한 목소리로 말했다. "맞죠C'est vrai?"

"맞습니다."

미셸이 고개를 끄덕였다. 너무 단순한 반응이었다. "등반가예요Vous êtes grimpeur?" 그가 무뚝뚝하게 물었다. 프랑수아즈가 미리 알려준 것이었다.

"영어로 말해." 프랑수아즈가 말했다.

"나는 영어 못 해요Je ne parle pas anglais."

"할 줄 알잖아."

"영어는 너무 어려워." 미셸이 말했다. 그러고 나서 프랑스어로 런던에 있을 때 참석했던 파티 이야기를 했다. 한 여자아이가 그에게 왜 혼자 왔는지 물어보았다. 그는 아이에게 자기는 프랑스인이고 영어를 할 줄 모른다고 말했다. 아, 두 달이면 영어를 유창하게 할 수 있을 거예요, 소녀가 말했다. 그는 2년이나 되었다고 말했다. 소녀는 더 이상 그에게 말을 걸지 않았다.

"오, 당신은 나를 화나게 해Oh, tu m'énerves." 프랑수아즈가 말했다.

그들은 잠자코 앉아 있었다.

"어떤 산들을 올랐어요?" 미셸이 프랑스어로 물었다. "내게도 등반가였던 좋은 친구가 있었어요."

"누구?" 프랑수아즈가 말했다.

미셸이 말했다. "당신은 모르는 친구야. 군인이었거든. 그 친구는 군대를 좋아했지만 어떤 문제가 생겨서 군대를 떠나야 했어요. 그 후 진지하게 산을 오르기 시작했죠. 처음에는 파리에서 멀지 않은 산을 올랐고, 다음엔 마르세유 근처의 산을, 그리고 알프스의 산을 올랐어요. 그 친구는 아주 강하고 순수했어요. 어떤 면에서는 아이 같았죠."

랜드는 미심쩍은 눈으로 그를 지켜보았다. 미셸도 그걸 알아차렸다. 그는 거기에 굴하지 않고 모두에게 이야기하듯 더 천천히 말했다.

"그는 유럽에서 가장 어려운 봉우리들을 오르기 시작했어요. 등반은 스포츠 그 이상이에요. Ça dure toujours. 끝없이 계속됩니다."

그들은 말없이 앉아 그의 얘기를 들었다. 랜드는 공포를 느꼈다. 그는 이 문장들이 논리적으로 이어지고 있다는 사실을 믿을 수 없었다. 미셸의 눈이 그의 눈을 들여다보고 있었다.

랜드는 싱긋 웃었다. 이 저주를 깨고 싶었다. 자신이 이 이야기의 대상이 아니라는 것을 보여주고 싶었다.

"그 친구가 누군가요?"

"내가 말해줄 수 있는 건, 그의 꿈이 역사상 가장 위대한 산악인 가운데 한 명이 되는 것이었다는 사실뿐이에요."

"정말이에요?" 랜드의 마음은 혼란스러웠다. 갑자기 고립된 것 같은 이상한 느낌이 들었다. 마치 근처 테이블에 앉아 웃고 떠드는 모든 주위 사람들이 지금 벌어지는 일의 일부이며, 심지어 그들도 다 알고 있는 것만 같았다.

"나는 등반에 대해선 아는 게 없어요." 미셸이 계속했다. 친구가 되고 싶어 속마음을 털어놓는 듯한 태도였다. "근래에 그 친구를 봤죠. 거의 1년 동안 보지 못했어요. 그는 아내를 떠났고, 일도 하지 않고 있었어요. 그런데도 그 친구는 만약 산을 한 번 더 오르기만 하면 모든 것이 어떤 식으로든 제자리를 찾을 거라고 생각하더군요. 마약과 같았어요. 그는 계속해서 마약을 복용해야 했고, 복용량은 점점 더 늘어나야 했던 겁니다."

"그래서요?"

"그 친구는 언제나 이상주의자였어요. 내면의 힘이 엄청 강한 친구였죠. 내가 아는 그 누구보다도 강했어요. 하지만 그의 내부에서 뭔가가 변했어요. 그 친구의 얼굴에서 그걸 알 수 있었습니다. 그는 모든 노력을 기울였지만 여전히 불행했어요. 그리고 2주 전에……."

랜드의 심장이 두근두근 뛰었다. 그의 삶에서 환상의 창들이 빠져나가고 있었다. 랜드는 자신이 사라지는 것을 느꼈다.

"그 얘기 듣고 싶지 않아요." 카트린이 끼어들었다.

"나도 그래. 게다가 난 그 얘기를 믿지 않아." 프랑수아즈가 말했다.

"하지만 사실인걸."

"아니, 사실이 아닐 거야."

"그럼 얘기하지 않을게."

"계속하세요." 랜드가 말했다.

미셸이 빙그레 웃었다.

"얘기하세요."

"그 친구는 2주 전, 쉬운 산을 등반하다가 떨어져 죽었습니다."

"그런 거 말고 당신이 아는 얘기나 해보지 그래?" 프랑수아즈가 못마땅한 어조로 말했다.

"내가 말했잖아, 난 등반에 대해선 아무것도 모른다고. 그래서 매력적으로 느껴지는 거야. 나는 등반의 심리학에 관심이 있어. 나와는 완전히 다른 사람의 이야기니까. 용기는 없어. 눈곱만큼도 없어. 있는 건 지능뿐이야."

"아는 건 지나치게 많고, 다른 것들은 부족하고." 프랑수아즈가 말했다.

"여기 용기 있는 남자가 있어." 그가 랜드를 가리키며 말했다. "이 사람은 날 좋아하지 않아. 보라고."

"오, 당신 정말 재미없어!" 프랑수아즈가 소리쳤다.

"봐. 이 사람은 싸우고 싶어 해. 주먹을 쥐고 마음에 들지 않는 걸 때려 부수고 싶어 해. 그게 바로 미국인의 기질이지."

"그 입 좀 다물지 못해?"

"날 때려보시지?" 그가 도발했다.

랜드는 그를 노려보았다.

"왜? 말을 못 하시나?"

"그만 좀 해." 프랑수아즈가 말했다.

"하지만 그 얘기는 사실이었어!" 그가 떠나려 하면서 소리쳤다. "당신은 사실이라는 걸 알 거야. 안 그래? 봤지? 이 사람은 알고 있어."

20

"미셸! 미셸은 남색자에다 술꾼이에요. 당신은 그자를 길에다 내던졌어야 해요." 콜레트가 말했다. 그녀는 가게 문을 열기 전에 서둘러 커피를 마시고 있었다. 아침에 보니 그녀의 얼굴은 도시 그 자체처럼 눈에 띄게 피곤해 보였다. 얼굴에 생기 없는 겨울빛이 어려 있었다. 칙칙한 빛이었다.

"미셸은 프랑스 사람도 아니에요." 그녀가 말했다. "폴란드계 유대인이죠. 그런데 당신 머리모양, 커다란 수탉의 헝클어진 꼬리 같네요."

랜드는 콜레트 앞에 있으면 자신이 멋있는 사람처럼 느껴졌다. 살아 있는 것 같았다. 그녀는 그가 자신의 모습을 완벽하게 비춰 볼 수 있는 거울 같은 존재였다. 그녀는 처세에 능했다. 인생의 아마추어가 아니었다.

"카트린은 어디 갔어요?" 콜레트가 물었다.

"볼일이 있어서 은행에 갔어요."

"저녁에 들러요. 술 한잔 마시게. 니스에서 친구가 오거든요."

바에 들어오던 누군가가 콜레트를 보고 인사했다. 그녀가 고개를 끄덕이며 미소 지었다. "늦었네요." 그러다 갑자기 깨달았다. "6시에 와요." 카운터에 동전 몇 개를 떨어뜨렸다. 그녀는 절대 오랫동안 생기 없이 처져 있을 여자가 아니었다.

아침이면 그는 창가에 앉아 하루 이틀 전의 〈트리뷴〉을 읽었다. 오후에는 카트린과 함께 밖에 나갔다.

지하철 플랫폼에는 구호가 가득했다. 카페에서의 대화는 항상 정치적이고 격렬했다. 신문, 잡지 등을 파는 매점에는 스캔들을 알리는 포스터가 눈에 띄는 곳에 붙어 있었다. 프랑스는 언쟁을 벌이는 거대한 가족 같았다. 알제리 사람들, 개를 데리고 다니는 노파들, 식당에 있는 사람들, 경찰들……. 이들은 영원히 증오와 피에 얽매여 서로 다투는 거대한 가족이었다.

오후에 부드러워진 눈빛으로 영화관을 나와 시린 발로 회색빛 몽파르나스 공동묘지를 지나 집으로 향하는 날도 있었다. 난데없이 가벼운 눈발이 날리고, 도시는 얼음처럼 푸르고, 멀리서 차 소리가 들리는 오후도 있었다. 어떤 때는 카페에서 얘기를 나누며 손님들을 지켜보기도 했다. 녹색 실크 셔츠를 입은 여자가 근처 테이블에 혼자 앉아 있었다. 그녀는 핸드백에서 뭔가를 꺼내 읽었다. 일정표였다. 그녀의 눈이 갑자기 휘둥그레졌다. 깜짝 놀라 혼잣말을 하더니 급하게 일어나 외투를 입고 밖으로 뛰쳐나갔다.

드러나지 않은 비밀스러운 오후 시간도 있었다. 소리가 새지 않게 모든 창문을 닫았다. 스며든 햇빛 아래 카트린은 신화 속 인물처럼 희미한 빛을 발했다. 마치 육체의 경이로움이 처음으로 드러난 듯한 모습이었다. 그녀는 팬티만 입고 있었다. 랜드의 목에서 피가 천천히 맥동했다. 사무라이의 시간. 카메라 셔터가 찰칵

소리를 냈다.

"사진관에서 이 사진들을 현상해줄까요?"

"그럼요." 그녀가 말했다.

"의심스러워요."

랜드가 샤워를 하고 나왔을 때, 카트린은 침대 위에 책상다리를 하고 앉아서 느긋하게 솔리테르혼자서 하는 카드놀이의 한 종류를 하고 있었다. 킹과 퀸은 따로 이름이 있었고, 잭은 헥토르, 라이르였다. 그는 옆에 누워서 그 모습을 지켜보았다.

"사람들이 인생을 낭비한다고 말하는 게 바로 이런 뜻일까?"

"설마." 그녀가 말했다.

그토록 굉장한 곳이었음에도 그 도시는 랜드의 마음을 안정시키지 못했다. 시린 겨울의 통로인 거리에서 외로운 소리가 희미하게 들렸다. 끊임없이 들려오는 조그만 소리, 뭔가가 조금씩 조금씩 떨어져 나가는 소리. 창백한 하늘은 그 소리를 더 크게 만들 뿐이었다. 그것은 피켈 소리였다. 캐벗의 피켈 소리였다. 소리는 그칠 줄 몰랐다.

새벽 4시에 잠에서 깼다. 하늘도 거리도 더없이 고요했다. 비몽사몽간에 아이거의 거뭇한 쐐기꼴 봉우리가 텅 빈 하늘에 어렴풋이 나타났다. 그사이 산에는 눈이 내려 쌓였다. 길은 하얗고 계곡은 눈에 덮였다. 강한 바람이 불고 있었다. 눈이 계속 암벽을 타고 미끄러져 내렸다.

랜드는 죽은 캐벗을 뉘인 방으로 들어갔다. 믿을 수가 없었다. 정신이 멍했다. 그러나 관과 관 속의 얼굴을 보았을 때, 감긴 눈과 가는 금발을 보았을 때 갑자기 슬픔을 이기지 못하고 무너져 내리며 무릎을 꿇었다. 그는 부끄러운 줄도 모르고 눈물을 흘리며 울었다.

카트린이 그를 깨웠다.

"왜 그래요?" 그녀가 말했다. 그는 대답하지 못했다. "무슨 일이에요? 당신, 울고 있잖아요."

그는 두 팔로 그녀를 안고 그대로 누워 있었다. 둘 다 잠을 이루지 못했다.

21

아이거는 유럽의 거대한 암벽이다. 타의 추종을 불허하는 비범한 산이다. 북벽의 높이는 1800미터 이상으로 드뤼 북벽의 두 배나 된다. 게다가 더 위험하다. 겨울이면 어디에나 들러붙어 얼음벌판을 감추는 눈을 제외하면 새카맣다. 등반은 어렵다. 폭풍우와 낙석으로 인해 극도로 위험하다.

비록 이곳을 오르려는 최초의 시도들이 길을 만들기는 했지만, 숱한 죽음을 초래했다. 이곳을 오르던 사람들은 떨어져 죽거나 얼어 죽었다. 그들의 시신이 오랫동안 기괴하게 암벽에 남아 있었다. 마침내 1938년에 첫 등정이 이루어졌다.

베이스캠프에서 그리 멀지 않은 곳에 클라이네샤이덱이라는 오래된 호텔이 있다. 객실은 편안하다. 아래층에는 이 산을 등반한 사람들의 사진이 가득하다. 호텔 위로 너무 거대해서 한눈에 들어오지 않는 산이 우뚝 솟아 있다.

그들 모두 그 호텔에 묵고 있었다. 캐벗은 다섯 명의 등반가를 구해놓았고, 여섯 번째 동료를 찾고 있었다. 그들은 동트기 전 이른 새벽에 아이거의 기슭을 향해 얼어붙은 들판을 터벅터벅 걸어갔다가, 밤이 되면 지친 몸을 이끌고 호텔로 돌아오곤 했다.

"자네, 구할 수 있는 등반가 없나?" 캐벗이 브레이에게 물었다.

"파리에 아는 사람이 있어요."

캐벗이 그를 흘끗 쳐다보았다. "영국에는 없어?"

"이 등반에 적합한 사람은 없어요."

등반은 포위된 도시에서의 전쟁 같았다. 그들은 하루 종일 격렬하게 싸웠다. 밤에는 각자의 침대에서 잤다.

캐럴도 거기 있었다. 그녀는 주도적인 여자였다. 1월에 이곳에 온 오드리는 캐럴 옆에 있을 때 존재감이 미미해졌다. 저녁때 호텔로 돌아온 사람이 아무도 없으면 둘이서 저녁을 먹었다. 때로는 텔레비전 방송국 사람도 저녁 식사 자리에 합류했다. 프로듀서는 줄담배를 피우는 피터 배링턴이라는 남자였다.

"허! 오늘 날씨 되게 춥군." 그가 장갑 낀 두 손을 맞부딪치며 말했다. "저 위가 아니라 여기에 있으니 얼마나 다행인지 몰라요. 우리의 지도자는 오늘 아침엔 어디 있는 거죠?"

배링턴은 건축과 영국 시인들에 관한 영화를 제작했었다. 그런 다음 네팔로 갔고, 그 일로 자신이 산악물 전문가가 되었다고 투덜거리듯이 말했다. 그렇지만 모든 산악 용어를 알고 있었다. 그 용어들을 자유롭게 구사했다. 그는 남몰래 캐벗을 '교살자'라고 불렀다. 그리고 대부분의 시간을 담배꽁초 가득한 재떨이가 있는 호텔 바의 한 테이블에서 보냈다. 그는 어떤 장비를 기다렸고, 날씨가 좋아지기를 기다렸고, 런던에서 전화가 오기를 기다렸다.

"안녕하세요, 배링턴 씨." 사람들은 그렇게 인사했다.

"아름다운 아침이에요. 그렇죠? 오늘은 우리가 뭘 해야 하죠?

산 사진을 몇 장 더 찍어야 할까요?"

"그것도 좋겠네요."

"그 사람들은 오늘 뭘 한대요?"

일은 더디게 진행되었다. 캐벗은 60센티미터 아래로 떨어지면서 엄지손가락이 골절되었다. 그것도 그를 멈추게 하지는 못했다. 그는 계속 아이거를 오르는 일에 매달렸다. 다른 사람들 못지않게, 아니 훨씬 더 많이 움직였다. 그는 자신들이 정상에 오를 거라고 믿는 유일한 사람이었다. 다른 사람들은 어떤 의미에서는 기계적으로 오르는 사람들이었다.

암벽은 완전히 얼어붙었다. 이렇다 할 낙석은 없었지만 추위는 극심했다. 눈사태가 빈번했다. 확고한 결심 아래 완전히 새로운 루트가 천천히 개척되고 있었다. 신속하게 오르내릴 수 있도록 고정 로프를 그대로 남겨두었다. 노력의 초점은 언제나 산꼭대기에 맞춰져 있었다.

1월 중순께 그들은 암벽을 절반 정도 올랐다. 필요한 물품을 잘 갖춰놓은 비박지 두 곳이 만들어졌다. 눈을 파내고 만든 것이었다. 캐벗은 그곳을 벙커라고 불렀다. 세 번째 비박지를 찾아야 했다. 그런 다음 고정 로프는 치우고, 한 사람이 맨 아래에서부터 등반을 시작하게 될 터였다. 처음부터 그럴 생각은 아니었다. 시간이 지나면서 캐벗의 마음속에 떠오른 생각이었다. 세 번째 벙커에서부터는 음식과 장비를 들고 중단 없이 계속 밀어붙일 것이다. 그는 혼자 정상에 오를 것이다.

그러나 세 번째 벙커는 그들을 거부했다. 그들은 암벽의 매우 가파른 부분에 있었다. 눈은 없고, 조금씩 쪼아내야 할 단단한 얼음뿐이었다. 손과 발은 얼어 있었다. 90미터 위에는 조금 더 좋아 보이는 곳이 있었다.

빌어먹을 세 번째 비박지는 없을 거야, 브레이는 속으로 생각했다. 아무것도 없을 거야. 그는 지쳤다. 손가락은 추위로 화끈거렸다. 발에는 감각이 없었다. 동상으로 발가락을 잃을까 봐 두려웠지만 그런 생각은 아무 소용이 없었다. 이틀 전에 찾아온 춥고 맑은 날씨가 싫었다. 캐벗이 싫었다. 열 번 더, 그는 혼자서 중얼거리며 얼음을 쪼았다. 조그만 얼음 조각들이 물보라처럼 흩어져 날아갔다. 그렇게 쪼아대보았자 헛수고였다. 좋아, 그럼 또 열 번. 그가 다시 다짐했다.

"그곳은 어떻게 돼가?"

캐벗은 거의 바로 아래에 있었다. 브레이는 캐벗의 정수리를 볼 수 있었다. 그는 대답하지 않았다.

"어떻게 돼가냐고!" 캐벗이 소리쳤다.

"못 하겠어요." 브레이가 웅얼웅얼 말했다.

"뭐라고?"

"손이 얼었어요."

잠시 후 그는 내려갔다.

"얼마나 했어?"

"별로 많이 하진 못했어요. 강철을 자르는 것 같아요."

"내가 해볼게."

캐벗은 톱니바퀴가 한쪽 방향으로만 회전하는 유마르등강기. 로프에 장착하여 몸을 끌어 올리는 등반 기구를 이용하여 위로 올라갔다. 두 개의 유마르를 번갈아 밀어 올리며 올라갔는데, 이 기구에 발을 디딜 수 있는 기다란 나일론 고리를 걸어서 사용했다. 그는 팽팽한 로프에 매달린 채 천천히 빙글빙글 돌면서 부드럽게 올라갔다. 잠시 후에 캐벗이 피켈로 얼음을 쪼는 아득하고 율동적인 소리가 났다. 아침 10시였다. 그들은 새벽부터 여태 일했다.

"그들은 날씨가 좋을 거라고 예상하네요. 이번 주 내내 좋답니다." 배링턴이 말했다. "동쪽부터 날씨가 좋아진대요."

일행은 호텔로 돌아왔다. 계속 암벽에 있기에는 너무 추웠고, 로프를 타고 올라가는 데 그리 많은 시간을 허비하지도 않았다. 그것은 어둠 속에서도 할 수 있는 일이었다.

"지독하게 춥군요. 당신은 어떻게 그걸 하는지 모르겠어요." 배링턴이 말했다. "마지막 벙커 자리는 찾았어요?"

"아직 못 찾았어요." 캐벗이 말했다. "걱정 마세요."

캐럴은 텔레비전 방송국 사람들 몇 명과 이야기를 하기 위해 뮌헨으로 가고 없었다. 마지막 장의 막은 오르지 않았지만 오래 걸리지는 않을 것이다. 모든 게 준비되고 진행되는 동안 뭔가가 희생되었다. 이 등반은 고상한 것이 아니었다. 어떤 의미에서는 타락한 것이었다. 수단과 목적을 불문하고 높은 산을 정복하는 것은 의심스러운 행위이다. 물론 이런 얘기가 나온 적은 한 번도 없었다. 캐벗은 이 일에 지대한 노력을 쏟았고, 더군다나 그는 대단히 강렬한 인물이었기 때문이다. 캐벗은 기준을 따르는 사람이 아니었다. 기준을 창조하는 사람이었다.

"날씨가 좋기만 하다면야……." 배링턴이 말했다.

"우린 노력하고 있어요."

"왜냐하면 그 후에는…… 어려울 수도 있으니까."

"이봐요, 당신이 직접 올라가지 않을래요?"

배링턴의 얼굴이 빨개졌다. "성과를 내기에 별로 좋은 방법은 아닌 것 같네요."

“그런가요.” 캐벗이 갑자기 어조를 바꾸었다. 수프가 나왔다. 접시를 자기 쪽으로 당겼다. “걱정 마세요.” 그가 말했다. “우린 해낼 겁니다. 조금만 더 노력하면 돼요.”

브레이는 의자 두 개를 사이에 두고 떨어져 앉아 고개를 푹 숙인 채 말없이 음식을 먹고 있었다.

“그걸 할 사람이 있어요.” 캐벗의 말이 모든 일에 싫증 난 그의 조수의 귀에 들어갔다. 뚱한 표정을 한 브레이의 입술에는 물집이 잡혀 있었다.

“이 사람이 할 거예요. 지금 침대에 누워 있는 영국 산악인들은 자신들이 여기 없었다는 사실을 두고두고 원망하게 될 겁니다. 안 그런가, 브레이?”

브레이는 못 들은 척 계속 식사를 했다. 잠시 후 오드리가 내려왔다. 그들은 가을에 결혼했다. 신혼여행은 가지 못했다. 브라이턴에서 이틀을 보낸 게 전부였다.

“식사 다 끝났잖아.” 그녀가 말했다. “나를 기다릴 줄 알았는데.” 자리에 앉았다. “뭐 먹었어?”

“커틀릿이었던 거 같아.”

“이런, 당신 얼굴. 얼굴 좀 봐.”

“뭐? 이거?” 그는 자신의 입술을 만졌다.

“내일도 거기 올라갈 거야?”

“그럴 것 같아. 저분한테 물어봐.”

그녀는 캐벗에게 눈을 돌렸다.

“내일도 갈 거예요?” 그녀는 왜 캐벗이 싫은지 스스로도 잘 알지 못했다. 그의 냉혹한 투혼 때문일까? 그렇지만 그건 누구나 얼마간 가지고 있는 것 아닌가.

캐벗도 피곤했다. 추위로 얼굴이 벌겋게 달아올라 있었다. 눈은 빨갰다. 나중에 그가 복도에서 그녀를 멈춰 세웠다.

"브레이의 용기를 꺾지 말아주세요." 그가 말했다. "고되게 일해왔으니까요."

바에서 음악이 흘러나왔다. 그들 머리 위로 누군가가 복도를 달리는 소리가 지나갔다. 그리고 바에서 다시 웃음소리가 들려왔다. 흰 앞치마를 두른 요리사들이 따뜻한 주방에서 일하고 있었다. 텔레비전 앞에 손님들이 앉아 있었다. 사무실에서는 어떤 사람이 청구서의 합계를 내고 있었다. 아이거의 암벽에서는 로프마저 얼어붙었다. 어둠 속에서 로프가 나무 막대기처럼 매달려 있었다.

"존이 정말 피곤해해요?"

"음, 아시겠지만 그이는 불평을 하지 않아요."

"압니다."

두 사람은 잠시 바에 앉았다. 은은한 불빛 속에 드러난 캐벗의 헝클어진 금발은 다소 칙칙해 보였다. 어둑한 곳에서 보니 그는 어수룩하고 어딘지 무기력한 부랑자 같았다. 어쩌면 깜빡 잠이 든 것인지도 몰랐다.

다음 날 아침 그들은 다시 산으로 갔다. 위에 있을 것 같은 눈밭에 도달할 때까지 암벽을 떠나지 않기로 작정했다. 브레이가 앞서 걸었다. 어둠에 묻힌 호텔을 나선 그들은 그동안 여러 번 오갔던 얼어붙은 들판을 걷는 내내 한마디도 하지 않았다. 캐벗이 한 차례 미끄러져 넘어졌으나 브레이는 돌아보지 않았다.

브레이는 종일 캐벗의 공격을 받았다. 그들은 얼음이 꽉 들어찬 크랙에서 길을 내며 올라가고 있었다. 30센티미터를 이동하는

데 20분이나 걸렸다. 크랙이 천천히 벌어졌다. 브레이는 크랙의 옆면에 몸을 딱 붙이고 있었다. 그곳에 자기 혼자 있는 것 같았다. 갑자기 이상한 느낌이 들었다. 마치 자신이 한 장의 사진에 불과한 존재인 듯한, 거의 희열에 가까운 초연한 느낌이었다. 아래쪽의 정적이 사라졌다. 두려움도 사라졌다. 계속 위로 올라갔다. 그는 무엇에도 의지하지 않은 채 어떻게든 균형을 잡고 있었는데, 문득 자신의 발이 미끄러지기 시작하는 것을 느꼈다. 버티려고 애썼다.

"줄 당겨!" 그가 소리쳤다.

로프가 팽팽해졌다. 그러나 충분치 않았다.

"나 추락해!" 계곡 위 900미터가 넘는 높이에서 그는 떨어지기 시작했다. 그는 모든 것을 똑똑히 보았다. 한탄스러웠다. 그러나 거의 신경 쓸 수 없었다.

로프가 갑자기 그를 붙들었다. 한쪽 다리가 로프에 걸린 것이었다. 그는 캐벗과 3미터 떨어진 지점에 거꾸로 매달려 있었다.

"괜찮아?"

"장갑 한 짝을 잃어버렸어요."

캐벗이 그를 내려주었다.

"어떻게 된 거야?"

"버틸 수가 없었어요." 그는 장갑이 벗겨진 손을 재킷 안에 찔러 넣은 채 거칠게 숨을 몰아쉬었다. "몸을 지탱할 수가 없었어요." 시간은 늦은 오후를 향해 달려가고 있었다. 태양은 정점을 지났다. 하늘은 하얘 보였다. "내년엔 다시 미장일로 돌아갈 거예요."

"정말 괜찮아?"

브레이는 고개를 끄덕였다. 그런 다음 아래를 내려다보았다. 갑자기 두려움을 느꼈다. 용기는 사라졌다. 잠시 후 그가 물었다.
"계속 올라갈 겁니까?"

"자넨 장갑이 한 짝밖에 없잖아."

"어쨌든 날씨를 좀 보세요." 브레이가 말했다. 먼 곳에 구름이 나타나 있었다.

그는 지쳤다. 그것만큼은 확실했다. 그날 늦게 몇 시간 동안 별 움직임이 없던 두 사람이 내려오기 시작했다. 어쩌면 얼음 때문에 로프가 닳아 해졌는지도 모른다. 어쩌면 바위에 로프가 잘린 것인지도 모른다. 그걸 아는 사람은 결코 없을 것이다. 그들을 지켜보던 사람들의 눈에는 한 점의 색깔이 제자리를 벗어나서 암벽을 따라 아주 천천히—거의 사뿐히 내려앉듯이—떨어져 내리는 것처럼 보였다. 누군가가 외쳤다.

"누가 떨어졌어!"

오드리는 평소 손님들이 차를 마시는 응접실에서 시간을 보냈다. 그곳에서 사람들과 이야기를 나누고 엽서를 쓰고 책을 읽었다. 차를 마시면서 관광객들의 호기심 어린 눈초리와 똑같은 질문을 받는 것은 세상에서 가장 자연스러운 일이었다. 그분들은 지금 어디 있어요? 관광객들이 물으면 오드리는 손가락을 들어 가능한 한 정확하게 그들을 가리키곤 했다.

"어머."

"얼마나 높이 올라간 거예요?"

"굉장히 높이요."

"불안하지 않아요?"

"그래서 난 그 일은 생각하지 않는답니다." 그녀가 관광객들에게 말했다.

그녀는 아무것도 듣지 못했다. 곧 베란다를 따라 앉아 있던 사람들이 갑자기 일어섰다. 망원경을 들여다보던 사람들도 있었다.

"뭐죠? 무슨 일이에요?" 오드리가 물었다. 그녀가 읽고 있던 책은 이제 펼친 면이 바닥을 향한 채 옆에 놓여 있었다. 자리에서 일어서던 그녀는 몸이 떨리는 것을 느꼈다. 그들이 하는 말이 들리지 않았다. 아무것도 들을 수 없었다. 마치 진공상태 같았다. 일순 사람들이 자신에게 눈을 돌렸다. 그녀는 확신하며 말했다. "이봐요. 무슨 일이에요?"

22

그날 밤 눈이 내리기 시작했다. 황혼의 어스름 속에서 부드럽게 눈이 내렸다. 사람들은 저녁을 먹으며 이야기를 나누었다. 웨이터들이 실내를 미끄러지듯 지나다녔다. 7시가 조금 지난 시각, 몇 시간 동안이나 아이거 암벽 기슭에 있었던 캐벗이 살짝 열린 문을 두드렸다.

"들어와요." 배링턴의 목소리였다. 오드리는 어깨에 카디건을 두른 채 의자에 앉아 있었다.

"안녕, 잭." 배링턴이 말했다. "다 돌아왔나요?"

브레이의 장비들이 여기저기 흩어져 있었다. 부츠는 문 뒤에 있고, 양말은 라디에이터 위에서 말라갔다. 캐벗이 자리에 앉았다. 입을 열어 말을 꺼내기가 쉽지 않았다.

"우린 조금 전에 돌아왔어요." 그가 말했다.

"눈이 많이 와요?"

"아주 많이 옵니다. 거의 확실한 사실 하나는," 그가 오드리를 보지 않고 말했다. "브레이는 내내 정신을 잃은 상태였다는 겁니다."

"그걸 어떻게 알아요?"

"그냥 압니다. 난 봤어요. 브레이가 일을 시작하자마자 바위에 머리를 찧는 걸요."

"그걸 봤다고요?"

"그랬을 것 같군요." 배링턴이 캐벗의 말을 사실로 받아들였다. "그곳은 몹시 삐죽삐죽한 곳이니."

그 말이 마음을 어지럽혔다. "삐죽삐죽……."

"노두도 많고."

"당신 말이 맞다면……."

그들은 말이 없었다. 어마어마한 추락 높이와 추락하는 등반가의 무력감이 방 안을 가득 채웠다. 잠시 후 배링턴이 일어나 자리를 떴다. 나중에 들르겠다는 말을 남겼다.

"무슨 말을 해야 할지 모르겠어요." 마침내 캐벗이 간신히 입을 열었다. 그는 커다란 충격을 받았다. "로프가…… 로프가 뭔가에 걸린 게 틀림없습니다. 상상이 안 가요. 그건…… 그건 누구에게나 일어날 수 있는 일이었어요."

"바보 같은 소리 하지 말아요."

"그저 아주 난감한 사고 가운데 하나였을 뿐입니다."

"아니에요, 그게 아니었어요. 사고가 아니었다고요. 난 당신이 그이를 죽일 거라는 걸 알았어요." 그녀가 말했다. "당신을 처음 봤을 때부터 알았어요."

"그렇게 생각하지 않잖아요."

"아니요, 그런 생각이 들었어요."

"거짓말."

"거짓말이라고요?" 그녀가 말했다. "아니, 그렇게 생각한다니까요. 그이는 보잘것없는 사람이었어요. 당신에 비하면 말이에요. 그렇지만 충성스럽고 마음씨가 착했어요. 당신은 그이에게 무슨 일이든 시킬 수 있었죠. '자네는 이 일을 할 수 없을 거야'라고만 말하면 됐잖아요. 그러면 그걸 하려 드니까. 당신도 잘 알고 있어요. 난 당신이 그이한테 그런 식으로 일을 시키는 걸 쭉 봐왔거든요. 로프가 끊어져 이제 그이는 가버렸네요. 어젯밤엔 여기 있었는데. 바로 저 거울 앞에 서 있었는데. 그이는 기진맥진했어요. 그래도 당신은 그이가 지치고 피곤하다고 해서 절대로 일을 그만두게 하지 않았죠. 지금 그이는 어디 있나요? 난 그이가 어디 있는지도 몰라요." 그녀가 울기 시작했다. "당신은 하던 일을 계속하겠죠." 그녀가 말했다. "정상까지 오르겠죠. 그이를 기억조차 하지 않고."

"그렇지 않아요."

"아니요, 그래요!"

"이봐요, 오드리. 설명하기 어렵지만……." 그는 잠시 말을 멈추었다. "난 브레이에게 아무것도 시키지 않았어요. 그 친구는 나와 똑같은 이유로 그걸 한 겁니다. 산이 하게 만든 겁니다. 우린 자기 자신 때문에 그걸 하는 거예요."

오드리는 창가에 서서 창밖의 눈을 바라보았다. 가슴 아래쪽에 두 팔을 꼭 붙인 자세로 팔짱을 끼고 있었다.

"이해가 되지 않아요." 그녀가 지친 목소리로 말했다. 그녀는 더 이상 삶에서 무엇도 기대할 수 없다는 듯 자신을 붙들고 있었다. 화장대 위에 놓인 옷과 화장품, 창백하게 불빛을 반사하는 네모난 침대……. 이런 것들이 그녀를 대신해서 말하고 있는 것처럼 보였다. 방은 따뜻했다. 침묵은 지불해야 할 청구서처럼 쌓여 갔다.

"나가서 함께 저녁 들어요. 오늘 밤엔 혼자 있고 싶지 않을 테니." 그가 말했다. "괜찮다면 바에서 먹읍시다. 우리 식사를 그곳에 준비해달라고 요청할게요."

"바에는 가고 싶지 않아요."

"거기 가면 도움이 좀 될 겁니다."

"아니요, 혼자 있게 내버려두세요."

그는 그녀의 몸에 한 팔을 둘렀다.

"오드리……." 그는 뭔가 다른 말을 하려 했으나 아무 말도 나오지 않았다.

그녀는 고개를 끄덕였다. 왜 고개를 끄덕였는지 이유를 알지 못했다. 다시 울기 시작했다. 눈물이 뺨을 타고 흘러내렸다.

"난 이제 어떻게 되는 걸까요?"

"영국으로 돌아가야죠."

그녀가 그를 쳐다보았다.

"그게 다예요?" 그녀가 따지듯이 물었다.

그의 몸짓은 애매했다.

"그게 다예요?"

"5분 후에 만납시다."

그녀는 대답하지 않았다.

"아래층으로 내려올 거예요?"

"네." 이윽고 그녀가 말했다.

"금방?"

"네."

캐벗은 움직이지 않았다. 그럴 필요가 없다는 것을 알았다. 대신 오드리의 가슴에 손을 얹었다. 몇 주 동안 훔쳐보던 가슴을.

"그러지 마요." 그녀가 말했다. 그는 그녀가 떨고 있는 것을 느꼈다. "그러지 마요."

그는 그녀의 몸을 자기 쪽으로 돌려세웠다.

그들은 계속 대화를 나눠온 사이인 것만 같았다. 항상 합의해온 행위인 것만 같았다. 눈은 밤새 내렸다.

페이지 하단에 짧은 기사가 실려 있었다. '추락사한 산악인'이라는 제목이었다. 랜드는 단어들을 대충 건너뛰며 훑어보았다. 그의 얼굴이 새하얘졌다. 침착하게 읽으려고 애썼다. **벵엔, 1월 24일. 당국은 어제 아이거에서 900미터 아래로 추락하여 사망한 23세 영국 산악인의 신원을 오늘 확인했다.**

파리는 일요일이었다. 추웠다. 주변 사람들은 이야기를 나누고 있었고, 텔레비전은 켜져 있었다. 그는 그날의 날씨처럼 맥이 빠지고 우울해지는 것을 느꼈다. 갑자기 모든 것이 을씨년스러워 보였다. 주위의 낯선 사람들이 프랑스어로 얘기하는 것에, 세상의 무심함에 짜증이 났다. 그는 사내를 생각했다. 지저분한 재킷 차림으로 히죽 웃는, 손이 작고 작달막한 사내를 생각했다. 영국에 가지 않을래요? 우린 같이 일할 수 있어요. 브레이는 말했었다. 우리 둘이. 함께.

23

카트린이 외투 단추를 채우며 계단을 내려왔다. 랜드는 밖에서 그녀를 기다리고 있었다.

둘은 마을 중심가를 향해 걸었다. 어디에나 사람들이 있었다. 샤모니는 마지막 겨울 방문객들로 가득했다. 차들이 진흙을 튀기며 지나갔다.

"어, 의사가 뭐래요?"

"확실하대요." 그녀가 말했다.

"확실?"

"검사 결과가 양성이에요."

"이해가 안 가요. 어떻게 그럴 수가 있죠?"

"그렇다면 그런 거예요."

랜드는 말이 없었다. 그저 상점 유리창을 멍하니 바라보면서 함께 걸었다.

"커피 마실래요?" 그녀가 물었다.

그들은 뒤쪽 자리에 앉았다. 랜드는 의자에 털썩 주저앉았다.

"음, 이 소식이 당신을 흥분시켰군요."

"그런 건 아니고. 단지……."

"단지 뭐요?"

"단지 놀랐을 뿐이에요."

"나도 놀랐어요."

"내 계획과는 좀 달라요."

"그렇군요."

웨이트리스가 커피를 가지고 돌아왔다.

"당신 **계획**이 뭔데요?" 카트린이 물었다. 그녀는 각설탕을 세 개나 집어서 조그만 컵에 떨어뜨렸다.

"가정을 꾸리지 않는 거."

그녀는 아무 말도 하지 않았다.

"나는 아버지가 되고 싶지 않아요."

"그걸 어떻게 알아요?" 그녀는 천천히 커피를 저었다. "당신은 아주 좋은 아빠가 될 거예요."

"아이를 갖지 마요." 마침내 그가 말했다.

"너무 늦었어요."

"그게 무슨 말이에요. 너무 늦다니?"

"16주예요."

그 숫자는 그에게 아무 의미도 없었다. 랜드는 그녀가 거짓말을 하고 있다고 확신했다. "어떻게 그렇게 됐는지 알고 싶어요." 그가 우겼다. "어떻게 그럴 수 있죠?"

"몰라요. 뭔가 잘못됐나 보죠."

"뭐라고요?"

"지금 조사하는 거예요? 우리가 시작하기 전에 하지 그랬어요?"

"나는 아버지가 될 수 없어요."

그녀는 잠시 침묵했다.

"당신은 결혼하고 싶지 않은가 봐요. 당신이 하려는 말은 그거잖아요."

"아마 그런 것 같아요."

"네, 알았어요."

끔찍한 무게감이 그를 짓눌렀다. 그는 다른 생각을 찾고 있는 것처럼 모호한 눈길로 실내를 둘러보았다.

"뭘 어떻게 해야 할지 모르겠어요."

"카트린, 당신은 내 인생이 어떤지 알잖소."

"무슨 뜻이에요Ça veut dire quoi?" 잠시 후에 그녀가 덧붙였다. "원하는 게 뭐죠? 계속 이대로 살고 싶은 거예요?"

"계속 똑같이 살 순 없겠죠. 1년 뒤, 2년 뒤의 나는 지금과 같지 않을 거예요."

"뭐가 되어 있을 건데요?"

"그걸 어떻게 알아요? 난 얽매이고 싶지 않아요."

"얽매이지 않아도 돼요." 그녀가 말했다. "약속할게요. 언제나 뭐든 당신 하고 싶은 거 하면 돼요."

그 말이 랜드를 흥분시켰다. 만약 카트린이 그토록 낙담하지만 않았더라면 그는 그 자리에서 바로 그녀의 말을 받아들였을지도 모른다. 그러나 그녀는 자기가 하고 있는 말을 잊어버릴 것이다. 언제나 그렇듯이 여자로서의 본능을 드러낼 것이다.

"당신은 내가 아이를 지우길 원하는군요."

그렇소, 하고 그는 생각했지만 웬일인지 아무 말도 하지 않았다. 칼을 냉혹하게 찔러야 하는 순간이 있는 법이다. 그렇지 않으면 피해자가 승리하니까. 그는 그녀를 바라보았다. 그 순간이 지나가고 있음을 알아차렸다.

"이런 젠장." 그가 나직이 내뱉었다.

그녀는 자기가 랜드를 실망시켰다는 사실을 알았다. 무력감을 느꼈다. 절망스러웠다.

"말 좀 해요." 그녀가 애원하듯 말했다.

그는 아무 말도 하지 않았다.

그해 봄, 랜드는 좀처럼 샤모니에 있지 않았다. 등반가의 피신처 오두막을 옮겨 다니며 지냈다. 때로는 한곳에서 며칠씩 지내기도 했다. 시즌이 시작될 무렵이었다. 수면실은 비어 있고, 매트리스가 나란히 놓여 있었다. 게시판에는 **오후 9시 이후는 조용히**라고 쓰여 있었다.

이따금 다른 등반가들이 나타났다. 그들은 거의 말이 없었다. 오두막에는 여전히 겨울 추위가 남아 있고 벽에는 철 지난 가격표가 붙어 있었다. 다시 마을로 내려왔을 때는 힘겨웠다. 그는 카트린이 일하는 가게에 전보다 훨씬 드물게 들렀다.

"괜찮아요Ça va?" 그가 우물우물 어색하게 말했다. 그녀의 모습은 변하지 않은 것 같았다.

"위쪽은 어때요?"

"여전히 눈이 많아요."

"원래 그런 곳이잖아요."

랜드는 미소를 지으려 했으나 잘 안 되었다. 그녀가 무슨 말을 할지 다소 긴장했던 그는 가능한 한 일찍 떠나려 했다. 그는 작별의 말을 싫어했다. 그들 사이에는 적어도 외모가 유지되는 한 여전히 서로의 짝이라는 무언의 동의가 있었다. 비록 엄밀한 의미에서는 둘 다 아웃사이더였지만 샤모니처럼 작은 마을에서는 갖가지 사실이 금세 들통났다.

"난 아르장티에르에 갈 거예요." 어느 날 그가 말했다. "상황이 썩 좋지 않으면 거기서 얼마간 머무르게 될지도 몰라요. 알았죠?"

"서둘러 돌아오지 않아도 돼요." 그녀가 말했다. "난 여기 없을 거예요."

갑작스럽게 한 방 얻어맞은 기분이었다.

"그래요? 어딜 갈 건데요?"

당신을 목숨보다도 더 사랑해요, 당신에게 뭐든 다 줄게요, 라고 말할 때가 있다. 어쩐지 그 기억이 그녀 앞에서 깜박거렸다. 그녀는 이미 떠나기로 마음먹었다. 떠나가다가 마지막으로 한 번 흘끗 뒤를 돌아보는 것과도 같았다.

"파리로 갈 거예요."

"음, 그럼 돌아오면 그때 봐요."

카트린은 대답하지 않았다. 마지막으로 그의 얼굴을 기억에 담았다. 랜드는 그녀의 침묵에 놀랐다.

"볼 수 있겠죠?" 그가 말했다. 갑자기 애절해졌다. 카트린 때문에 몹시 괴로웠다. 그는 그녀를 사랑했고, 이 사랑이 그를 질식시키고 있었다. 그는 그녀를 원하는데 그녀는 떠나고 있었다.

"아니요, 친구를 만나러 갈 거예요."

"친구 누구?"

"누구든 그게 무슨 상관이에요?"

무슨 상관? 미칠 노릇이었다. 갑자기 엄청난 상관이 있다는 생각이 들었다. 랜드는 그 이름을 알려달라고 설득했으나 그녀는 말하지 않았다.

그 친구는 앙리 비강이었다. 카트린은 한때—2년 동안—그의 정부였는데, 비강이 자신과 결혼하지 않으리란 것을 알고 그를 떠났었다. 그녀는 다시 그에게로 돌아갔다. 비강은 기꺼이 그녀를 받아들였다. 그는 카트린이 원한다면 아이를 친자식처럼 여기겠다고 말했다.

그녀는 이조에 정착했다(그 근처에 비강의 박스 공장이 있었다). 이따금씩 마차나 수레만 지나다니던 시절에 지어진, 길가의 오래된 집에서 지냈다. 외벽은 소박함을 넘어 칙칙한 편이었으나 내부는 오직 프랑스 시골집에서만 느낄 수 있는 것처럼 따뜻하고 아늑했으며, 정원으로 이어지는 문이 많았다. 카트린은 그곳에서 행복했다. 적어도 잘못된 사람을 사랑하는 어려움에서는 해방되었다. 그녀가 랜드를 생각하지 않았다면 거짓말일 테지만, 아무튼 점점 덜 생각하게 되긴 했다.

비강은 온화하고 이해심이 많았다. 게다가 그녀가 더 젊고 대담한 남자의 품에서 돌아왔으므로 비강은 그녀를 다시 차지하게 된 사실에 두 배로 우쭐해했다. 그녀가 옷을 가지러 샤모니로 돌아가고자 했을 때 그가 말렸다.

"사람을 시켜서 옷가지를 모아 우리 집으로 가져오게 할게. 그 옷들을 지금 입을 건 아니잖아."

임신한 여자가 종종 그렇듯 비강은 그녀가 더 아름다워졌음을 알았다. 그녀의 식욕, 휴식에 대한 욕구, 다시 돌아온 쾌활한 기분에 그는 몹시 흡족해했다. 그녀는 만족감으로 환한 빛을 발했는데, 그 만족감은 오직 성행위 뒤에만 암시적으로 나타날 뿐이었다. 이는 성행위의 충만한 면모였고, 비강은 그 온기를 호사스럽게 즐겼다. 그녀가 이조에 오기 전의 날들은 흐릿해지면서 잊혀갔다.

"나는 정말 비참했어요." 카트린이 고백했다. "극단적으로 우울한 생각까지도 했었죠. 자살하고 싶다는 생각이 들었어요. 묘비에 알렉상드르 뒤마의 정부처럼 아무런 글도 없이 오직 네 면에 네 개의 날짜만 새기고 싶었어요. 그이를 만난 날, 우리가 처음으로 사랑을 나눈 날……."

초여름이었다. 정원으로 이어진 문들이 열려 있었다.

"내가 기억하기론 두 날짜는 같았어."

"아니에요."

"파티가 있었던 날 당신이 그와 함께 떠난 그 인상적인 밤이 아니었나?"

"그렇게 티가 났나요?"

"완전히 넋이 나간 표정이었어."

"오, 그러지 말아요."

"부러웠어."

비강은 행복감으로 가득 찼다. 늦은 시간, 창문으로 들어오는 불빛 아래서 그는 자신이 서른다섯 살로밖에 보이지 않는다는 생각을 했다. 옷장과 장롱 서랍 속의 옷들은 언제나 말끔히 정돈되어 있었다. 심지어 욕실 선반 위의 반짝이는 작은 가위와 여러 병까지 가지런히 놓여 있었다. 입구 탁자 위에는 편지와 〈르몽드〉지가 놓여 있었다. 이부자리는 깨끗하고 보송보송했고, 마을에서 온 여자 요리사는 참하고 차분했다. 카트린은 비강의 정치관에 동의하지 않았고, 그는 돈에 관해서는 비밀스러웠다. 그녀는 더 젊은 남자를 선호했을 것이다. 그렇지만 대체로 그녀는 그에게 아주 좋은 마음을 품고 있었다. 자신들은 쉽사리 풀리지 않을 방식으로 함께 묶여 있다고 느꼈다. 그녀는 그 집의 평범한 외양과 편안함을 좋아했다. 비강의 삶의 세세한 것들을 감탄하며 바라보았다.

랜드에 대한 생각은 좀처럼 하지 않았다. 그에게서 아무런 편지도 받지 못했다. 아이의 출산이 가까워졌을 때도 편지는 오지 않았다. 아마도 어디로 편지를 부쳐야 할지 몰랐을 것이다.

24

랜드는 트리올레 북벽과 드루아트의 **에프롱** 바위 능선을 혼자 등반했다. 얼마든지 같이 등반할 동료를 찾을 수도 있었다. 그가 같이 가자고 하면 거의 모두가 그 기회를 잡으려 했을 것이다. 하지만 그는 혼자 샤모니를 떠났고, 이런저런 이유로 그렇게 등반하기 시작했다.

트리올레는 가파르다. 그곳을 덮은 얼음은 결코 녹지 않는다. 뾰족한 스파이크가 박힌 크램폰아이젠으로 부르기도 함을 부츠 밑에 덧신고서 올라야 한다. 두 개의 앞쪽 스파이크를 포함하여 여러 개의 스파이크로 빙면을 찍어 밟을 수 있다. 온 체중이 크램폰에 전달된다.

그는 일찍 출발했다. 암벽은 하강하는 거대한 강물 같았다. 오르는 내내 가팔랐다. 암벽의 숨결은 차가웠다. 정적 속에서 크램폰 소리가 빠드득거렸다. 그는 양손에 피켈을 쥐고 체계적으로 올랐다. 그 리듬에 빠져들었다. 높이 올라왔을 때에야 미끄러져 떨어지는—떨어진다면 마치 빙벽이 유리인 것처럼 경사면을 타고 쏜살같이 떨어져 내릴 것이다—모습이 처음으로 머릿속에 떠올랐다. 묘한 감정이 일었다. 그는 잠시 등반을 멈추고 쉬었다. 크램폰 스파이크는 일부만, 겨우 반 인치 정도만 빙면을 파고들었는데, 그 반 인치가 실패하는 일 없이 미끄럼을 방지해줄 터였다. 그걸 깨닫자 일종의 희열이 밀려들었다. 그가 아는 어떤 느낌과도 다른 안전감이었다. 마치 산이 그에게 거룩한 직분을 수여한 것만 같았다. 그는 그것을 거부하지 않았다.

강철 스파이크의 뾰족한 끝부분에 의지하여 몸을 지탱한 채 모든 어려움과 두려움을 이겨내고 있자니 행복했다. 결국엔 이런 느낌이어야 하는 거야. 그는 마지막 순간에 이르기도 전에 밀려드는 기쁨에 약간 불안해하며 그렇게 생각했다. 발밑을 내려다보았다. 가파른 경사에 눈이 아찔할 지경이었다. 저 위에는 불룩 튀어나온 거대한 얼음덩어리가 있었다. 그걸 지나면 두 가지 길이 있었다. 두 가지 길밖에 없었다.

체계적이고 확실한 매 단계가, 얼음을 찍어 밟는 매 걸음이 그를 점점 더 위로 데려다주었다. 그는 브레이를 생각했다. 잠시 브레이가 거기 있는 것 같았다. 이 고적한 암벽들은 여전히 브레이의 암벽이었다. 그는 이들 속에 존재했다. 그는 죽고 훼손된 몸으로 사라진 게 아니었다. 사라진 게 아니라 단지 무대에서 내려왔을 뿐이었다. 그날은 브레이에 대한 상념을 되살려주었고, 오버행을 넘어갈 때의 승리감과 정상에서 기다리던 멋진 광경을 가져다주었다.

배낭을 메고 한쪽 어깨에는 로프를 걸친 채 길을 나서는 랜드의 모습이 종종 사람들 눈에 띄었다. 그는 사람들에게 산책하러 간다고 말했다. 아침이면 고요한 하늘을 배경으로 서 있는 믿을 수 없을 만큼 하얀 봉우리들 사이에서 눈을 떴다. 그곳에는 도시의 삶보다 더 중요한 것이, 돈과 소유물보다 더 중요한 것이 있다. 결코 거세될 수 없는 남성성이 있다. 이것을 위해 어떤 이들은 모든 것을 바친다.

나에게 이상한 일이 일어났네. 그는 캐벗에게 편지를 썼다. **난 죽음에 대한 모든 두려움을 잃었어. 요즘은 혼자서만 산에 오르네. 트리올레 북벽과 베르트의 쿠트리에를 올랐지. 환상적이었어. 말로 다 설명할 순 없네. 미국에서는 무슨 일이 일어나고 있나? 자넨 어떻게 지내?**

랜드를 변화시킨 것은 고독뿐만이 아니었다. 또 다른 깨달음도 그를 변화시켰다. 중요한 것은 존재의 일부가 되는 것이지 소유하는 것이 아니라는 깨달음이었다. 그는 여전히 위험한 등반의 고통을 잘 알고 있었는데, 다른 식으로도 그걸 알게 되었다. 그것은 경의였다. 그는 기꺼이 등반에 경의를 표했다. 은밀한 기쁨이 그를 채웠다. 누구도 질투하지 않았다. 거만하지도 수줍어하지도 않았다.

8월 초, 그는 푸르슈에 있는 조그만 피신처 오두막에 도착했다. 저녁이었다. 빙하를 가로지르며 걷는 장거리 트레킹을 하면서 라슈날 봉, 그랑카퓌생산을 지나왔다. 해가 몽블랑 뒤로 넘어갔다. 그는 황혼 속에서 걸음을 옮겼다.

오두막은 거의 만원이었다. 바로 맞은편에 있는 거대한 몽블랑은 어둠에 잠겼다. 사람들은 말을 할 때 낮은 목소리로 소곤거렸다. 등반가들 대부분은 잠들어 있었다.

"안녕하십니까Bonsoir." 누가 나직하게 말했다. 가이드였다. 젊은 축에 속하는 가이드로, 랜드하고도 안면이 있었다.

"안녕하세요Bonsoir."

"날씨가 좋죠Beau temps, eh?"

"비할 바 없이 좋네요Incomparable."

가이드가 한 손을 이리저리 움직였다(버릇인 것 같았다). 그러고 나서 랜드가 책에 적어놓은 사항을 흘끗 보았다. "브렝바를 오르려 하는군요?"

랜드는 대꾸하지 않았다.

그는 수프를 만들어 먹은 후 나무 침상에서 자리를 하나 찾았다. 담요를 당겨 몸을 덮을 때 어둠 속에서 기침 소리가 들렸다. 여자의 기침 소리였다. 그는 살짝 고개를 돌렸다. 여자의 모습이 보이지는 않았다. 불현듯 외로움이 엄습했다. 그 외로움의 힘에 깜짝 놀랐다. 자리에 누워 꿈에 빠졌다. 카트린이 처음 만났을 때처럼 그에게 왔다. 새로워진 그녀의 모습이 그때와 똑같이 그의 얼을 빼놓았다. 가게 뒤편에 주차된 작은 르노 자동차, 그녀의 숨결……. 어떻게 그녀에게 싫증이 날 수 있단 말인가. 그녀의 체취, 흰 속옷, 머릿결. 베개와 베개 사이의 얼굴, 아무것도 걸치지 않은 등, 그녀를 어슴푸레 밝혀주는 은은한 새벽빛……. 가늘고 긴 손이 그를 만졌다. 그는 이런 것들을 느낄 수 있었으나 말은 머릿속에서 무너졌다. 그녀는 하렘일부 이슬람 국가의 부유한 남자의 아내들이 되었다. 한 명이 아니라 여러 명이 된 것이었다. 그녀가 여러 명으로 증식하면서 울부짖을 때, 성질 사나운 잡종 개처럼 컹컹 짖을 때 랜드의 마음은 심란해졌다. 꿈의 기억이 생생했다. 어둠 속에서 그는 돌처럼 누워 있었다.

새벽이 되자 하늘이 흐려졌다. 눈이 내리기 시작했다. 그날은 아무도 등반하지 않을 것이었다. 몇몇 일행들은 이미 내려가기 시작했다. 그는 기침을 한 여자를 알아보았다. 실은 그녀가 불평하는 소리를 들은 것이었다. 그녀는 영국인이었다. 두꺼운 스웨터와 무릎이 늘어난 등산 바지를 입고 있었다. 랜드는 그녀가 머리를 빗는 모습을 지켜보았다.

"어떻게 생각해요?" 그녀가 와서 물었다. "날씨가 맑아질까요?"

"말하기 어렵습니다."

"내려갈지 말지 결정을 못 하겠어요." 그녀의 목소리는 사근사근했다. "당신은 어떻게 그렇게 차분할 수가 있죠?"

랜드는 물을 끓이고 있었다.

"차 한잔 마실 수 있을까요?" 그녀가 물었다. 그러고 나서 그가 차를 따르는 모습을 바라보았다. "정말 브렝바를 오를 건가요?"

"상황에 달려 있습니다."

"당신은 혼자 등반을 하나보군요." 그녀는 설탕을 세 스푼 넣었다. "그러면 문제가 생길 여지가 많은 거 아니에요?"

"꼭 그런 건 아닙니다."

그녀의 시선은 올곧았고 눈동자는 회색빛이었다. 그녀는 오드리 같지 않았다. 오드리와는 다른 부류의 여자였다.

"그렇지만 한 번만 실수를 해도 끝장인 거잖아요. 안 그래요?" 그녀는 잠시 말을 멈추었다. "내 가이드는 당신을 일종의 무법자로 여기는 것 같아요."

"글쎄요, 가이드들은 따뜻한 침대에서 잠을 자니까."

"당신은요?"

"가끔."

"상상이 되네요."

"시즌을 즐기려고 여기 온 겁니까?"

"2주 동안만 있을 예정이에요. 남편이 있거든요. 훌륭한 산악인이랍니다. 몇 년 전부터 계속 등반을 해오고 있죠. 요새는 좀 짜증이 난 것 같아요."

"그가요?"

"다리를 다쳤거든요. 블레티에르에서 떨어져서. 그래서 남편 대신 가이드와 함께 왔는데, 생각해보니 내가 좀 지나친 것 같아요. 당신이 바로 모든 걸 혼자서 하는 그 미국인이죠? 그런데 당신 이름을 모르는 것 같네요."

"랜드."

"아, 맞아요. 랜드……?"

"버넌 랜드."

"어젯밤에 당신이 들어오는 걸 봤어요. 솔직히 말해서 깜짝 놀랐어요. 내가 여기 있어도 되나 하는 생각마저 들었죠. 당신을 보았을 때 난 여기 있으면 안 된다는 걸 알았어요."

"아니, 당신은 가이드가 있잖아요."

가이드가 실내 저편에서 그들을 지켜보고 있었다.

"가이드가 세 명 있다 해도 똑같은 생각일 거예요."

그녀의 이름은 케이 해밋이고, 호텔 데잘프에 머물고 있었다. 그녀는 정오에 떠났다. 그 무렵에는 눈이 전보다 더 심하게 내렸다. 그날 저녁 오두막에는 네 명만 남았고, 다음 날 두 명이 또 내려갔다.

담요가 많아졌다. 랜드는 누워서 담요를 겹쳐 덮고 계속 잤다. 자다가 눈을 뜨고 밖을 내다보면 여전히 눈이 내리고 있었다. 바람에 금속 벽이 삐거덕거렸다. 오두막 안에 그 말고 한 사람이 더 있었다. 그러나 두 사람은 한마디도 나누지 않았다.

폭풍은 3일 동안 지속되었다. 그 후에는 구름이 낮게 떠서 봉우리들을 가렸다.

6일째 되는 날 정오에 오두막 문이 열리며 한 남자가 들어오더니 발을 쿵쿵 굴리면서 신발에 묻은 눈을 털어냈다. 레미 지로였다.

"안녕하세요Salut." 그가 말했다.

"그 문으로 들어온 사람은 일주일 만에 당신이 처음입니다."

"그럴 거 같네요. 날씨가 끔찍해요. 혹시 수프 같은 거 없어요?"

"수프는 없어요. 차 마실래요?"

"뭐든 좋습니다." 지로가 말했다. 그는 불을 지핀 난로를 바라보았다. "여기서 뭐 하고 지냈어요?"

"별로 하는 일 없이 지냈어요."

지로는 오두막 저쪽 끝에 앉아 있는 젊은 사내를 흘끗 쳐다보았다.

"내가 왔을 때는 사람들로 가득했어요." 랜드가 설명했다. "사람들이 떠나는 방식이 재미있더군요. 먼저 가이드와 고객들이 떠나고, 그다음엔 실은 어떻게든 등반을 하지 않았으면 하고 바랐던 사람들이 떠났죠. 그러고 나서 식량이 떨어진 영국인들이 떠났어요. 마침내 나 말고 아무도 남지 않게 되었죠."—그가 뒤를 향해 손짓을 했다—"저 유령을 빼고는."

"마을에 있는 게 더 편하지 않을까요?"

"나는 지난 일들에 대해 생각할 게 많아요." 랜드가 무뚝뚝하게 말했다.

"무슨 일이 일어났는지 들었어요?"

"아니요. 무슨 일인데요?"

"헬리콥터 소리 못 들었어요?"

"사고가 났어요?"

"이탈리아인 두 명이 드뤼에서 조난당했어요."

"드뤼 어디에서요?"

"한 사람은 부상이 몹시 심하다는군요."

"그건 놀랍지 않습니다. 드뤼 어디에서요?"

"드뤼 서벽 높은 곳. 90미터가 넘는 다이히드럴dihedral. 책을 반쯤 펼친 것과 같은 모양을 이루는 두 벽의 안쪽 구석. 오픈 북이라고도 함에서. 암벽 전체가 단단한 얼음인 곳이에요."

그들은 3분의 2 정도를 오른 지점에서 심한 폭풍을 만났다. 두 사람은 가능한 모든 수단을 동원하여 내려오려 했다. 빙벽은 너무 가팔랐다. 이튿날, 뭔가를 해야만 한다는 것을 깨달은 그들은 어떻게든 올라가서 정상에 도달하기로 결정했다. 그때 한 사람이 떨어졌다. 그들은 지금 오버행 아래쪽 어딘가에 있었다.

"일주일이나 거기에 있대요."

"아직 살아 있나요?"

"그동안 사람들이 그들에게 접근하기 위해 온갖 방법을 다 시도했어요. 심지어 꼭대기에서 케이블까지 내려뜨렸지만, 거리가 너무 멀어요. 지금은 북벽으로 올라가서 건너가려 한다는군요."

"누가요?"

"다들요. 경찰, 산악 부대 등이."

"가이드들은요?"

"네, 가이드도 물론."

"가이드들은 조언을 하겠죠."

"아니, 그렇지 않아요. 그들도 참여하려고 해요. 이 일에 관여하는 사람이 200명이나 된답니다."

"왜 서벽으로 올라가지 않는답니까?"

"어……."

"시도는 해봤대요?"

"안 했을걸요."

"가이드들도?"

"가이드들은 북벽으로 올라가려 해요."

"어쩌면 북벽에 갇힌 사람을 찾을 수도 있겠군요."

"그들도 최대한 애쓰고 있어요." 지로가 가이드들을 옹호했다. 랜드가 고개를 끄덕였다. 그는 배낭에 물건들을 챙겨 넣기 시작했다. "닷새 동안 구조 노력을 했다는 거죠?"

"그리 오래가지 못할 거예요." 지로가 침착하게 말했다.

"저기 있는 사람은 누구예요? 혹시 아는 사람인가요?"

"마을에서 본 적이 있어요."

"등반할 줄 아는 사람일까요?"

"그럴 겁니다. 그렇지 않다면 왜 여기 있겠어요?"

랜드가 젊은 사내를 불렀다. 그는 천천히 이쪽을 쳐다보았다.

"산에 오르고 싶어요?" 랜드가 물었다. 사내는 거의 무관심한 태도로 가볍게 그러고 싶다는 몸짓을 해 보였다. "같이 갑시다." 랜드가 말했다.

25

샤모니 사람들의 구조 노력은 마지막 단계에 접어들었다. 희망은 거의 없었다. 구조대의 계속된 시도는 이 절망스러운 상황을 더 고통스럽게 하고 더 명확히 해주었을 뿐이다. 사람들은—샤모니 사람들은 이곳의 산을 잘 알고 있으므로—어쩔 수 없는 상황을 침착하게, 결과를 안다는 듯한 태도로 지켜보았다. 드뤼 봉우리 거의 가장 높은 곳에서 어떤 식으로든 아직 살아 있는 두 명의 이탈리아인은 꼼짝없이 발이 묶인 것이었다.

꼭대기에서 케이블을 내려뜨린 것은 사실이었다. 그러나 암벽에서 케이블까지의 거리가 너무 멀었다. 그곳 상황은 상상할 수 없을 정도였다. 이미 구조대원 한 명이 사망했다.

아는 사람을 거리에서 찾던 랜드는 브레이의 친구를 발견했다.

"한번 해보지 않을 텐가?"

"이미 수많은 사람이 있지 않나요?"

"우리가 가려는 곳엔 없어."

"난 드뤼를 올라간 적이 없어요." 그는 교사였는데 성실하고 수

줍음을 조금 탔다. 입술은 열기가 느껴질 것처럼 매우 붉었으며 머릿결은 거칠었다. 그의 이름은 데니스 하트였다. "좋아요." 그가 말했다.

그들은 군대에서 여분의 장비와 무전기를 빌렸고 음식도 약간 얻었다. 마을로 돌아오는 길에 또 한 명의 산악인이 합류했다. 폴 퀴베르라는 프랑스인이었다.

"우린 오늘 저녁 7시까지 거기로 가게 될걸세." 랜드가 그에게 말했다. "그들이 헬리콥터로 우릴 드뤼 기슭까지 데려다줄 거야."

"헬리콥터로?"

"그래."

랜드의 계획은 단순했다. 다른 모든 시도는 먹히지 않았으므로 실행하기 가장 좋은 방법을 추구하기보다는 가장 직접적인 방법을 시도할 작정이었다. 상황이 얼마나 안 좋을지는 몰랐지만 루트는 알고 있었다. 하강하는 데 도움이 될 고정 로프를 뒤에 남겨둘 계획이었다. 그날 저녁 드뤼 기슭에 도착해서 운이 좋으면 둘째 날 이탈리아인들이 있는 곳에 다다를 수 있을 것이다.

8시까지 기다렸다. 헬리콥터는 나타나지 않았다. 그들은 대신 몽탕베르행 열차를 탔다. 어두워지기 직전에 특별한 여행을 하게 된 것이었다. 호텔 주방에서 젊은 여자가 그들에게 커피를 주었다. 그들은 출입구 옆 땅바닥에 앉았다. 식당 창문은 환했다.

그들은 10시 이후에야 빙하로 이어진 철제 사다리를 내려가기 시작했다. 하늘은 까맸다. 위든 아래든 아무것도 보이지 않았다. 빙하 시대의 차가운 숨결이 피어오르며 그들을 맞이했다. 그들은 흔들거리는 헤드램프 불빛에 의지하여 나아가기 시작했다. 이 밤에도, 가장 음울한 시간에도 빙하가 삐걱거리며 천천히 움직였다. 숨어 있는 물소리가 지하에서 들려왔다.

저 멀리에서 오르막길이 시작되었다. 배낭은 무거웠다. 때때로 어둠 속에서 누군가가 미끄러져 넘어졌다. 날씨는 점점 더 추워졌다. 늦은 시간이기 때문인지 아니면 고도 때문인지 알 수 없었다.

새벽 2시에 **로뇽**에 도착했다. 그들은 아무 데나 자리를 잡고 자신의 침낭으로 기어들어 갔다. 오두막에서 함께 온 젊은 산악인 힐름은 침낭이 없었다. 그는 낡은 재킷을 머리 위로 당겨 덮은 채 배낭에 등을 기대고 잤다.

햇빛이 그들을 깨웠다. 6시가 지났다. 상공에는 파란 조각하늘이 드러나 있었다. 구름은 얇아 보였다. 드뤼는 검고 불길했으며, 눈을 뒤집어쓰고 있었다. 그 산은 성당의 거대한 오르간처럼 갑작스럽게 깊고 오싹한 음을 낼 수 있을 것처럼 보였다.

산 아래쪽에는 얼음이 거의 없는 것 같았다. 높은 곳은 어떤 상태인지 알기 어려웠다. 봉우리들이 모여 있는 맨 위쪽은 구름에 가려져 있었다.

"위쪽에 뭐가 보여요?"

랜드는 쌍안경을 가지고 있었다.

"아니."

"그들이 정확히 어디에 있나요?"

"나도 확실히 알진 못해."

"그곳엔 눈이 엄청나게 쌓여 있어요."

"우선 차 한잔 마시자고." 랜드는 이미 차를 준비하기 위해 짐을 풀고 있었다. 잠을 제대로 자지 못해서 눈이 시큰거렸다. 팔다리는 맥이 풀린 느낌이었다. "날씨가 나빠 보이진 않아. 날이 개고 있는 것 같아."

얼마 지나지 않아서 두두두두 하는 희미한 헬리콥터 소리가 들렸다. 멀리서 나는 소리였다. 마침내 헬리콥터가 그들의 눈에 들어왔다. 헬리콥터는 계곡을 올라오다가 드뤼 쪽으로 방향을 틀었다.

"그 사람들한테 무전을 쳐서 어떻게 된 건지 알아보지 그래요? 무슨 일이 일어났을 수도 있으니까." 하트가 말했다.

"그게 무슨 뜻이지?"

"나도 모르겠어요. 그들이 죽었을지도 모르잖아요."

무전기를 켜자마자 뚫고 들어갈 수 없는 잡음이 들렸다. 아무 소리도 알아들을 수 없을 정도였다. "여보세요, 여보세요Allô, allô!" 랜드가 소리쳤다. 헬리콥터는 거의 머리 위쪽에 있었다. "이탈리아인들은Les Italiens," 그가 되풀이하여 말했다. "상태가 어때요comment vont-ils?"

헬리콥터가 암벽 가까이에서 한쪽으로 약간 기웃하게 날았다. 랜드는 무전기를 귀에 댔다. 재잘거리는 소리는 알아들을 수 없었다. 그런 다음 희미한 소리가 들렸다. "그들이 손을 흔듭니다Ils agitent leurs mains……."

"뭐랍니까?"

"그들이 손을 흔들고 있대. 살아 있어."

"오, 하느님." 하트가 나직이 말했다.

그들은 더러운 손으로 잼을 바른 빵을 먹으며 장비를 정리했다. 랜드와 하트가 선등하고 다른 두 사람이 후등하기로 했다. 쿨루아르는 안전해 보였다. 그곳을 오를 작정이었다. 그들은 눈밭으로 내려갔다.

드뤼 기슭에서 랜드는 고개를 들었다. 여기서부터 드뤼는 산의 형태를 잃고 있었다. 강철처럼 차가운 산이 계속 솟아오르는 것만 같았다. 이 산을 자신이 정말로 올랐단 말인가? 그것도 두 번이나?

"안녕, 드뤼. 이 못된 녀석." 그가 나직이 뱉었다.

아침 7시였다. 해가 지기까지는 적어도 열두 시간이 남아 있었다. 나머지 일행보다 키가 큰 그는 볼품없는 모습으로 황새처럼 서 있었다. 털모자 위에 헬멧을 쓰고 있었다. 퀴베르는 거의 눈에 띄지 않는 동작으로 성호를 그었다. 그들은 일단 로프로 서로를 연결하지 않은 채 산을 오르기 시작했다.

26

하트가 샤모니에 온 것은 3주 전이었다. 이번이 첫 방문이었다. 그는 여기서나 영국에서나 이런 등반을 해본 적이 없었다. 상상해본 적도 없었다. 자신이 그걸 하고 있다는 사실을 믿을 수 없었다. 금방이라도 계속하지 못하는 때가 닥칠 것만 같았다. 감히 그런 생각도 하기 힘들었다. 늦은 아침에 어떻게 그럴 수 있는지 거의 깨닫지도 못한 채 한 피치 한 피치를 멋지게 오르면서 그는 가장 무섭고 오싹한 암벽을 타고 있었다.

등반은 자신이 예상했던 것보다 더 힘들었다. 홀드에 쌓인 눈을 치워야만 했다. 더 높이 올라가니 얼음이 있었다. 아무리 찍고 쪼아도 완전히 제거할 수 없는 매끈하고 완강한 얼음이었다. 손은 차가웠다. 그는 손가락에 입김을 불고 주먹을 쥐었다 폈다 하면서 손의 냉기를 녹이려고 애썼다.

그는 여러 곳에서 로프가 필요했다. 로프가 없었더라면 더 나아가지 못했을 것이다. 헬멧은 비뚤어지고 장비는 흐트러져 있었다. 땅에서 그리 멀지 않은 작은 절벽 위에서 그는 까다롭긴 하지만 위험하진 않다고 속으로 중얼거렸다. 필요하다면 뛰어내릴 수도 있을 것처럼 허세를 부렸다. 그 광대함에 압도되어서는 안 되었다. 그러면 자신은 오도 가도 못 할 테니까.

다른 사람들이 어떻게 생각하든 하트는 자신들이 절대로 조난당한 산악인들에게 다다르지 못하리라는 것을 알았다. 그와는 별개로 무슨 일이 일어날지 짐작할 수 없었다. 그가 계속 나아가도록 해주는 것은, 공포로부터 자신을 지켜주는 것은, 일종의 무감각과 홀드 하나하나에 대한 절대적인 집중이었다. 그리고 위에 있는 키 큰 리더에 대한 무조건적인 믿음이었다.

구름이 낮게 걸려 있었다. 오후 2시가 되자 다시 눈이 내리기 시작했다.

"날씨가 나빠질 것 같군." 랜드는 그렇게만 말했다.

하트는 무슨 말인가 더 해주기를 기다렸다.

"내려가야 하지 않나요?"

"그렇게 나빠 보이진 않아. 이보다 더 나쁜 조건에서도 등반해 보았잖아."

"사실 그런 적 없어요."

눈이 사선으로 내리면서 그들의 눈을 찔러댔다.

"계속 여기에 있을 순 없어." 랜드가 말했다. 그는 위를 쳐다보며 길을 찾았다. 면도도 하지 않은 얼굴에다 낡은 옷을 입은 그는, 일을 추진했으나 실패하고 만 어떤 부차적인 인물처럼 보였다. 그런 것은 중요하지 않았다. 어떻게든 해낼 작정이었다. 단순히 산을 오르고 있는 게 아니었다. 그는 이 괴물의 등에 들러붙어 있었다. 이 거대한 짐승의 몸에 자신의 이빨을 박고 있었다.

그날 저녁 그들은 심한 폭풍우 속에서 비박을 했다. 바람이 매

번 성냥불을 꺼버렸다. 그 사소한 작용이 엄청난 차이를 만들었다. 그들은 축축하고 추운 밤을 보냈다. 퀴베르는 랜드 옆에 몸을 움츠리고 앉았다. 몸이 반쯤 가려진 힐름은 퀴베르와 약간 떨어져 있었다. 힐름의 옆모습은 마치 그들이 여전히 푸르슈의 오두막에 있는 것처럼 무표정하고 암띤 모습이었다. 그가 무슨 생각을 하는지 랜드는 알 수 없었다. 강박적인 생각이 천천히, 바닷물처럼 끝없이 뻗어 나갔다. 그 자신은 캐벗을 생각하고 있었다.

항상 가장 먼저 나서는 것이, 앞장서는 것이 운명으로 보이는 사람이 있다. 그런 사람은 삶에 자신감이 넘친다. 그런 사람은 삶의 경계를 넘어서는 최초의 인간이다. 알아야 할 것은 무엇이든 남보다 앞서 배운다. 그들의 존재 자체가 힘을 주고 사람들을 앞으로 나아가게 한다. 그곳의 어둠 속에는 사랑과 질투가, 선망과 절망이 뒤섞여 있었다.

위에서 눈이 종잇장처럼 미끄러져 내려왔다. 아무도 잠을 자지 않았다. 그들은 바위에 묶인 채 새벽까지 말없이 다닥다닥 모여 앉아 있었다.

하늘이 점점 개었다. 눈이 그쳤다. 그날은 종일 올라갔다. 처음에는 천천히 오르고 나중에는 좀 더 빨리 올랐다. 몸이 따뜻해졌다. 얼음장 같았던 지난밤의 레지는 저 멀리 남겨졌다. 오후에 구름을 뚫고 해가 나왔다. 그것이 그들의 사기를 올려주었다. 헬리콥터 소리가 들렸으나 보이지는 않았다.

하트는 공포를 극복하며 오르고 올랐다. 아찔할 정도의 흥분감이 일었다. 자신은 이들 일행의 한 사람이었다. 자기 몫을 해내고 있었다.

저 위쪽에 로프 한 가닥이 덩그러니 매달려 있었다. 랜드가 손가락으로 가리켰다.

"그들이 저기 있어."

"어디요?"

"보여?"

"아니요. 어딜 보고 있는 겁니까?"

"오버행 아래. 저기. 폴!" 그가 아래를 향해 소리쳤다. 폴이 고개를 치켜들었다. 그가 다시 손가락을 들어 위를 가리켰다.

"보여요!" 하트가 소리쳤다. "아주 높은 곳에 있네요."

"오늘은 저기에 이르지 못할 거야." 랜드는 두 손을 모아 입에 댔다. "저기요!" 그가 소리쳤다. 소리는 허공 속으로 흩어졌다. 대답이 없었다. "우리가 갑니다!" 다시 소리쳤다. "갑니다Veniamo!" 그는 잠시 말을 멈추었다. "무슨 소리 들렸어?" 그가 물었다.

"아니요."

"저기요!" 그가 다시 소리 질렀다. "저기-요!" 그는 기다렸다. 그러나 암벽의 광대함만이 유일한 대답이었다. 그는 최대한 크게 외쳤다. "우리가 갑니다!"

그의 외침에 호응하여 꿈속에서처럼 천천히 어떤 하얀 것이, 천 조각이, 손수건이 점점 또렷한 모습으로 하늘거리며 내려왔다. 그들이 랜드가 외치는 소리를 들은 것이었다. 그들은 살아 있었다.

층이 진 구름은 물처럼 보드라워 보였다. 구름은 먹빛을 잃고 밀도를 잃었다. 구름 아래 탁 트인 하늘의 띠가 펼쳐져 있고, 좁은 지평선은 빛에 짓눌려 있었다.

그들은 두 번째 비박지에서 큰 소리로 이탈리아인들을 불렀다. 조심스러워하면서도 거의 무관심에 가까운 표정의 얼굴 하나가 나타났다. 랜드는 손을 흔들었다. 다음 날 아침 그들은 이탈리아인들에게 닿을 수 있었다.

27

키가 크고 면도를 안 한 남자의 얼굴에 어린아이 같은 미소가 떠올랐다. 그것은 공허 속에서 전혀 예기치 않게 떠오른 이미지였다. 두 이탈리아인은 9일 동안이나 좁은 레지 위에 몸을 웅크린 채 지내왔다. 기진맥진한 몸으로 추위에 시달리며, 결국 죽을 거라고 생각하면서 9일을 버틴 것이었다.

부상당한 사람은 남자였다. 어깨가 골절됐다. 남자만큼이나 남루하고 꾀죄죄한 여자는 이가 놀랍도록 하얬다. 그녀는 이탈리아어로 뭐라고 말했다. 랜드는 그 말을 알아듣지 못했다.

"이탈리아어 할 줄 아세요Parl' Italiano?" 그녀가 물었다.

랜드는 아주 조금 할 줄 안다는 뜻을 내비쳤다.

"부러졌어요É spaccato."

"아, **스파카토**." 랜드는 뜻도 모른 채 되풀이했다.

하트가 레지 바로 아래에 있었다.

"올라와." 랜드가 하트에게 말했다. "자네, 이탈리아어 알아들을 수 있어?"

"다른 일행이 있어요." 그들이 있는 곳에 이르렀을 때 하트가 말했다.

"그게 무슨 말이야?"

"저 아래, 저길 보세요."

가이드로 구성된 또 다른 일행이었다. 북벽에서 건너온 그들이 바로 아래에 있었다. 그들은 랜드에게 큰 소리로 말을 건네고 있었다.

두 구조대가 동시에, 거의 동시에 도착했고 그날 오후 이 이야기가 샤모니에 도달했다. 이야기를 더 특별하게 만든 것은 그들 사이에 있었던 논쟁이었다. 가이드 팀은 일곱 명이었고 더 쉬운 루트로 왔다. 그들은 자신들이 이탈리아인들을 데리고 내려가고 싶어 했다. 안 됩니다, 랜드가 그들에게 말했다. 헬리콥터가 지나가고, 몽탕베르에는 사람들이 떼 지어 모여 있었다.

"안 됩니다." 그가 말했다. "우리가 먼저 이곳에 도착했어요. 이들은 우리 겁니다."

이탈리아인들을 구조한 네 명의 아마추어 구조대원은 햇빛에 물든 수직 암벽에 몸을 기댄 채 아무렇게나 편안하게 앉아 있었다. 모든 유럽 신문에 이들의 사진이 실릴 것이고, 사진과 더불어 "이들은 우리 겁니다Ils sont à nous"라는 말도 실릴 것이다. 그럼에도 불구하고 샤모니에는 마치 마을의 명성이 구조된 것처럼 만족스러운 분위기가 퍼졌다.

그날 저녁 그들은 반쯤 하강하여 한 레지에 이르렀다. 날씨는 종일 온화했다. 어둠 속에서 조그만 난로에 불을 지폈다. 이제 최악의 상황은 지난 것 같았다. 부용맑은 고기 수프을 반쯤 채운 컵이 이 사람 저 사람의 손을 거쳐 부상을 입은 남자에게 건네졌다.

“대단히 감사합니다Molto grazie.” 그가 우물우물 말했다. 나중에 그는 병원에서 자기를 구해준 사람들의 용기를 절대 잊지 않겠다고 했다. 빰은 2주 동안 자란 수염으로 시커멨다. 약혼자가 그의 옆을 지켰다.

“우린 움직일 수 없었어요.” 그녀가 이탈리아어로 말했다. “사방이 온통 얼음이었죠. 세르조는 추락한 뒤로 팔을 쓰지 못했어요. 먹을 것도 거의 없었습니다. 악천후는 계속되었고요. 우린 끝났다고 생각했어요. 그때 이 아름다운 미국인이 온 거예요.”

그녀는 얼굴이 넓적했고 솜털 같은 콧수염이 나 있었다. 열정과 생명력이 가득한 여자였다. ‘이 아름다운 미국인Questo bel' Americano……’인 랜드는 **로뇽**에 내려왔을 때 다른 사람들과 함께 어부처럼 느긋하게 앉아 사진을 찍었다. 그리고 마을로 돌아와서는 무슨 영문인지 사라져버렸다. 그는 ‘스포츠 지로’의 뒷문으로 살그머니 들어간 다음 조그만 사무실에서 귤을 까먹었다. 지로가 귤을 먹는 그를 발견했다. 랜드는 어떤 기자하고도 이야기하고 싶지 않았다. 그는 사람들에게 알려지지 않은 채 악명 높은 인물로 남아 있는 기쁨을 원했다.

그리 간단한 문제가 아니었다. 기자들이 사방에서 그를 찾고 있었는데, 이 마을은 그를 숨겨줄 수 없었다. 지로가 다시 돌아와서 기자들이 가게 앞에 있다고 말해주었다.

“기자들이 당신을 그냥 내버려두진 않을 거예요.”

“내가 여기 있다는 걸 저들이 알아요?”

“아니요, 당연히 모르죠. 저 사람들은 장비를 사러 온 거예요.”

누군가가 이미 문 앞에 있었다.

랜드는 입을 다문 채 슬그머니 그들을 지나가려 했다. 그러나 그들이 가만 내버려둘 리 없었다. 그는 너무 특이하고 또 너무 이상했다.

"아니에요." 그가 그들에게 말했다. "아닙니다."

"저기, 예의를 좀 지키자고요. 당신을 보고 싶어 하는 사람은 우리가 아니에요." 한 기자가 말했다.

그는 언제나 배우였다. 다만 전화가 온 적이 없었을 뿐이다. 이제 길 건너편 호텔 데잘프 앞 주차장에서 그에게 역할이 주어졌다. 그는 피곤했지만 기품이 넘쳤다. 참을성 있게 질문을 듣고 나서 대답하려고 노력했다. 그는 수줍게 미소 지었다. 때로는 미소 위에 미소를 지어서 미소가 크게 번지기도 했다. 기름한 그의 얼굴이 프랑스 텔레비전 화면에 등장했다. 수척하고 자연스러운 얼굴이었다. 바람에 지저분한 머리가 날렸다. 자신을 영웅이라고 생각합니까? 기자들이 곧장 물었다.

"영웅이라." 그가 말했다. "아니에요, 아닙니다. 그건 영웅주의적인 행동이 아니었습니다. 내가 산에 빚을 졌기 때문에 한 행동입니다. 어쨌든 그 일은 나 혼자 한 것이 아니에요. 우리 네 사람이 한 거예요. 난 그중 한 명일 뿐입니다."

그날 밤 사람들은 저녁 식사 자리에서 정부 각료들 소식, 최신 자동차 소식과 함께 텔레비전에 나온 그를 보았다. 여자들은 부엌 문간에서 그가 땅바닥을 내려다보는 모습을 보았다.

이 산은 그가 캐벗과 같이 올랐고, 그다음에는 브레이와 다시 오른 산이었다. 브레이는 죽었다.

"예."

"거대한 암벽은 대가를 요구하잖아요."

"아니, 그건 아닙니다." 그가 말했다. "대가를 치러야 하는 건

맞아요. 우린 모든 걸 다 바쳐야 합니다. 그렇지만 죽을 필요는 없어요."

사람들은 노인의 집에서, 카페에서 텔레비전을 시청했다. 출산일이 얼마 안 남은 카트린은 이조의 넓은 집에서 그 뉴스를 보았다. 비강이 곁에 있었다. 뉴스를 보고 있을 때 아이가 배 속에서 움직이는 것을 느낄 수 있었다. 카트린은 조용히 앉아 있었다. 자신의 깊은 관심을 드러내고 싶지 않았다. 관심에 수반되는 감정의 동요도 내비치고 싶지 않았다. 어지러운 기분이었다.

"그렇지만 존 브레이는 아이거에서 죽었습니다……."

랜드는 잠시 말이 없었다. "예." 그가 시인했다. "브레이를 애도합니다. 그를 위해서라기보다는 나 자신을 위해서."

"그게 무슨 뜻입니까……?"

"아, 저," 그는 쉽사리 대답하지 못했다. "그는 죽었습니다. 그러나 그것은 끝이 아닙니다." 그가 할 수 있는 말은 그것뿐이었다.

"이걸 생각해봐." 비강이 말했다. "샤모니의 가이드와 경찰과 산악 부대, 그들 모두가……." 비강은 말을 마치지 못했다. 그는 일어서서 마지막 부분을 지켜보았다.

"당신은 산을 사랑하는군요……." 그들이 말했다.

"산이 아닙니다." 그가 대답했다. "아니에요, 산을 사랑하는 게 아닙니다. 나는 삶을 사랑합니다."

그를 믿지 않는 사람은 보는 눈이 없는 사람일 것이다. 사람들은 그를 기억했다. 그 일이 그의 평판을 높여주었다. "안녕하세요, 선생님Bonjour, monsieur." 샤워장에서 일하는 여자가 그를 반갑게 맞았다. 사람들은 그의 솔직함에 감동받았다. 수척하지만 행복으로 가득 찬 천사 같은 얼굴이 그들의 뇌리에 남았다.

그날 밤 그에게는 걱정도 근심도 없었다. 그는 자신의 잔을 채운 뒤 그 등반을 다시 상기했다. 그런 다음 지로네 가게에서 잠을 잤다. 오래전 처음으로 거기서 잤던 때처럼, 마치 모든 땅이 자신의 방인 것처럼 잠을 잤다. 편안하게 잠이 든 그의 손은 부어 있었다.

잠에서 깨어났을 때 랜드는 유명해져 있었다. 프랑스 신문에 그의 얼굴이 쏟아져 나왔다. 모든 가판대의 신문과 잡지에 그가 실렸다. 집으로 돌아가는 버스 안에서 직장 여성들이 그의 인터뷰 기사를 읽었다. 갑작스럽게 그가 작은 방과 집과 평범한 거리에 더럽혀지지 않은 순수한 뭔가를 슬쩍 보여주었다. 프랑스에는 200년 동안 단순하고 진실하고 고귀한 야만인에 대한 개념이 있었다. 그런 곳에 예기치 않게 랜드가 나타난 것이었다. 그의 이미지는 비처럼 공기를 맑게 해주었다. 그는 그들이 잊고 있던 유형을 대표하는 사람이었다. 마라톤 선수의 혈관계와 성자 같은 미소를 지닌, 너그럽고 두려움이 없는 그런 사람이었다.

28

파리 거리에서 운전자들이 창문을 내리고 랜드를 향해 큰 소리로 외쳤다. 놀라운 일이었다. 그의 얼굴만 봐도 사람들이 고개를 돌렸다. 누군가가 그에게 다가오면 금세 사람들이 모여들었다. 그들은 그를 자기네 사람으로 받아들였다.

"나의 외인부대원Mon légionnaire." 콜레트 로베르가 놀렸다. "파리를 당신의 정원으로 삼는 건 어때요?" 그녀가 말했다. 콜레트는 그의 명성에 기뻐했다. 당연한 것으로 받아들였다. 그녀는 카트린에 대해서는 묻지 않았다. 분명 알고 있을 터였다.

그녀의 아파트는 보주 광장 근처에 있었다. 꼭대기 층이었다. 술 한잔하자고 사람들을 초대했다. 다들 들떠서 그를 만나보고 싶어 했다. 테이블 위에는 술병과 잔이 놓여 있고, 발코니 문은 열려 있었다. 우아하고 오래된 건물들, 나무, 길모퉁이에 줄지어 늘어선 택시, 오가는 차량, 저녁의 불빛…… 도시는 참으로 아름다워 보였다. 콜레트의 친구들은 기자, 여자, 사업가였다. 그들은 말이 많았고 옷을 잘 입었다. 출세한 사람들이었다.

"어떻게 혼자 등반을 해요?"

"혼자 한다고?" 한 여자가 놀란 목소리로 말했다. "그게 사실이에요?"

"그럼 어떻게 자신을 보호해요?"

랜드는 맞은편 거울에 비친 자신의 모습을 보았다. 맨살이 드러난 여자들의 팔과 남자들의 뒤통수 사이에 그의 얼굴이 있었다. 대화 소리가 웅얼웅얼 담배 연기와 함께 피어올랐다.

"사실상 무엇도 자신을 보호해주지 않습니다. 자기 내부에서만 지킬 수 있죠." 그가 설명했다. "등반은 도박 같은 게 아니에요. 운에 맡기는 게 아닙니다." 그들은 등반가라면 당연히 용감할 것이라고 가정했다. 권투선수처럼 끝장을 볼 힘이 내재되어 있다고 생각했다. "모든 것에 준비가 되어 있어야 해요." 그들에게 말했다. "발이 미끄러지면 손이 있죠. 어떤 걸 시도할 때, 할 수 있다는 확신이 들기 전엔 절대 시도하지 않아요. 그건 정신의 문제입니다. 절대 떨어지지 않으리라는 걸 느껴야 해요."

"아주 높이 오르진 못할지라도 혼자서 오르라Ne pas monter bien haut, peut-être, mais tout seul." 한 여자가 읊었다.

"그게 뭐죠?"

"로스탕프랑스 희곡 작가이자 시인인 에드몽 로스탕을 말함." 그녀가 말했다. 그녀는 실크 셔츠 차림에 상아 목걸이를 하고 있었다. 이 여자들에게는 태연하고 침착하고 지혜로운 무언가가 있었다.

얼마 후에는 거의 바닷물처럼 푸른 빛깔이 하늘을 덮었다. 텔레비전이 켜져 있었다. 그는 술에 취해 소파에 앉았다. 사람들은 여전히 활기차게 이야기를 나누었다. 콜레트는 손가락 하나를 펴서 그의 손가락에 대고 가만히 그었다.

"오늘 밤을 나 혼자 보낼까요?" 콜레트가 물었다. 그녀는 그의 손을 내려다보고 있었다. 그녀의 얼굴은 놀랍도록 젊었다.

파리와 승리. 랜드의 호주머니 속에는 구조 사진 저작권을 판 대가로 받은 2천 프랑이 들어 있었다. 퍽 쉽게 번 돈이었다. 음악이 흐르고 있었다. 밤공기는 부드러웠다. 그녀의 침실에는 두꺼운 커튼이 쳐져 있고 의자가 놓여 있었다. 네모난 녹색 빛깔 수조 안에 든 물고기들은 거의 움직임이 없었다. 콜레트의 가운은 반쯤 열려 있었다. 그녀가 그의 손을 잡으며 물었다.

"너무 피곤하지 않아요?"

그녀의 얼굴은 똑똑해 보였다. 그를 잘 아는 얼굴이었다. 풍성한 머리칼은 흐트러져 있었다. 머리에서 아몬드 냄새가 났다. 그는 헛간에 들어간 방랑자처럼 거의 즉시 잠에 빠졌다.

아침이 되자 그녀는 침대 옆에 놓인 에비앙 물병을 집어 들어 물을 마셨다. 그런 다음 그에게도 물을 권했다. 침대는 넓었다. 그녀는 침대에서 자고 담배를 피우고 거기 있는 사과를 먹었다. 맨 얼굴이었다. 숨에서는 약간 퀴퀴한 냄새가 났다. 겨드랑이 아래의 팔은 연노랑빛을 띠었다. 피부 빛만 아니라면 정말 서른 살로 보였을지도 몰랐다.

"당신은 어제저녁 꽤 성공적이었어요." 그녀가 말했다.

"그래요?"

"저녁을 먹으러 가려고 하지는 않았지만."

"맞아요." 그가 말했다. "난 짐승과 비슷해요. 먹고 싶을 때 먹고 자고 싶을 때 자요."

"나도 알아요." 뭉툭한 다리에 귀를 물어뜯긴 고양이가 방 저편에서 왔다 갔다 했다. "안녕, 필루Bonjour, Pilou."

그러니 이 집에는 짐승이 두 마리 있는 거라고 그녀가 유쾌하게 말했다. 실망스러운 첫 번째 밤에도 불구하고 그녀는 그를 받아들일 준비가 되어 있었다. 지금은 아침이었다. 그녀는 일어나 앉아서 머리를 빗었다. 커튼은 계속 쳐져 있었다. 정오에야 가정부가 커튼을 열어젖혔다.

콜레트는 랜드를 보살피고 그에게 조언해주고 그의 옷을 정리해주었다. 그는 스스로 판단할 능력도 없고 자기만족의 아늑함을 누리는 게으름뱅이였다. 그가 쓴 기사 하나가 신문에 실렸다. 몹시 바보 같은 글이라고 그녀가 말했다. 꾸며낸 듯한, 그답지 않은 글이라고 했다.

"무슨 뜻이에요?"

"자신의 견해를 말하려면 많든 적든 얼마간 지적이어야 해요."

"그런데 나는……?"

"지적이에요." 그녀가 말했다. "넘치는지 부족한지는 모르겠지만."

광고를 하자는 제안들이 있었다. 그는 그 제안들을 거절했다.

"있잖아요, 그건 명백히 지적인 판단이 아니에요." 그녀가 말했다. "광고를 해서 나쁠 건 없잖아요. 사람들은 당신 얼굴을 좋아해요. 그걸 좀 보여주는 게 뭐가 어때서 그래요?"

그런 건 랜드의 원칙에 반하는 것이었다. 원칙에 반하는 것을 넘어서 그가 경멸하는 행위였다.

"아, 그래요." 그녀는 그저 어깨를 으쓱했다. "그들은 당신이 돈을 좀 받았다는 걸 알고 있지만 개의치 않아요. 그 어떤 것도 당신이 한 일에 대한 충분한 보답이 될 수 없어요. 로마인들은 영웅들에게 상을 주어 보답했죠." 그녀가 말했다. "제노바이탈리아 북서부의 항구도시에서는 영웅들에게 집을 주었답니다."

"그렇다 해도 그건 옳은 일이 아니에요."

"당신은 그 사진을 〈파리 마치프랑스의 대표적 주간지〉에 팔았잖아요." 그녀가 상기시켰다.

"어찌 됐든 그 사진들은 지면에 실렸을 거예요."

"그랬을 것 같네요. 이봐요, 랜드. 10년 후엔 그 차이를 누가 알겠어요?"

"아는 사람이 나 혼자뿐이라면, 그건 전혀 문제 될 게 없는 건가요?"

그녀는 그를 감탄 어린 눈초리로 바라보았다. 동의를 바라는 질문이었다. "당신 말이 옳아요." 그녀가 동의했다. "그건 중요한 문제예요. 유일한 난점은 당신의 태도 때문에 그때가 되면 당신이 여기 없을지도 모른다는 거예요."

랜드는 콜레트는 하나의 세계이고 자신은 아웃사이더라는 것을 깨달았다. 게다가 그녀는 그가 더 많은 돈을 받을 수 있도록 친구를 주선해주는 수완도 발휘했다. 그를 리볼리 거리로 데려가 아름답고 부드러운 가죽 재킷을 사주었다. 특별한 이유는 없고 그냥 그러고 싶다는 게 그녀의 말이었다.

그는 거울 앞에서 옷을 입어보았다.

"어때요?" 그녀가 물었다.

고적한 여행자의 환상이 사라지고 있었다. 양보와 타협의 삶을 살아가고 있었다. "내가 당신 친구들과 같은 부류의 사람처럼 보이는데요."

"그게 나쁜 거예요?"

그날 밤 그들은 리프에서 식사를 했다. 유명 영화배우 한 명이 맞은편에 있었는데, 그는 소년 같아 보이는 라이벌에게 짜증이 나 있었다. 그가 식사를 마치고 테이블로 와서 랜드에게 악수를 청했다. 그의 본능은 틀리는 법이 없었다. 식당 안의 모든 시선이 자신에게 쏠렸다. 그는 비앙쿠르에서 영화를 찍고 있었다.

"나를 한번 찾아와주세요." 그가 말했다.

9월이 지나갔다. 10월이 되었다. 가을의 장려함. 영원히 지속되는 인생의 계절이 있는 법이다. 그녀의 취향, 그녀의 전화, 그녀의 친구들……. 랜드는 이 모든 것을 취했다. 너무 오래 춤을 추었다고 느낀 밤이 더러 있었다. 그는 더 단순한 삶을 갈망했다. 그러나 그런 삶은 짧았다. 곧 사라져버렸다. 흐트러진 커다란 침대는 그의 것이었다. 다른 누구의 것도 아니었다. 일주일에 네 번 오는 가정부, 부드러운 가죽 재킷, 마치 그가 사제나 되는 것처럼 그의 손에 입 맞추는 사람들……. 그는 뭐든 할 수 있고 뭐든 가질 수 있었다.

"벨섬에 가고 싶지 않아요?"

"거기가 어딘데요?"

"섬이에요. 파리에서 기차를 타고 가야 해요. 아침이면 바다에 도착하죠."

"멋지군요." 시몬이 동의했다. 로스탕의 시구를 인용했던 여자였다. "바다, 바위, 대기. 파라다이스네요."

"11월에?" 그가 말했다.

"가장 좋은 때예요!" 그들이 외쳤다.

"당신과 함께 가고 싶네요." 시몬이 말했다. "내가 머물 곳을 찾아볼게요."

콜레트가 살짝 부모 같은 말투로 한마디 했다. "다음번에."

시몬은 친구로서 이 은근한 주의를 받아들였다. 그녀는 이해했다. 그들은 여전히 아름다운 고독, 바다 따위에 관한 이야기를 하고 있었는데, 그때 아래에서 쿵 하는 충돌음이 들려왔다. 길에서 자동차 두 대가 부딪친 것이었다. 콜레트가 발코니로 나갔다.

"맙소사!" 그녀가 부르짖었다. 누가 앞에 주차된 그녀의 차를 들이받았다. "저걸 봐! 믿기지가 않아!"

그녀가 아래층으로 뛰어 내려갔다. 랜드와 시몬은 위에서 지켜보았다. "무척 심하게 박힌 것 같네요." 시몬이 아래를 내려다보며 말했다. "저게 콜레트 차죠? 저거. 어떻게 저렇게 박을 수 있죠?" 시몬은 등허리에 손 하나가 닿는 것을 느꼈다. 그녀는 여전히 아래를 내려다보고 있었다. "이해할 수 없어요." 그녀가 계속 말했다.

그녀의 옆모습에서는 아무것도 드러나지 않았지만 옷감 안쪽의 살은 변해 있었다. 그녀의 살은 미지의 영역이긴 했으나 더 이상 금단의 영역은 아니었다. 그녀의 신발, 스타킹, 가슴의 무게……. 그런 것들이 소리 없이 수집되고 있었다. 콜레트는 위를 쳐다보면서 짜증과 하소연을 담아 어깻짓을 해 보였다. 그녀가 소리쳤다.

"뭐라고Quoi?"

"상상이 안 가On ne peut pas imaginer!" 시몬이 외쳤다.

소유욕이 밴 그의 손이 약간 움직였다. 콜레트는 알아채지 못하는 것처럼 보였다. 시몬은 몸을 숨긴 새처럼 꼼짝하지 않고 서 있었다. 둘 사이에는 말 한마디 없었고 눈길 한 번 오가지 않았다.

"최소한 천 프랑은 들 거야." 방으로 돌아온 콜레트가 분개하며 말했다. "게다가 색도 딱 들어맞지 않을 테고. 믿어져? 우리가 여기 앉아 있는 동안에!"

불만과 불행 속에 그녀는 고립되어 보였다. 그녀는 저녁도 먹으려 하지 않았다. 너무 화가 나 있었다.

"그래도 저녁은 먹어야지. 자, 가자." 시몬이 말했다.

"아니, 괜찮아."

"같이 가자니까."

콜레트는 아무것도 눈치채지 못했다. 시몬과 랜드는 계단을 내려갔다. 두 사람은 모퉁이를 돌기 무섭게 포옹했다.

한 여자는 다른 여자와 같다. 두 여자는 다른 두 여자와 같다. 일단 시작하면 끝이 없다.

29

여자는 민감하고 상황 판단이 빠르다. 아침에 뭔가 이상한 점이 있었다. 약간의 거리감이었을 수도 있고, 그의 피부에서 나는 은밀하고 희미한 냄새였을 수도 있다. 콜레트는 잠든 랜드의 모습을 지켜보았다. 집을 나서기 전에 그를 깨웠다.

"몇 시예요?" 그가 중얼거렸다.

"9시."

그가 몸을 돌렸다. 그녀는 그의 맨 어깨와 옆얼굴을 내려다보며 차분히 판단했다.

"어젯밤에 어디 갔었어요?"

"음?" 그는 잠에서 깼지만 내색하지는 않았다.

"저녁 어디서 먹었어요?"

"다뤼." 그가 하품을 했다. 거짓말이었다.

"즐거웠어요?"

"괜찮았어요."

"나중에 전화할게요."

왠지 위협하는 것 같았다. 현관문이 닫히자 그는 벌떡 일어나 재빨리 전화기가 있는 곳으로 달려갔다. 시몬의 전화번호가 주소록에 있었다. 전화를 걸었지만 받지 않았다. 그녀는 이미 나가 있었다. 아파트 주위를 서성거렸다. 일종의 공황 상태에 빠졌다. 구름 낀 흐린 아침이었다. 거리를 오가는 차량 소리가 커졌다.

그날 밤 그들은 집에 있었다. 랜드는 불안해했다. 차분한 척하려고 애썼다. 콜레트가 무슨 말을 하든 깜짝깜짝 놀랐다. 그녀가 영리하고 빈틈없는 여자라는 사실을 잘 알고 있었다. 그는 자신이 그녀를 나타내는 모든 것들—아파트, 가게, 그녀를 둘러싼 편안한 분위기, 벨섬에 집이 있는 친구들—을 왠지 모르게 두려워하고 있다는 것을 깨달았다.

그녀의 얼굴이 갑자기 전보다 늙어 보였다. 똑똑히 볼 수 있었다. 건조한 피부, 입 주위의 주름……. 그는 그녀가 알고 있고 확신하고 있다는 사실에 화가 났다. 동시에 그녀를 포기하고 싶지도 않았다. 텔레비전에서는 저녁 뉴스가 나왔다. 방 안에는 그가 거의 듣고 있지 않은 부드러운 프랑스어가 흐르고 있었고 벽난로의 장작이 타닥거리며 타는 소리가 가득했다. 그가 하품을 한 게 틀림없었다.

"피곤해요?"

"약간."

"오늘 밤은 일찍 자요."

"그래야 할 것 같아요."

"나는 이번 주에 제네바에 가요. 같이 가지 않을래요?"

"제네바?"

"내가 말하지 않았던가?"

“거기서 얼마나 있을 건데요?”

“월요일까지만.”

“난 안 갈래요.” 그가 말했다. “여기 있는 게 좋을 것 같아요.”

“따분하지 않을까요?”

“아니, 괜찮아요.”

“정말?” 그녀가 그를 바라보았다.

“예, 정말.”

“음.”

“저기요,” 그가 태연하게 말했다. “당신은 이미 알고 있을 거예요. 어젯밤 시몬과 함께 그녀 집에 갔어요.”

콜레트는 랜드가 솔직하고 간결하게 고백하는 모습에 감탄했다. 그녀였다면 이보다 더 잘할 수 없을 것이다. “네, 알아요.” 그녀가 거기에 맞춰 말했다.

그는 조금 당황했다. “뭘 숨길 수가 없네요.”

그녀는 대답하지 않았다.

“화나지 않아요?”

“당신이 왜 그랬을까 궁금할 뿐이에요.”

“모르겠어요.” 그가 시인했다.

“당신은 이미 내게 싫증이 난 거예요.” 그녀가 얼마간 섭섭한 어조로 말했다.

“아니요. 그건 아니에요.”

“나한테 상처를 줄 수도 있다는 게 마음에 걸리지 않던가요?”

“당신이 짜증 낼 것 같았어요.”

그녀는 짧게 억지 미소를 지었다. “그런데 그 이면의 철학은 뭐죠?”

"철학?" 그 말이 그를 깜짝 놀라게 했다. 그 질문에 뭐라고 대답했던가.

"이유가 뭐예요?" 그녀가 물었다. "누가 당신을 신뢰할 때, 당신은 그 사람을 배반하고도 아무런 후회의 감정을 느끼지 않는다는 거예요? 이 여자에서 저 여자로 옮겨 가고, 거리의 개처럼 이곳에서 저곳으로 옮겨 다니는 게 만족스러워요? 멋진 이상을, 아름다운 이상을 품은 영웅이 잠시 등을 돌리고 친구와 잠자리를 함께한다……. 역겨워요."

그는 침묵했다.

"말을 좀 해봐요."

"무슨 말을?"

"내가 그걸 어떻게 알아요. 이렇게 말할 수도 있겠죠. 콜레트, 용서해줘. 당신은 내게 너무 많은 걸 줬어. 난 왠지 그게 싫었고, 그래서 뭔가를 해야만 했어. 아니면 이럴 수도 있겠죠. 콜레트, 그 여자는 무기력하고 바보 같아서 그녀가 정말 당신과 같은 부류의 사람인지 알아보고 싶었어. 정말 여자가 맞는 걸까 생각했지. 아니면 이렇게 말할 수도 있어요. 콜레트, 난 내가 누구인지 잊어버렸어. 내가 미국인이라는 사실을 잊고 있었어. 사람들이 몹시도 싫어하는 멍청하고 배은망덕한 그런 부류의 사람이란 걸 잊어버린 거야."

"그게 그렇게 나쁜 건가?"

"추해요." 그녀가 다소 지친 모습으로 말했다. "자러 갈게요."

금요일에 콜레트는 제네바로 가서 여느 때와 마찬가지로 롱마예 광장의 안락한 호텔에 묵었다. 그 도시는 생기 넘쳐 보였고 날씨는 맑았다. 그녀는 사업상 업무를 보고, 저녁을 먹고, 부드러운 흰 침대에 자리를 잡은 뒤 새 잡지들을 읽었다. 실은 불행하게 느껴졌다. 그러나 그녀는 그 감정에 익숙했다. 그에 대한 처방약을 알고 있었다. 그것이 지나가리라는 사실을 알고 있었다. 게다가 자신은 그를 용서하고, 그들은 다시 시작하고, 예전과 거의 같아지리라는 것을 알고 있었다.

그녀가 틀렸다.

랜드는 콜레트의 아파트를 나와 시몬의 아파트로 갔다. 그렇지만 그곳에서는 단 며칠밖에 있지 못했다. 시몬은 신경과민 증세가 있었고 긴장을 많이 하며 잠잘 때 이를 갈았다. 그녀의 음모는 거칠었다.

“이를 갈고 있어요.” 그가 그녀를 흔들어 깨웠다.

“뭐라고요?” 그녀가 멍한 표정으로 말했다.

그가 같은 말을 되풀이했다.

“왜 날 깨웠어요?” 시몬이 퉁명스럽게 말했다. 그녀는 다시 잠들지 못했다.

콜레트와 지내다 와서 그런지 시몬은 너무 조심스럽고 둔해 보였다. 성적 매력은 사라지지 않았지만—그녀에게는 자신도 모르는 성적 매력이 있었다—시몬의 삶을 어수선하게 채운 그 모든 약들—비유적인 의미의 약이든, 실제 약이든—과 시몬을 떼어놓기란 힘들었다. 그녀는 영세한 가톨릭 잡지의 드라마 비평가였다. 서가에는 책들이 서로 기대어진 채 들쭉날쭉 놓여 있고, 탁자는 이런저런 종이로 뒤덮여 있었다. 콜레트의 집에서 느꼈던 무심한 편안함은 찾아볼 수 없었다. 세 개의 방이 다 마음 쓰였다. 그녀의 말 중 랜드의 마음에 들었던 말은 거의 탈진한 채로 내뱉은 한마디뿐이었다.

"당신은 소설 속의 누군가처럼 사랑을 하는군요."

사흘 뒤에 그는 떠났다.

"그 사람 어디로 갔어?" 시몬과 함께 화해의 저녁 식사를 하면서 콜레트가 차분한 어조로 물었다. 그녀는 이미 시몬을 용서했다. 그들은 같은 병을 앓고 있는 두 명의 환자와도 같았다.

"그이는 예사롭지 않은 사람이란 걸 알았어." 시몬이 인정했다. "그렇지만 날 불안하게 만들기도 했어. 무슨 얘기를 해야 할지 정말 모르겠더라. 박식한 사람은 아니야. 정치나 예술에 관해서는 아무것도 몰라. 그런데도 전적으로 믿고 싶어지는 거야. 그게 뭔지 모르겠지만 스스로 알든 모르든 그이한테는 그런 점이 있어."

"헌 옷이 잘 어울리는 맵시 덕분이 아닐까."

"나는 그 사람이 어디로 갔는지 몰라." 시몬이 말했다. "결코 안정을 희구하는 사람이 아니었어. 사실 난 좀 가여웠어. 떠날 줄 알았거든. 단지 시간문제였을 뿐이었지. 그 사람의 야망은 내가 아는 한 매우 불분명해."

"야망?"

"네가 더 잘 알잖아. 동의하지?"

"난 그이의 야망이 뭔지 잘 모르겠어. 하지만 어디로 가는지는 의심의 여지없이 분명해. 그 사람은 정확히 알고 있어."

"어디로 가고 있는데?"

"망각." 그녀가 말했다. 그것은 예언이라기보다는 방기였다. 그녀는 그를 자신들의 삶에서 쫓아내고 있었다. 그는 추방되어 사라져간 후 다른 어딘가를 떠돌 것이다. "있잖아, 그 사람 아이가 그르노블에 있어. 아들이야."

"결혼했어?"

"아니, 아니. 그 여자는 여러 아내 중 한 명이야. 그이는 많든 적든 아내가 몇 명 있으니까."

"신기해." 그 발상이 호기심을 불러일으켰지만 시몬은 건조하게 말했다.

두 사람은 아내가 아니었다. 아내가 될 운명이 아니었다. 그들은 목격자였다. 어째서인지 그는 여자만 신뢰했고, 여자들을 대하는 태도는 조금씩 달랐다. 그들은 세계 곳곳에 흩어져 있는, 그의 이야기의 전달자였다.

30

자정이 지나 지하철이 끊긴 시간, 랜드는 카페와 불빛의 세계에서 음울한 거리와 긴 귀갓길의 세계까지 정처 없이 걸었다. 그는 미국이라는 특이한 나라 밖에서는 처음 본 이상한 여자와 함께 이 우연한 만남의 도시를 걷고 있었다. 그녀도 집이 없었다. 금발에 얼굴이 깨끗한 상속녀였다.

"어디선가 당신에 관한 글을 읽은 것 같아." 그녀가 말했다.

누군가의 아파트에서 열린 파티에서였다. 아름다운 갈색 털에 다리가 가는 개가 이 창에서 저 창으로 쉴 새 없이 뛰어다니며 창밖을 내다보았다. 사람들이 성냥을 그어 조그만 파이프에 불을 붙이는 모습이 끊임없이 눈에 띄었다.

"당신 유명하지 않아?" 그녀가 물었다. 이름은 수전 드캉이었다. 그녀는 맞은편에 앉아 있었다. 사실 그대로 말하자면, 그녀는 말을 하면서 스커트를 끌어 올리고 다리를 꼬았다. 살짝 드러난 속옷의 순결한 흰색이 바로 그의 눈앞에 있었다.

그녀는 인생을 즉흥적으로 사는 사람이었지만 건강한 인상이었다. 시칠리아에 있었기 때문에 피부가 햇볕에 탔고 팔에는 금빛 솜털이 나 있었다. 그녀는 햇볕에 그을려 벗겨진 피부를 주의 깊게 바라보더니 다시 원래의 표정으로 돌아왔다.

"어디서 묵고 있어?" 그녀가 물었다. 랜드는 그녀의 친구였다. 그녀가 그렇게 결정했다. "당신을 믿어도 되겠지?" 수전은 좋은 학교에 다녔고 사실 뛰어난 학생이었다. 그녀는 케냐 남자와 결혼했었다. "아주 멋진 남자였지만 술꾼이었어. 그런데 나중에 알고 보니 그동안 적어도 세 번은 결혼했더라고. 여기 들어가지 않을래?" 그녀가 물었다. "나쁘지 않아."

술집은 베를롱 가의 모퉁이에 있었다. 추위 때문인지 창문에서 광택이 났다. 안에는 많은 여자들이 있었다. 기다리는 여자들이었다.

"이 사람들은 항상 여기에 있어." 그녀가 말했다. "난 여기 와서 이들을 지켜보는 걸 좋아해. 당신은 이들이 들려줄 이야기를 상상할 수 있어? 난 항상 안녕, 하고 인사를 해."

"안녕하세요Bonsoir." 그가 팔을 쓸며 그들에게 인사했다. 몇몇 여자들이 답인사를 해주었다.

"내가 말했잖아." 그녀가 말했다. "내 친구들이라고. 이들은 아마 고든을 알 거야." 고든은 그녀의 전남편이었다. 그는 출판업자이자 파일럿이고, 커피 농장을 소유하고 있었다. 고든은 여전히 그녀를 미친 듯이 사랑했다.

"그 사람은 지금 어디에 있어?"

수전은 그런 얘기는 따분하다는 듯이 어깨를 가볍게 으쓱해 보였다.

"이 근처에 친구들이 몇 명 있어." 그녀가 말했다. "거기 가보지 않을래?"

그날 밤 랜드는 수전 옆에 누웠다. 그녀는 시무룩해졌고 점점 더 불만스러운 표정을 지었다. 쾌락이 마침내 날개를 펼치게 하려고 30분 동안이나 애썼지만 잘 안됐다.

"괜찮아." 그녀가 말했다. "정말. 난 이런 일에 익숙해."

자신은 쓸모없는 사람이라는 생각과 혐오감이 마음속에 가득했다. 사랑의 행위는—심지어 별 관심이 없거나 타락한 사랑의 행위라 할지라도—모든 행위 중에서 가장 핵심적인 행위다. 그런데 그 실패로 그녀가 실망하기보다 그를 더 가깝게 여기게 된 것 같았다. 실제로 그런 일에 익숙해 보였다. 어쩌면 실패를 더 좋아하는지도 몰랐다.

"정말이야." 그녀가 털어놓았다. "난 괜찮아."

1월에 그들은 함께 이곳저곳을 돌아다녔다. 뻰질나게 드나드는 술집 내부의 답답한 공기 아래 앉아서 누군가를 기다리거나 아니면 그저 막연히 무언가를 기다렸다. 오후는 침울했다. 종종 비가 내렸다. 파리는 창문과 같았다. 한쪽에는 아늑함과 행복이 있었지만, 다른 쪽에는 온갖 차갑고 헐벗은 것들이 있었다. 거리, 카페, 싸구려 물건, 피어오르는 담배 연기……. 그는 샤모니를 생각했다. 맑은 아침 공기와 그곳 역에 서 있는 모습을. 등에 짊어진 배낭의 무게와 어깨에 둘러맨 등반 장비에서 나는, 절거덕거리는 쇠붙이의 엄숙하고 믿음직한 소리를 떠올렸다. 여기서는 고난이 불행이지만, 거기서는 고난이 인생의 풍취였다.

수전은 낙타털 코트를 입고 목에 스카프를 두른 채 앉아 있었다. 그녀는 애써 자기 가족을 가능한 한 용서하는 것은 물론, 그들에 대해 농담하기를 좋아했다. 그녀는 그들에게 너무 추워서 침대 밖으로 나올 수가 없으며 배가 고프고 몸이 아프다고 전보를 보냈다.

"우리, 미국 도서관에 가자." 그녀가 제안했다. "누군가 거기 있을 거야. 중세 시대에 관한 책을 쓰는 에디라는 친구가 있어. 그가 저녁을 사줄지도 몰라." 그녀가 말했다. "그와 함께 집에 간 적이 딱 한 번 있었지."

두 사람은 강을 따라 걸었다. 선창가에 작은 모닥불이 피워져 있고, 그 옆에 사내들이 앉아 있었다. 랜드는 그들에게서 동지애를 느꼈다. 그들은 가난했다. 자유로웠다. 그는 그들을 향해 히죽 웃었다. 마음이 편했다.

그중 한 명이 손바닥을 내밀었다.

"한 푼도 없어J'ai rien." 랜드가 거의 뽐내듯이 말했다. 호주머니를 밖으로 뒤집어 그들에게 보여주었다. "아무것도 없어Rien."

"그 재킷La veste." 사내가 쉰 목소리로 말했다.

"그래Oui, 그 재킷la veste." 다른 녀석들이 소리쳤다.

"저 사람들은 당신을 믿지 않아. 재킷 어떡할 거야?"

"이거? 누가 준 건데."

왁자하게 비웃는 소리가 멀리서 그들을 뒤따라왔다.

"납득하지 못한 것 같아." 그녀의 얼굴은 옷깃에 가려져 있었다.

"당신도 내가 그렇게 살아왔다는 걸 못 믿어?"

"오, 나야 믿지."

"걔들은 술을 마시고 있었어." 그가 설명했다.

그날 밤 그는 거울 속 자신의 모습을 바라보았다. 얼굴이 신통치 않아 보였다. 오래 들여다볼수록 더 따분해 보였다.

"무슨 문제라도 있어?"

"아무것도 아니야. 내 모습이 볼품없어."

"당신 아주 멋져 보여."

"정말이야?" 그가 말했다. 랜드는 그녀를 미워하지 않았다. 그녀는 점잖고 다정했다. 넌더리가 난 사람은 바로 자기 자신이었다. 그녀를 따라다니고, 둘이 쓴 비용을 그녀가 내게 하는 것에 넌더리가 났다. 그녀는 문제 삼지 않았다. 그는 자신이 여기서 무엇을 하고 있는지, 무엇을 기다리고 있는지, 무엇을 기대하고 있는지 상상할 수 없었다.

파리. 그곳은 랜드가 이미 떠나고 있는 거대한 터미널 같았다. 마치 공연을 알리듯 쉼 없이 깜박거리는 수많은 네온사인과 에나멜 간판이 걸린 터미널 같았다. 석조 지붕과 식당, 녹색 버스, 회색 벽, 담배를 피우며 개를 데리고 다니는 파리 사람들……. 그는 잠시 그들의 주의를 끌었던 것에 불과했다. 그의 얼굴이 실린 광고는 사라졌지만 그는 계속 이곳에 남아 있었다. 살다 보면 인생의 어떤 장소에서 시작과 끝을 다 보는 경우가 있듯이, 그는 똑똑히 보았다. 파리는 그를 버렸다.

31

하늘은 평평했고, 태양은 하늘에 생긴 하나의 흠이었다. 한 겹의 정적이 모든 것을 덮고 있었다. 정적 아래 들리는 거리의 소리는 깡통 속에서 나는 소리처럼 공허했다. 백색 추위가 뼈를 에는 샤모니의 겨울날이었다.

칼튼은 폭격을 당해 한 동만 남은 건물처럼 보였다. 발코니에는 철제 난간이 있고, 창문은 석조 외벽에 둘러싸여 있었다. 망사르드지붕상부는 경사가 완만하고 하부는 경사가 가파른 이중 경사 지붕은 눈으로 덮여 있었다. 한 남자가 삽으로 그 눈을 퍼냈다. 부츠 밑에 무언가를 덧신고 있었다. 크램폰이었다. 크램폰의 뾰족한 스파이크가—나중에 알게 되었다—지붕에 구멍을 내고 있었다. 아래에서 누군가가 큰 소리로 부르는 목소리가 들렸다.

"이봐요, 버넌! 버넌!"

삽질은 계속되었다. 눈이 허공에서 흩날리며 떨어져 내렸다.

"이봐요, 랜드!"

당겨 쓴 모자는 랜드의 귀를 덮었고, 파카는 떨어진 부분이 테이프로 덧대어져 있었다. 그는 지붕 가장자리로 갔다. 거리에서 누가 손을 흔들었다.

"누구세요?" 그가 큰 소리로 물었다.

"닉! 닉 배닝!"

"누구?"

배닝은 레지던트 1년 차인 의사였지만 전과 똑같아 보였다. 젊어 보였다.

"위에서 뭘 하고 있어요?" 랜드가 아래로 내려왔을 때 그가 물었다.

"내가 뭘 하고 있냐고? 맙소사." 그는 면도를 하지 않은 얼굴에 눈언저리가 발갰다. "자넨 샤모니에서 뭘 하고 있나?"

"관광하러 왔어요."

"그렇다면 몽블랑이 좋지."

배닝은 그 말을 무시했다. "당신에 관한 글을 다 읽어봤어요." 그가 말했다. "사람들에게 '그 사람, 내가 아는 사람이야! 정말 환상적이야'라고 했죠."

"그런대로 괜찮았던 일 같긴 해."

"괜찮았다?"

"사실대로 말하자면, 그 일 때문에 난 거의 파멸할 뻔했어."

"아주 근사해 보이는데요."

"나도 알아."

"그 일이 당신을 파멸시킬 리 없잖아요."

랜드는 모자를 벗어서 그 모자로 얼굴을 문질렀다.

"정말 파멸할 뻔했어."

"당신은 영웅이었어요!"

"그저 말을 많이 했을 뿐이야. 프랑스어에 이런 표현이 있어."—그는 콜레트를 떠올렸다—"Il faut payer. 대가를 치러야 한다는 뜻이지."

"그걸 나한테 설명해줘야겠는데요."

"시간이 좀 걸릴 거야."

배닝은 제네바에서 렌터카를 몰고 왔다. 배낭과 침낭은 뒷좌석에 있었다. 한겨울인데도 불구하고 캠프를 꾸릴 장소를 찾으려는 계획이었다.

"이런 걸 얼마나 더 할 수 있을지 모르겠어요." 그가 고백했다.

"내 문제는 그와 정반대야."

"내가 어디 잘 만한 데 없어요?"

"나랑 같이 있으면 돼. 언제든 친구를 위한 방은 있으니까. 친구 얘기가 나왔으니 말인데, 캐벗은 어때?"

"캐벗이 당신 소식을 들었을 때 당신은 샤모니에 있었어야 해요. 캐벗은 계속 통화를 시도했지만 당신은 이미 파리로 떠난 뒤였어요."

"그래? 그게 사실이야?"

"한동안 그를 못 만났어요." 배닝이 말했다. "내가 시간이 없어서 그런 거예요. 그렇지만 소식은 많이 들어요."

"지금은 어디 있나?"

"캘리포니아."

"나도 캐벗에게 몇 차례 편지를 썼어." 랜드가 말했다. "최근엔 못 썼지만."

"그는 이상한 사람이에요. 탐조등 같은 사람이죠. 그가 당신 쪽으로 몸을 돌리면 당신은 눈이 부셔 앞이 안 보일 지경일 겁니다.

후에 당신은 어둠 속에 남겨지겠죠. 차라리 살아 있지 않은 편이 나을 것 같다고 느끼면서 말이에요. 오해하진 마세요. 난 캐벗을 좋아해요. 그는 타의 추종을 불허하는 사람이죠. 당신을 위해서라면 뭐든 할 거예요. 하지만 지나치게 저돌적이에요. 으뜸이 되고 싶어 해요. 1등이 되고 싶어 한단 말이에요. 당신도 알잖아요."

"아마 그런 것 같아. 캐벗은 요즘 누구와 등반하지?"

"다양한 사람들과."

랜드는 고개를 끄덕였다. 우울한 대화였다. 소리가 다 빠져나간 거리는 텅 빈 듯했다.

"내가 정말 해보고 싶은 게 하나 있어요." 배닝이 말했다. "드뤼를 직접 보고 싶어요. 이맘때 거기 가도 될까요?"

"눈이 올 땐 안 돼." 랜드가 말했다. "쉽지 않은 곳이야."

"어디에 있나요?"

"아, 저 위쪽에 있어. 나중에 드뤼를 볼 수 있는 곳으로 데려다 줄게." 랜드가 약간 모호하게 말했다. 마음이 썩 내키지 않았다.

저녁 무렵이 되자 랜드는 한결 활기를 띠었다. 그들은 르슈카 식당으로 갔다. 벽에 랜드의 사진 하나가 걸려 있었다. 그는 파리 이야기를 들려주기 시작했다. 여러 침대에서 잔 이야기, 길거리에서 환영받은 이야기를 해주었다.

"사람들은 내가 더 이상 평범한 일을 하는 걸 바라지 않아. 그게 문제야."

"그렇군요. 그래서 앞으로 어떻게 할 계획이에요?"

"음, 이에 관해서는 아무 말도 하지 마. 하지만 오랫동안 생각해온 게 있지. 실은 전에 한번 얘기한 적도 있어. 워커."

"기억나요."

"이 얘길 한 건 내가 여기 오기 전이었어. 그때는 드뤼에 대해선 들어본 적도 없었지. 하지만 워커, 이 녀석은 언제나 위대한 전설이었어."

이야기를 하는 동안 그의 마음은 처음 산에 올랐던 시절로 돌아갔다. 열다섯 살이었다. 다른 산 사나이를 보았던 기억이 났다. 랜드보다 나이가 많은 이십대 남자였는데, 낡은 신발에 소매를 걷어 올린 모습이 힘과 경험을 상징하는 것처럼 보였다. 그런데 지금 그 산 사나이의 모습이 다시 또렷이 눈에 보이는 것이었다. 오랜 세월 동안 많은 일이 일어났음에도 불구하고 모르는 남자의 얼굴에서 생생하게 보았던 본질은 여전히 그를 피해 달아났고, 그는 그 본질을 붙잡기 위해 다시, 여전히, 허우적대고 있는 것 같았다. 그는 워커에 오를 거라고 말했다.

그 말이 끝나기 무섭게 덧붙였다. "퍼트레이몽블랑 남벽도 오를 거야." 랜드는 그 말을 하면서 아무런 자부심도 즐거움도 느끼지 못했다. 목소리에 생기가 없었다. "어떻게 해야 할지는 아직 모르겠어."

배닝은 점잖게 듣고 있었다.

"혼자서 워커를 오르는 게 어떤 일인지 상상할 수 있겠나? 우스운 건 난 그렇게까지 대단한 등반가가 아니라는 사실이야. 그토록 재능 있는 사람이 아니야."

"왜 그러세요."

"더 재능 있는 사람들이 많아."

"그렇지는 않아요."

"아주 많아." 랜드가 우겼다. 잔을 비우고 채우는 횟수가 늘어남에 따라 와인이 점점 줄어들었다. 주변 사람들의 대화 소리가 커졌다.

그들은 눈 덮인 길을 운전하며 나아갔다. 맑은 밤이었다. 차가운 달이 사방에 빛을 뿌렸다. 달 주위의 하늘은 하얬다. 작은 구름 조각들이 연기처럼 흩날렸다. 그들은 비올레의 빈 들판을 지나갔다. 소나무는 시커멨다. 집도 없고 불빛도 없었다. 배닝은 차의 속도를 늦추었다.

"이 길이 분명해요?"

랜드는 계속 앞으로 가라는 손짓만 했다. 1킬로미터를 더 가서 외따로 서 있는 한 헛간에 이르렀다. 헛간 앞에 돌로 만든 여물통이 있었다. 랜드는 여물통의 물 표면에 생긴 얼음을 깨뜨렸다.

"물 좀 마실 테야?" 그는 두 손을 바가지처럼 모아 물을 떠서 마셨다. "소가 마시는 물이지."

그는 창고로 쓰려고 지은 방 안으로 앞장서서 들어갔다. 방은 깨끗했고 바닥은 두꺼운 널빤지로 되어 있었다. 배닝은 램프 불빛을 비추며 주위를 둘러보았다. 옷가지 몇 벌, 장비, 서가에 꽂힌 몇 권의 책, 라디오 한 대.

"배터리가 다 닳았어." 랜드가 말했다. 그는 난로에 불을 피웠다. 곧 장작이 요란하게 탁탁거리는 소리가 났다. 총소리처럼 크고 시끄러웠다. "금방 따뜻해져."

"이곳을 어떻게 발견했어요?"

"어……."

"돈을 많이 내야 하나요?"

"전혀 안 내. 돈 낼 가치가 없는 곳이야."

"어쨌든 혼자 지내는군요."

"그래. 여긴 가장 낮은 곳에 위치한 피난처야. 수용 인원은 한 명이고."

"그게 다예요?"

"현재로서는. 신발을 좀 말리지 그래." 그는 부츠 끈을 풀기 시작하며 한숨을 쉬었다. "이건 긴 투쟁이야."

"샤모니에서 지내는 것이?"

"내가 앞서 있다는 생각이 들 때도 있어. 자네도 알겠지만 캐벗에게는 언제나 눈에 띄는 점이 하나 있었어. 저 높은 곳에 둘이 함께 있곤 했지. 다른 건 하나도 없어. 두 사람 아래는 빈 공간뿐이야. 그런데 어찌 된 일인지 내가 캐벗보다 암벽에서 조금 더 멀리 떨어져 있는 거야. 더 많은 위험을 감수하고 있는 거지."

"어째서요?"

"모르겠어. 그냥 그렇게 돼. 내가 캐벗의 어떤 점을 좋아했는지 아나? 내가 가장 부러워한 것 말이야. 그의 아내 캐럴이야."

"나는 다음 달에 결혼해요. 어, 이건 뭐예요?" 배닝이 책을 한 권 집어 들었다.

랜드가 쳐다보았다. 그가 손을 뻗었다. "이리 줘봐." 그가 말했다. "이 사람 알아?"

"누군데요?"

"마야콥스키1893~1930. 구소련의 시인. 그에 대해 더 알아봐야겠어." 그가 책장을 넘기며 말했다.

"들어본 적 없는 사람이에요."

"자넨 의사잖아. 이걸 봐. 그가 쓴 마지막 편지를 읽어본 적 있어? 여자 친구에게 쓴 편지야. 그는 권총 자살을 했지. **작은 사랑의 배는 인생의 물살에 부딪쳐 산산조각 난다. 나는 생을 끝냈다. 슬픔을 들춰낼 필요는 없다. 슬픔은, 슬픔은……**." 이 대목에서 그가 더듬거렸다. "이 부분은 어떻게 해석해야 할지 모르겠네. **les torts réciproques……. 행복을 빌며. V. M.**블라디미르 마야콥스키의 이니셜

배닝은 처음 랜드를 만났을 때 그에게서 그다지 깊은 인상을 받지 못했다. 그를 잘 몰랐을뿐더러 심지어 평범한 사람이라고까지 생각했었다.

"당신이 시에 관심 있는 줄은 몰랐어요."

"사실 관심 있는 게 거의 없어. 그게 문제야." 그가 불평하듯 말했다. "내가 정말로 관심 있는 게 뭔지 알고 싶어? 역겨울 따름이야. 사람들이 나를 부러워하게 만드는 것, 바로 그거야. 그게 다야. 늘 그랬던 건 아니야. 그런 성향이 있었을지는 모르지만 그리 크진 않았어. 예전엔 지금보다 더 강했으니까."

"난 당신이 부러워요."

"아, 그러지 마."

배닝이 기억하는 것은 그런 것들이었다. 랜드는 그런 말들을 툭툭 내뱉었고, 얼마 후 죽은 듯이 잠들었다. 부츠 근처 바닥에 떨어진 눈은 아직 녹지 않았다. 아침이 되자 성에가 낀 창문으로 햇빛이 들어왔다. 갑자기 밖에서 뭔가가 덜커덩거리는 소리가 났다. 배닝은 그게 뭔지 보려고 벌떡 일어났다. 멀지 않은 곳에서 몽탕베르로 가는 열차가 지나가고 있었다. 밝은 햇빛 속에서 보는 그 방은 더욱더 휑해 보였다. 거기 있는 물건들의 목록을 적으면 채 열두 줄도 채우지 못할 듯싶었다. 서가 위에는 엽서 한 장이 핀으로 꽂혀 있었다. 여자의 글씨체가 눈에 들어왔다. 배닝은 엽서의 마지막 줄도 기억했다. **당신에겐 당신을 기다리는 영광이 있다는 걸 난 알아요**, 라고 쓰여 있었다. 서명은 **C**캐럴Carol의 C를 뜻함라는 이니셜로 되어 있었다.

32

기자 두 명이 선로 위 다리 옆에서 기다리고 있었다. 그들은 랜드를 따라 다리를 건넜다.

내가 무슨 말을 해드릴 수 있을까요? 그가 순순한 태도로 물었다. 그는 열차를 타려고 했다. 그게 전부였다. 플랫폼에 서 있을 때 기자 한 명이 사진을 찍었다. 많은 사람들이 고개를 돌려 쳐다보았다.

워커에 오를 건가 보죠? 혼자 오르나요?

"당신들 때문에 여기 모든 사람들이 무슨 일인가 궁금해하고 있어요." 랜드가 말했다.

"장비를 아주 많이 가지고 가네요."

"보기만큼 무겁지 않아요."

"몇 킬로예요?"

"음, 아마 10킬로 정도."

"25킬로그램쯤 될 텐데요." 한 기자가 말했다.

그들은 농담 섞인 말투로 이야기했다. 랜드는 아무것도 부인하지 않았지만, 거의 인정도 하지 않았다. 그때 쨍 하는 이상한 금속성이 허공에 울려 퍼졌다. 그는 고개를 돌렸다. 한 일꾼이 난간을 수리하고 있었다.

"워커의 기상 조건은 어떤가요?"

"잘 모르겠습니다. 혹시 들은 거 있나요?" 랜드가 물었다.

"얼어붙었답니다." 그들 중 한 사람이 말했다.

"놀라운 일이 아닙니다." 그는 다시 일꾼을 바라보았다. 느긋하게 이어지는 망치질 소리는 단단하고 맑았다.

"저 사람을 등반에 데려가야 할 것 같은데요." 그들이 농담을 했다.

신호등이 빨간불로 바뀌었다. 멀리서 덜커덩거리는 다소 불길한 소리가 들려왔다. 열차가 오고 있었다.

랜드는 배낭을 짊어진 고독한 모습으로 몽탕베르에서 빙하로 내려갔다. 거기에는 얼음 위를 걷는 법을 배우는 미숙한 산악인 무리가 몇 있었다. 산을 오르거나 산에서 돌아오는 사람들도 여러 방향에서 눈에 띄었다. 그는 그들을 지나치고 샤르푸아 빙하를 지나 에그라레에서 암벽에 고정된 쇠사다리를 올랐다. 정오 무렵 레쇼 빙하를 오르기 시작했다. 꾸준히 나아갔다. 아주 가끔씩만 걸음을 멈추고 쉴 뿐이었다.

나중에 기자들은 랜드가 전과 달라 보였다고 말했다. 뭐라 설명하기 어렵지만 아무튼 달라 보였다는 것이었다. 주의력이 느슨해지기라도 한 듯 약간 부스스한 모습이었다. 열정은 무뎌졌다. 그들은 그가 레쇼 산장에 갈 거라고 예상했으나 그는 나타나지 않았다. 혼자서 계속 빙하를 올라갔다.

그는 앞에 무엇이 있는지 전혀 신경 쓰지 않았지만 점점 허공 속의 존재를 느낄 수 있었다. 랜드는 어떤 이들이 수 마일 밖에서 바다를 느끼듯 그것을 느낄 수 있었다. 그는 피켈, 크램폰, 침낭, 5일 치 식량 등 너무 많은 장비와 짐을 가지고 다녔다. 짐 하나하나의 무게가 가혹했다. 그렇지만 그 모든 것이 다 필요했다. 자신이 찾을 수 있는 모든 정보의 파편들을 모아서 등반 루트 개념도를 만들었다. 어디에서 바위 능선을 넘어가는지, 어느 곳에 상태 안 좋은 바위가 있는지 따위가 표시되어 있었다. 이윽고 그는 걸음을 멈추고 고개를 들었다.

높이가 1200미터나 되는 그랑드조라스 북벽의 윤곽이 거의 끊기지 않고 우뚝 솟아 있었다. 눈밭으로 둘러싸인 짙은 빛깔의 봉우리였다. 아래쪽은 햇빛에 물들어 있었다. 먼 위쪽은 검은빛에 가까웠다.

인간의 얼굴은 항상 변하지만 완전히 완벽해 보이는 순간이 있다. 그 모습을 갖춘 것이다. 그것은 불변의 얼굴이다. 그날 랜드가 고개를 들어 위를 올려다보았을 때 그런 순간이 그에게 찾아들었다. 그는 서른 살이었고—사실은 서른한 살이었다—그의 용기는 꺾이지 않았다. 그의 머리 위에 워커가 있었다.

한동안 좋은 날씨가 이어졌다. 어쩌면 능선의 얼음이 녹아 없어졌을지도 몰랐다. 규모가 워낙 방대해서 산기슭에 있는 그로서는 알 수 없었다. 일찍 나설 수도 있겠지만 날씨가 무한정 좋지는 않을 것이다. 눈밭은 그다지 넓어 보이지 않았다. 산 아래쪽 바위는 깨끗해 보였다.

랜드는 암벽에서 이틀 밤을 보내기로 계획했다. 절반쯤 올라가면 가장 어려운 부분인 그레이타워였다. 거기서부터는 퇴각이 불가능하고 정상까지 계속 올라가는 것만이 유일한 길이라는 게

통설이었다. 다른 일행은 보이지 않았다. 그는 혼자였다. 잠시 스산한 고적감을 느꼈으나 점차 힘이 났다. 먼 앞을 생각하지 않고 쉬운 바위를 기어오르기 시작했고, 이내 움직이며 생긴 온기 외의 모든 것을 비워냈다.

첫 번째 빙벽에 이르렀을 무렵에는 추웠다. 크램폰을 착용했음에도 생각보다 힘들었다. 더 힘겨운 과정이 앞에 놓여 있으리라는 예감이 들었다. 그는 조심스럽게 위로 올라갔다.

늦은 오후에 수직 암벽에 이르렀다. 홀드는 좋지 않았다. 랜드는 아주 짧은 거리만을 올라갔다가 배낭을 메고 오를 수 없다는 판단이 서자 다시 내려와 배낭을 벗었다. 로프의 한쪽 끝을 배낭에 묶은 다음 다른 쪽 끝을 허리에 매고 다시 시작했다. 바위 곳곳이 미끄러웠으므로 바위를 믿지 않았다. 이런저런 실수를 하며 서투르게 올랐다. 바람이 불고 있었다. 바람 때문에 암벽이 더욱 불길하고 을씨년스러워 보였다.

갑자기 발이 미끄러졌다. 그는 얼른 몸을 가누었다.

“이런. 바보 같이 굴지 마.” 그가 웅얼거렸다. “넌 할 수 있어. 눈 감고도 할 수 있잖아.” 위를 올려다보았다. 피톤이 하나 있었다. 그냥 저걸 사용해. 전에 누가 사용해서 등반했던 거잖아. 여러 번 그렇게 했을 거야. 그는 자신을 타일렀다.

“조금만 더…… 됐다.”

그 피톤에 카라비너를 걸었다. 거칠게 숨을 몰아쉬었다. 거친 숨 이상으로 양심의 가책을 느꼈다. 그는 배낭을 끌어 올렸다.

그 위에, 드디어, 레지가 있었다. 괜찮은 레지였다. 그는 잠시 움직임을 멈추고 마음을 진정시켰다. 늦은 시간이었다. 계속 올라간다면 어둠에 사로잡힐지도 몰랐다. 여기서 비박하는 게 낫겠어, 그는 결정했다.

그날 밤 별들은 선명했다. 레지에서 그 별들을 쳐다보았다. 아주 밝았다. 밝다는 것은 경고일 수도 있었다. 날씨가 변할 거라는 의미일 수도 있었다. 날씨는 추웠다. 그렇지만 정말 많이 추운 걸까? 확신할 수 없었다. 그는 안전하다고 느꼈지만 온전히 혼자였다. 속으로 이 필라를 오르겠다는 맹세를 되풀이했다. 더 높이 올라갈수록 필라는 얼음장처럼 차가워질 것이다.

어려운 부분이 앞에 놓여 있었다. 마음 한구석에서는 이미 시도를 포기하고 있었다. 그 마음이 커지는 것을 용납할 수 없었다. 그는 생각을 떨치려 했다. 그러나 그러지 못했다.

아침에 장비와 물건을 정리하는 데 거의 한 시간이나 걸렸다. 날은 몹시 추웠다. 위험한 피치를 등반할 때 로프를 큰 고리 형태로 묶어 피톤에 고정시켜 사용하는 방법이 있다. 하지만 이 방법은 고정시킨 로프를 풀기 위해 다시 내려가야 하므로 시간이 많이 걸린다. 그는 이 방법을 한두 번 시도해보다가 자신이 어설프다는 것을 깨닫고 포기했다.

바위는 이제 얼음이 얼어서 반드러웠다. 홀드에 낀 얼음을 제거해야 했다. 그렇게 해도 종종 얇게 언 얼음이 남아 있었다. 워커의 이쪽 면에는 햇빛이 미치지 않았다. 몇 번 미끄러졌다. 그는 계속해서 혼잣말을 하고, 암송을 하고, 욕설을 뱉었으며 수시로 걸음을 멈추고 등반 루트 개념도를 꺼내 읽었다. ……**20미터 오버행**. 개념도의 접힌 부분이 찢어지고 있었다.

랜드는 오버행을 오르기 시작했다. 배낭이 그를 뒤로 잡아당기며 암벽에서 떼어놓으려 했다. 그는 두려웠지만 산은 두려움을 인식하지 못한다. 해머로 피톤을 박고 거기에 **에트리에**를 걸었다.

그런 다음 자신의 핏속에서 독이 빠져나가기를 기다렸다. 추위로 아리고 얼얼한 손가락 끝을 후후 불었다. 그레이타워는 여전히 저 위에 있었다.

얼음 상태는 점점 더 나빠졌다. 예전 같으면 쉽게 할 수 있었을 일이 이제는 위험했다. 몸이 얼어붙을 지경이었다. 서쪽에 구름이 있었다. 긴장되고 겁이 났다. 계속할 수 있다는 믿음을 잃어갔다. 발아래 긴 직선거리가 그의 발을 잡아당기고 있었다. 갑자기 자신이 죽을 수도 있다는 사실을 깨달았다. 자신은 먼지 같은 존재에 지나지 않는다는 사실을 깨달았다. 가슴이 휑했다. 연신 침을 삼켰다. 그는 돌아설 준비가 되어 있었다. 바위는 용서가 없었다. 만약 집중력을 잃는다면, 의지를 잃는다면, 바위는 그가 살아남아 존재하는 것을 허락하지 않을 것이다. 어제와 같은 바람이 불었다. 그는 혼잣말을 했다. 자, 힘을 내. 캐벗이라면 힘을 냈을 것이다. 르슈카 식당의 그 사내벽에 붙은 사진 속 인물인 예전의 랜드 자신을 말함도 그랬을 것이다.

그레이타워의 발치께에는 수평으로 횡단하며 등반해야 하는 어려운 구간이 있었다. 얼마 안 되는 홀드, 얼어붙은 발판, 무방비 상태의 노출……. 높은 곳이 문제가 되기는커녕 기쁠 때가 있다. 그렇지만 겁을 집어먹었을 경우에는 다른 이야기다.

그는 겉으로 튀어나온 조그만 바위 위에 한 발을 딛고 섰었다. 위에는 크랙이 위로 쭉 뻗어 있는 가파른 슬래브가 있었다. 피켈로 크랙에 낀 얼음을 쪼아서 제거하기 시작했다. 그리고 출발했다. 발 홀드는 옆으로 멀찍이 떨어져 있었다. 홀드라고 해봤자 약간 파인 곳의 가장자리에 지나지 않았다. 때로는 파인 깊이가 1인치의 몇 분의 1에 불과한 것들도 있었다. 모두 피켈로 쪼아서 얼음을 없애야 했다. 그걸 딛고 있는 발가락이 자꾸 미끄러졌다. 크랙이 비스듬히 기울기 시작하자 그는 어쩔 수 없이 슬래브 위로 밀려나게 되었다.

붙잡을 만한 것이 하나도 없었다. 그는 피톤을 박으려 했다. 얼음 조각들이 그의 얼굴을 때렸다. 슬래브는 겨우 3미터가 더 있을 뿐이었지만 바위는 무자비하게 매끄럽고 미끈했다. 아래를 내려다보니 가파른 슬래브가 허공 속으로 치달았다.

손으로 위아래를 더듬거리며 살펴보았다. 모든 일이 너무 빨리 일어나고 있었고, 동시에 아무 일도 일어나지 않았다. 얼음에는 약점이 있지만 랜드는 그것을 찾을 수 없었다. 다리가 후들거렸다. 무슨 일이 있어도 지켜야 할 비밀이 흘러나오고 있었음에도 막을 수 없었다. 이 등반을 할 수 없을 것이다. 그는 알았다. 의지가 고갈되고 있었다.

사형선고를 받은 사람이 느낄 법한 체념이 가슴속에 스며들었다. 그는 결과를 알았다. 더 이상 신경 쓰지 않았다. 단지 이 일을 끝내기만을 원했다. 손가락은 차가운 바람에 마비되어 있었다.

"넌 할 수 있어." 그가 말했다. "넌 할 수 있어."

그는 암벽에 달라붙었다. 머리를 천천히 앞으로 기울였다. 엄마에게 기대어 쉬는 아이처럼 암벽에 머리를 기대고 잠시 쉬었다. 눈을 감았다. "넌 할 수 있어."

그들은 랜드를 찾아 목초지로 올라왔다. 그는 마치 요양원 환자처럼 긴소매 속셔츠와 빛바랜 바지 차림으로 햇볕 아래 앉아 있었다.

"왜 되돌아온 거예요? 날씨 때문인가요?"

"아닙니다." 그가 생각이 나지 않는다는 듯 천천히 대답했다. 말하지 못할 것은 아무것도 없었다. 그는 묵묵히 기다렸다.

"그럼 기술적인 문제……." 누군가가 말했다.

카메라 셔터 소리가 희미하게 들렸다. 한 사람이 마이크를 가까이에 가져다 댔다.

"위쪽 암벽이 얼어붙었습니다. 그러나 그 때문이 아니에요." 그는 한 사람 한 사람을 바라보았다. 여름 미풍에 목초지 풀이 하늘거렸다. "준비를 안 했어요." 그가 말했다. "그게 문제였습니다. 준비가 안 되어 있었어요. 용기가 부족했습니다."

사실이었다. 무언가가 그에게서 빠져나갔다.

"그렇지만 되돌아오는 데에도 용기가 필요하잖아요."

그는 고개를 끄덕였다. "계속 올라가는 것만큼 많은 용기가 필요한 건 아니에요."

"이제 뭘 할 겁니까? 무슨 계획을 하고 계신지요?"

"모르겠어요. 정말로."

"샤모니에 계속 있을 겁니까?"

"잠시 이곳을 떠나서 쉬고 싶어요."

"미국으로?"

그는 살짝 웃었다. "아마 그럴 것 같아요."

기자들이 떠나려고 짐을 꾸리고 있을 때 한 기자가 랜드에게 다가왔다.

"소식 들었나 모르겠네요. 오늘 아침에야 들어온 소식이에요."

"무슨 소식?"

"당신 친구, 캐벗……."

"캐벗이 왜요?"

공기 자체가 텅 비어버린 듯했다.

"떨어졌어요."

"떨어져요? 어디서?"

"와이오밍이었던 것 같아요." 그가 다른 사람에게 고개를 돌렸다. "와이오밍, 맞죠n'est-ce pas? 캐벗이 떨어진 곳 말이에요Où Cabot est tombé."

와이오밍이었다.

"티턴 산맥." 랜드가 말했다.

"그럴 겁니다. 난 잘 모르지만."

"아, 틀림없이 티턴이었을 겁니다. 다쳤나요?"

"예."

"얼마나 심하게?"

"아주 심한 것 같아요."

랜드의 얼굴에서 핏기가 사라져갔다. "하지만 살아 있죠?"

기자가 가볍게 어깻짓을 했다.

"모릅니까?"

"예, 캐벗은 살아 있습니다."

"얼마나 높은 데서 떨어졌는데요?" 랜드가 비통하게 물었다.

"확실하진 않지만 아주 높은 곳에서요."

33

랜드는 오후 내내, 거의 오후 내내 잠을 잤다. 몸이 나른하고 기진맥진했다. 하루가 길게 느껴졌다.

저녁 무렵에 편지를 몇 통 썼다. 그는 문이 닫힌 우체국 계단에 서 있었다. 몇몇 아는 얼굴이 지나갔다. 그는 자신의 감정 상태가 어떤지 잘 몰랐다. 단순히 불안하고 우울할 뿐인지, 아니면 인생 곡선 자체가 아래로 꺾인 것인지 확실치 않았다. 겉으로 보기에는 변함없어 보였다. 얼굴도, 옷도 그대로였다. 세간의 평판도 여전했다. 그는 많은 사람의 눈에 여전히 전설로 남아 있었다. **대가를 치러야 한다**Il faut payer.

그날 밤늦게 시내 중심가 근처 카페에서 낯익은 얼굴을 보았다. 니콜 빅스였다. 혼자였다. 그녀는 늙어 보였다. 눈 밑에 다크서클이 있었다. 그녀가 잠시 랜드 쪽을 쳐다보았을 때 둘의 시선이 마주쳤다. 그것은 충격이었다. 마치 그녀가 몰락한 데 비해 그는 출세했는데, 수년 후 그들이 재회하는 그런 냉혹한 이야기 같았다. 힘들었던 첫해 겨울에 그가 미치도록 갈망했던 여자가 바로 그 여자라는 사실이 믿기지 않을 정도였다. 니콜은 지치고 의기소침해 보였다. 그녀의 시절은 이미 지나갔다. 그녀에게 다가가고 싶은 충동이 일었다. 어쨌든 랜드에게 한때 중요했던 사람이고 그가 기억하는 사람이니까.

"안녕하세요." 그녀가 쳐다보았다. "아직도 은행에서 일하시나요?" 그가 물었다.

"네?"

"아직도 은행에서 일하세요?"

"아니요." 니콜은 그를 한 번도 본 적이 없는 것처럼 말했다.

"그럼 지금은 어디에 있어요?"

"죄송합니다."

"날 모르시겠어요?"

"죄송합니다."

그 순간 그는 쓴맛을 보았다. 강렬한 쓴맛이었다.

그날 밤 상황이 허락했다면 랜드는 아마 떠났을 것이다. 결국 고향으로 눈을 돌렸다. 이제 그의 생각은 온통 고향에 머물러 있었다. 여전히 아침에 비올레를 출발하여 걸을 때면 뒤쪽 가게 창문에서 사람들이 그에게 고개를 끄덕이고 손을 들어 인사했다. 랜드는 은퇴한 사람 같았다. 이상한 음악—마지막 곡—이 마을에 감돌았다.

어느 일요일에 그는 자기 물건을 챙겨 들고 길을 걸어 내려왔다. 가장 낮은 들판에 관광버스가 가득했다. 버스들은 줄지어 주차되어 있었다. 버스를 타고 온 사람들은 주변을 거닐어보지도 않았다. 그들은 휴대용 탁자를 펼쳐놓고 소풍을 즐겼다. 속옷 차림의 남자들은 풀밭에 누워 있고, 아내나 여자 친구들은 아이들을 돌보았다.

역 건너편 호텔에는 두 대의 버스에 실려 온 일본인들이 있었다. 그들은 나무 아래 마련된 긴 탁자에서 점심을 먹기 위해 나오고 있었다. 다들 옷차림이 깔끔했고 공손한 태도였다. 여자들은 스웨터 차림이었다. 젊은 사람들이 많았다.

랜드는 그들이 어린아이나 되는 것처럼 걸음을 멈추고 그 사이에 섰다. 일본인들보다 머리 하나가 더 컸다. 그들에게 프랑스어로 말을 걸었다. 처음에는 대답하지 않았다. 수줍음이 많은 사람들이었다. 그러나 그의 목소리와 태도가 대단히 우호적이어서 곧 반응을 보였다. 샤모니의 기념품을 간직하고 싶지 않으세요? 그가 물었다. 배낭을 풀고 피톤을 꺼냈다. 등반에 사용한 거예요. 저 산들을 오를 때 썼던 거죠. 그가 설명했다. 바위 틈새에 박은 거랍니다.

"아." 그들이 공손한 어조로 말했다.

"자. 이렇게 생겼어요."

"아!" 그들은 키득거리며 얘기했다. "무겁네요."

"아주 무거워요. 이거 받아요. 이건 당신 거." 그는 피톤을 나누어주었다.

"오, 고맙습니다. 고맙습니다."

"어디서 오셨습니까?"

"교토."

"자, 당신도 이거 받아요." 그는 푸른 공기를 쐬고 있던 바위에 두드려 박았던 낡은 강철 용구를 주었다. "이것은," 그가 말했다. "드뤼에 사용한 겁니다."

그들은 그의 말을 이해하려고 애썼다. 아, 그렇군요. 드뤼.

34

카트린은 문간에서 걸어 나와 햇볕 아래 섰다. 그녀의 차는 나무로 둘러싸인 조그만 공원 근처 길 건너편에 있었다. 공원이라고 해봤자 세 개의 거리가 만나는 장소에 불과했다. 잔디는 언제나 손질하지 않아서 웃자라 있었다. 얼마 안 떨어진 맞은편에 비강의 집이 있었지만, 카트린은 한 번도 그의 집에 들어간 적이 없었다. 열쇠를 찾고 있을 때 누가 그늘에 앉아 있는 것을 발견했다. 처음 본 순간부터 그를 알아보았다. 그녀는 거기 서서 기다렸다. 그가 일어나서 자신을 향해 다가오자 심장이 마구 뛰었다.

"안녕, 카트린."

랜드는 그녀가 마지막으로 보았을 때와 달라 보였다. 텔레비전에서 보았던 인터뷰 당시의 모습과도 달랐다. 그렇지만 무엇이 달라졌는지는 알 수 없었다. 그녀는 자기가 무슨 말을 하고 있는지조차 의식하지 못한 채 다소 차분하게 그를 맞았다.

"나를 보고 놀란 것 같군요."

"아니에요."

"내 편지 못 받았어요?"

"무슨 편지?"

"당신에게 편지를 써 보냈어요. 적어도 일주일은 됐는데."

"못 받았어요."

"이상하네요." 그가 기다렸다가 말을 이었다. "어쨌든 내가 여기 올지 모른다고 썼어요. 그게 다예요."

카트린은 다시 열쇠를 찾기 시작했다. 랜드는 가만히 서 있었다. 그의 편지는 그녀에게 닿지 못했다. 어떤 의미에서는 그도 그녀에게 닿지 못했다. 그들 사이에는 거리가 있었다. 우리가 가진 것과 결코 갖지 못할 것 사이의 보이지 않는 거리가 있었다. 그녀의 옷차림도 달라졌다. 그가 전에 본 적이 없는 스타일이었다.

"여기 온 지 얼마나 됐어요?" 그녀가 핸드백에서 눈을 떼지 않은 채 물었다. 비강은 겨우 한 시간 전에 집을 떠났다. 그러고 나서 요리사가 왔다. "방금 도착한 거예요?"

"오늘 아침 8시쯤 이곳에 왔어요."

"그렇군요."

"잠시 마을을 돌아다녔어요……."

"알겠어요."

"아는 것 같지 않은데요. 뭘 찾고 있어요?"

"찾았어요." 그녀가 열쇠를 들어 보이며 불안스레 말했다. "이 집은 어떻게 찾았어요? 음, 주소를 알고 있었나 보군요."

"비밀은 아니잖아요?"

"그래요."

"그동안 어떻게 지냈어요?"

"아주 잘 지냈어요. 당신은? 조금 피곤해 보이는군요."

"여행을 좀 했어요."

"어디서?"

"샤모니에서."

"아, 그렇겠죠."

"아이는 어때요?"

"잘 있어요."

"이름은 뭐라고 지었어요?"

"장." 그녀가 프랑스식으로 발음하며 대답했다.

"장." 그가 한두 번 이름을 반복했다. "왜 장이라는 이름을 골랐나요?"

"비강이라는 성과 잘 어울려서."

"아. 아이는……." 그는 자기도 모르게 머뭇거렸다. "아이는 어떻게 생겼어요?"

"당신을 조금 닮았어요."

"그래요?"

"네."

카트린은 랜드에게 감정이 없었다. 그는 알 수 있었다. 아무런 감정도 남아 있지 않았다. 차갑고 무관심했다. 그녀는 이미 낯선 아름다움을 띠고 있었다.

"아이를 볼 수 있을까요?"

그녀는 대답하지 않았다. 마음이 혼란스러웠다. 게다가 불안했다. 누가 길을 걷다가 둘이 함께 서 있는 모습을 보게 될지도 몰랐다. 비강이 돌아올 수도 있었다. 아이가 태어난 후로 비강은 더 다정하고 종잡을 수 없는 사람이 되었다. 그가 차 옆 좌석에 커다란 꽃다발을 싣고 언제든 길모퉁이를 돌아 나타날 수 있었다.

그런데도 아이의 아버지였으며 언제나 아이의 아버지일 수밖에 없는, 잊을 수 없는 사내의 고단해 보이는 얼굴이 여기 그녀 앞에 있는 것이었다.

"볼 수 있죠?"

"당신은 여기 오지 말았어야 해요." 그녀가 할 수 있는 말은 그뿐이었다.

"와야만 했어요."

"아니, 그렇지 않아요."

"지금이 아니면 기회가 없을 테니까."

"무슨 뜻이에요?"

"고향으로 갈 거예요."

카트린은 온몸에 전율을 느꼈다. 비록 자신을 버렸지만 지금 더 많은 일을 하고 있는 그가 영원히 그녀의 세계에서 사라지고 있었다.

"언제 갈 거예요?"

"내일. 작별 인사를 하러 왔을 뿐이에요."

"아, 근데……. 아이는 자고 있어요." 그녀가 말했다. "이 시간이면 으레 오전 잠을 자거든요. 게다가 요리사가 거기 있어요."

"요리사를 보겠다는 게 아니잖아요."

"그래도 아이를 만나기는 어려울 거예요."

랜드는 아무 말도 하지 않았다. 그저 제 아이를 보고 싶다는 가벼운 욕망밖에 없었다. 단순한 호기심일 뿐이었다. 그렇지만 간단히, 침착하게 거절하는 그녀의 태도가 그를 미치게 했다.

"저, 난 결혼할 거예요." 그녀가 말했다. "앙리가 아이를 입양할 거고요."

"언제?"

"가을에."

"그러니 앞으로 다시는 아이를 볼 수 없을지도 모르겠네요. 이번이 마지막일 수 있겠군요."

그의 낡은 옷, 이마의 희미한 주름살, 깊이 배어 있는 천진함, 누가 뭐라 해도 그것들은 랜드의 소중한 자산이었다. 그는 약하지 않았다. 구걸하지 않았다. 그저 참을성 있게 거기 서 있었다.

"꼭 가겠다고 약속해야 해요." 그녀가 말했다. "꼭 약속해줘요."

"걱정 마요."

"약속한 거죠?"

"당신, 왠지 무척 긴장한 것 같아요. 왜 그래요? 내가 무슨 짓이라도 할 거라고 생각하는 거예요? 아이를 훔쳐 갈 것 같아요? 난 아이를 보고 싶을 뿐이에요. 그게 다예요. 그게 그렇게 엄청난 부탁인가요?"

"여기서 기다려요." 그녀는 그렇게 말하고 안으로 들어갔다.

랜드는 눈을 감았다. 다시 눈을 떴을 때 거리는 텅 비어 있었다. 지금 다른 곳에—어느 지방 도시에, 심지어 샤모니에—있다고 상상하기란 어렵지 않았다. 담과 울타리 뒤에는 작은 정원들이 있었다. 정성 들여 단장한 둔덕에 녹색 식물들이 줄지어 심겨 있었다. 이런 집들은, 이런 마을들은 지붕 위의 안테나를 제외하고는 한 세기 전과 변함이 없었다. 그는 자기 나라가 아닌 이 나라를 사랑하게 되었다. 그런 곳을 떠나야 한다는 생각에 갑자기 슬픔이 밀려왔다. 무언가가 파도처럼 그를 덮쳤다. 그는 자신이—가슴이—금 가고 허물어지기 시작하는 것을 느꼈다. 어찌할 도리가 없었다. 그는 그녀를 사랑했는데 이 사랑이 그를 배신했다. 그는 거기 서서 여러 가지 것들을 견뎌내려 애썼다. 집들, 지나가는 사람들, 자신의 무가치함 따위를 견뎌내려 애썼다. 달아나고 싶었다. 이 쓸모없는 갈망, 후회의 감정에 시달리는 대신 달아났다가 힘이 회복되어 어떤 식으로든 그녀에게 상처를 줄 수 있을 때 다시 돌아오고 싶었다.

위에서 소리가 났다. 그는 고개를 치켜들었다.

2층 창의 덧문이 열리더니 잠시 후 카트린이 나타났다. 품에 아이를 안고 있었다. 그녀는 아무도 자신을 보고 있지 않다는 듯 침착하게 서 있었다. 모든 관심과 사랑을 오롯이 아이에게 쏟으며 말없이 서 있었다. 그 정도 거리에서는 아이의 얼굴을 알아보기 힘들었다. 랜드는 조그만 손과 옅은 빛깔의 머리털을 볼 수 있었다. 잠시 후 카트린이 아래를 내려다보았다. 아이가 팔을 움직였다.

"뭐라고?"

그녀가 무언가 말했다. 소리가 들리지 않아서 랜드는 알아듣지 못했다. 그러나 그녀는 반복하지 않았다. 대신 아이를 품에 꼭 껴안더니 잠시 머뭇거리다가 뒤로 물러나며 방 안으로 사라졌다. 곧 그녀가 손을 뻗어 덧문을 닫았다.

"카트린!" 그는 거의 울먹였다. 마치 이전에 갔던 모든 행로가 다 여행이고, 길이 자신을 이곳으로 데려와 여행을 끝내게 한 것만 같은 기분이 들었다. 무엇을 해야 할지 몰랐다. 그저 같은 자리에 서 있었다. 위에서는 노곤한 시간의 무게에, 끝없는 여름날의 무게에 짓눌린 나뭇잎들이 희미하게 한숨을 쉬고 있었다.

북쪽으로 가는 도중에 마침내 그르노블에서 그녀가 한 말을 알게 되었다. 자꾸만 굴러다니던 퍼즐 조각 하나가 문득 제자리를 찾아 들어간 것처럼 알아차렸다. 그는 그 집의 장식 없는 기다란 벽, 창문, 되는대로 마구 움직이는 아이의 조그만 팔과 더불어 그녀가 간단히 말하는 모습을 똑똑히 보았었다. '안녕'이었다.

35

바다 위에 창백한 오후가 드리워져 있었다. 캘리포니아는 훨씬 혼잡했다. 사람들로 붐비고, 차도 더 많았다. 집들이 해안가까지 늘어서 있었다. 새로운 장사를 하는 가게의 간판들이 눈에 띄었다. 동시에 랜드는 그 모든 것을 다 알아보았다. 이곳은 변하지 않았다. 트란카스 근처에서 차 한 대가 속도를 줄이며 다가와 그를 태워주었다. 운전자는 구겨진 양복을 입은 건장한 남자였다. 그는 멕시코시티에서 출발해 곧장 시애틀로 가는 중이라고 했다. 기름을 넣기 위해 잠시 주유소에 들른 것뿐이라고도 했다.

"어디로 가는 중이요?" 남자가 물었다.

"샌타바버라까지."

"그럼 그 지역 차를 잡았어야 하는데. 이름이 뭐요?"

"랜드. 당신 이름은?"

"난 타이거올시다." 그가 말했다. 그는 벗겨지기 시작한 머리 한쪽을 다른 쪽으로 길게 빗어 넘겼다. 면도를 해야 할 것 같았다. "멕시코에 가본 적 있소?"

"근래엔 가보지 못했어요."

"난 늘 거기 가요. 멕시코에선 끝내주게 좋은 시간을 보낼 수 있죠. 예전엔 보통 챔피언 타이틀 경기를 5달러면 볼 수 있었소. 20년 전 얘기요. 지금은 많이 바뀌었죠. 멕시코에 마지막으로 가본 건 언제요?"

"프랑스에 있었어요."

"아, 그래요?" 그가 말했다. "프랑스 어디에 있었소? 파리? 나도 파리에 가봤소. 예전에 자주 갔었죠. 그곳에 다시 갈 거요?"

"그럴 수도 있어요."

"좋은 데 하나 알려줄까요?"

"좋죠."

그가 힐끗 쳐다보았다. "내 말은, 정말 좋은 데."

"좋아요."

"루브르박물관!" 그는 웃음을 터뜨리며 호주머니에 손을 넣었다. "담배 피워요? 자, 여기. 이봐요, 이렇게 나와 함께 시애틀까지 가는 건 어떻소? 시애틀 가봤소? 안 가봤겠지. 정말 좋은 곳이오. 내가 사는 곳이죠."

"거기서 무슨 일을 합니까?"

"건축가요. 자, 내 명함."

그는 랜드를 샌타바버라의 고속도로에 내려주었다.

"잘 가요." 그가 말했다. 차는 속도를 높여 멀어져갔다.

날은 따뜻했다. 저 멀리 수평선이 아른거렸다. 오르막길을 지날 때 새들이 노래했다.

그 흰 집은 빅토리아 양식이거나 그 시대의 영향을 받은 집이었다. 거리에서 멀찍이 떨어진 곳에 자리 잡은 1층짜리 낮은 집이었다.

랜드는 초인종을 눌렀다. 발소리가 들리고 잠시 정적이 흐르더니 캐럴이 문을 열었다. 셔츠에 바지 차림이었다. 막 일어났거나 금방 세수를 한 듯한 맨얼굴이었다.

"랜드!" 그녀가 탄성을 질렀다. 그를 안았다. "당신을 보니 너무 기뻐요. 좋아 보이는군요. 막 귀국한 거예요?"

"오늘 아침에." 그가 말했다. "어떻게 지내요?"

"그런대로 잘 지내고 있어요. 정말이에요. 날씨도 무척 좋고. 들어오세요."

그는 그녀를 따라 안으로 들어갔다.

"멋진 집이네요."

"아주 멋진 집이에요. 나중에 정원을 보면 더 실감할 거예요. 짐들은 그냥 거기 두세요. 집 뒤쪽으로 가게요."

그녀가 앞장섰다. 부엌을 지나 방충망이 달린 문을 열었다. 거기에 베란다가 있었다. 베란다와 지면 사이에는 두 단짜리 목조 계단이 있었다.

"여보." 그녀가 말했다. "누가 왔는지 보세요."

한 남자가 나무 그늘 아래 유리 테이블 옆에 앉아 있었다. 그가 고개를 돌렸다. 대나무 무늬가 새겨진 파란색 스포츠셔츠를 입고 있었다. 팔은 튼튼해 보였다. 그가 팔을 치켜들었다.

"오, 드디어." 캐벗이었다. 그는 휠체어에 앉아 있었다. 그가 몸을 돌려서 손을 내밀었다. "어서 오게, 친구." 그가 말했다. "자네가 나타날 때가 됐다고 생각했었네."

"어떻게 지냈어?" 랜드가 물었다.

"보면 알잖나."

"좋아 보여서 그래."

"오, 이런 것에 신경 쓰지 말게." 캐벗이 말했다. "곧 익숙해질 거야. 언제 들어왔어? 얼마나 머물 생각이야? 자네가 쓸 방이 하나 있어. 캐럴이 보여줬나?"

"아직 안 보여줬어." 캐럴이 말했다.

"이 집에서 가장 좋은 방이야. 내가 죽음을 맞이할 방이지. 자,"—그는 휠체어를 타고 출발했다—"나도 멋들어지게 말해볼까. 나를 따르라."

캐벗은 하반신이 마비되었다. 두 다리는 헐렁한 환자복의 바짓가랑이 속에 들어 있었다. 그는 그 추락 사고로 죽을 뻔했다. 일주일 동안 혼수상태에 빠져 있었다. 처음에는 다들 절대 깨어나지 못할 것이라고 생각했다. 결국 절반만 깨어났다. 검사하고 치료하는 동안 며칠이나 누워 있었다. 그사이 그는 자신만 아는 비밀스럽고 중차대한 노력을 기울였다. 무슨 수를 써서라도, 다른 수단이 없다면 의지력 하나만으로라도 어떻게든 발가락을 움직여보려고 애썼다. 그의 눈에는 발가락이 움직일락 말락 해 보였지만, 다른 사람들 눈에는 아니었다. 그는 지칠 때까지 계속 시도했다. 그러다 잠시 쉬고 다시 한번 시작해보는 것이었다. 고통도 없고 느낌도 없었다. 아무것도 없었다. 다리가 다른 사람의 것만 같았다.

"척추가 부러졌어요." 캐럴이 나중에 설명했다. "신경들은 재생되지 않아요. 당신도 알겠죠. 거의 모든 다른 신경들은 접합이 가능하지만 척추신경은 그렇지 않답니다."

"그걸로 끝이에요?"

"난 두려워요. 그이는 다시는 휠체어를 벗어나지 못할 거예요."

"그게 또 어디에 영향을 미쳐요? 내부 장기에?"

"허리 아래 모든 것에."

밖에서는 새들이 오후의 무더위 속에서 지저귀고 있었다. 그 소리가 집을 뒤덮고 있는 것 같았다. 랜드는 졸렸다. 아지랑이 낀 언덕을 내다보았다. 자신이 일종의 병원에 왔다는 느낌이, 그들이 아직 알려주려 하지 않는 병에 걸렸다는 느낌이 들었다.

그날 저녁 캐벗의 변호사가 들렀다. 랜드보다 나이가 많지 않은, 공격적이고 자신감이 넘치는 여자로, 이름은 에벌린 컨이었다.

"만나서 반가워요." 그녀가 말했다. "당신 얘기 많이 들었어요."

그들은 보험회사를 상대로 소송을 제기하고 있었다. 사고 후의 보상금이 적었던 것이다.

"의료비는 말할 것도 없고 앞으로 캐벗이 살아갈 돈을 좀 마련해줘야 해요." 그녀가 설명했다.

매우 느긋하고 태평한 분위기였다. 그들은 앉아서 술을 마셨다. 술을 마시며 옛이야기를 했다.

"자네가 워커를 오른다는 얘기를 들었는데." 캐벗이 말했다.

"그게 전부야. 오르려 했었지."

"어떻게 된 거야?"

랜드가 어깻짓을 했다.

"잔이 비었군. 캐럴, 랜드에게 한잔 따라주지그래. 얼마나 높이 올라갔어?"

"더 높이 올라갈 수 있었는데."

"사람들 말처럼 훨씬 더 높이 올라갈 수 있었을 테지."

"워커가 뭐예요?" 에벌린이 물었다.

"그랑드조라스의 일부예요. 곧게 쭉 뻗어 오른 암릉."

"듣기만 해도 무섭군요."

"명산이지. 난 언제나 워커에 오르고 싶었어." 캐벗이 말했다.

"아마 그럴 날이 오겠지."

어색한 침묵이 흘렀다.

"나를 데리고 그곳도 가줄 텐가?"

"그럴지도 모르지."

그 집에서의 생활은 그렇게 시작되었다. 정원에는 소나무가 가득했다. 커다란 야자나무도 두 그루 있었다. 뒤편의 담장을 지나면 쉴 새 없이 바스락거리는 키 큰 암크령이 자라고 있었다. 캐럴은 종종 밖에서 일하면서 잡초를 뽑고 식물에 물을 주었다. 땅에 무릎을 꿇고 앞으로 고개를 숙여 일할 때 그녀의 긴 목덜미가 고스란히 드러났다. 가는 다리는 그을려 있었다. 그녀는 랜드가 뒤쪽에 있는 것을 알아차리고 몸을 돌려 편히 앉았다. 그녀는 그를 보지 않았다.

"이건 제 녹색 텐트예요." 그녀가 설명했다. 나뭇가지들이 그녀의 머리 위에서 서로 만났다. 그 틈새로 햇빛이 새어 들었다.

산울타리 저편에서 이웃집 대브니 부인이 물을 주고 있었다. 부인은 육십대였다. 그녀는 머리에 스카프를 두르고 홀터어깨와 등이 드러나고 끈을 목 뒤에서 묶어 입는 여성용 드레스를 입었는데, 그 옷 때문에 처지고 망가진 살이 언뜻언뜻 보였다. 부인의 남편은 심장마비를 두 번 일으켰었다.

랜드는 웃통을 드러낸 채 계단에 앉아 햇볕을 쬐고 있었다.

"부인이 당신을 보고 놀랄 거예요." 캐럴이 주의를 주었다.

"나를 보고 놀란다고요?" 대브니 부인은 물뿌리개로 계속 히

비스커스에 물을 뿌렸다. 그 일에 정신이 팔린 모습이었다. "부인이 매일 조금씩 더 가까이 오고 있어요. 아름다운 히비스커스입니다, 대브니 부인!" 그가 외쳤다.

"히비스커스는 하와이의 주화州花랍니다." 부인이 대답했다. "그거 알고 있었어요?"

"아니요, 몰랐어요."

"우린 거기 딱 2주간 있었어요." 부인이 말했다. "남편과 나 말이에요."

"그래요?"

"섬이란 섬은 다 찾아다녔답니다." 부인이 다정한 미소를 지으며 말했다.

푸른 태평양과 함께한 날들이었다. 아침이면 안개가 끼고 새소리가 들렸다. 높다란 야자나무에서 거무스름한 빛깔의 이파리들이 곤두박질치며 떨어졌다. 복도에서 캐럴의 발소리가 들렸다. 랜드는 방에 누워 있으면서 때때로 그 발자국이 머무적거리고 있다는 상상을 했다.

그는 캐럴이 자신을 지켜본다는 것을 알았다. 부엌에 있을 때나 탁자에 앉아 있을 때 시선을 느낄 수 있었다. 이따금 의도치 않게 눈이 마주치곤 했다. 그녀는 눈길을 피하지 않았다. 그는 노상 그녀를 바라보았고, 그녀도 받은 눈길을 되돌려주었다.

캐벗은 술을 마셨다. 저녁 식사 전에 두세 잔 마시고 식사 후에는 와인을 마셨다. 그러지 않으면 잠을 이루지 못했다. 날이 새기 전 이른 시간에 잠이 깨면 마음속에서 계속 같은 생각이 맴돌았다. 침대 가까이에 있는 휠체어의 크롬 부분이 달빛에 반짝였다.

그는 언제나 잠을 푹 자지 못했다. 사고가 나기 전에도 그랬다. 사고 전에는 이른 시간에 잠이 깨면 어둠 속에서 옷을 입고 밖으로 나가 걸어 다녔다. 때로는 몇 시간이나 밖에 있었다. 동이 틀 무렵이면 근방에서 가장 높은 곳에 자리 잡고 밝아오는 하늘을 지켜보다가 집으로 돌아가곤 했다.

이제는 그러지도 못하게 되었다. 그는 지금 누워서 어둠을 응시하고 있었다. 요즈음은 하느님께 기도하고 시집과 철학책을 읽으면서 억지로라도 자신의 삶을 새로운 모습으로 가꾸려 노력했다. 낮에는 효과가 있는 것 같았다. 그러나 밤이 되면 모든 것이 새어 나갔다. 그는 다시 소년이 되어 세상을 생각하고 세상 속에서 무엇을 할 것인지 상상했다. 하지만 그의 다리는 이제 넝마처럼 후줄근하게 놓여 있을 뿐이었다.

그는 팔꿈치를 짚고 상체를 일으켜 세웠다. 한 번에 한 쪽씩 손으로 다리를 들어서 바닥에 내려놓았다. 그런 다음 휠체어를 가까이 끌어당겨서 그 위에 몸을 앉혔다. 그는 조용히 복도로 나아갔다.

"버넌." 그는 문을 밀어 열었다. "깨어 있나?"

"무슨 일이야?"

랜드는 더듬더듬 불을 켰다.

"보통은 술을 두어 잔 마시면 괜찮은데 오늘 밤은 잠을 잘 수가 없어. 우습게도 말이야, 어렸을 때 아버지가 술을 벌컥벌컥 들이켜는 걸 보곤 했었어. 그때는 아버지가 경멸스러울 뿐이었지. 어떤 날 밤에는 말도 제대로 못 했어."

"지금 몇 시야." 랜드가 졸리운 듯 물었다.

"3시쯤 됐어."

"들어와."

"괜찮겠나?"

"괜찮아." 그는 일어나 앉았다. "나도 얘기를 좀 하고 싶었어."

캐벗이 고마워했다.

"정말 뭐가 잘못됐는지 알고 싶어."

"뭐가 잘못되다니? 난 형편없는 불구야."

"그게 사실이야?"

캐벗은 그를 빤히 쳐다보았다.

"난 자네를 지켜보았어. 자넨 거기 앉아 책을 읽곤 하지. 에벌린이 오면 술을 조금 마시고. 이 상황을 아주 침착하게 받아들이고 있어."

"침착하게?"

"캐럴도 그렇고."

"자넨 몰라." 캐벗이 말했다.

"그게 무슨 말인가?"

"자넨 아무것도 몰라. 난 침착하지 않아. 그저 기다리고 있을 뿐이야."

"뭘 기다리는데?"

"사실은 권총 자살을 계획하고 있었어. 병원에서 다른 하반신마비 환자에게 그 얘길 해주었네. 남자는 어떻게 행동하는지, 또는 어떤 빌어먹을 짓을 저지르는지 보여주어야겠다고 생각했지. 그 사람은 팔이 마비되지 않도록 절대 방심하지 말고 열심히 챙기라는 말만 하더군."

"어떻게 아직 팔에 힘이 있는 거지?"

"캐럴이 자네한테 설명해주지 않았나?"

"그런 얘길 하기는 했어."

"내 팔은……." 그는 랜드의 손을 향해 손을 뻗었다. 그리고 랜드의 손을 한쪽으로 누르기 시작했다. 다른 손은 휠체어 바퀴를 잡고 있었다. 캐벗의 손과 랜드의 손이 전력을 다해 서로의 손을 밀어냈다. 캐벗의 목에 힘줄이 불끈 솟았다. 그 힘에 랜드의 팔이 천천히 내려갔다. 마침내 그가 손의 힘을 풀었다. 그는 가쁜 숨을 몰아 쉬었다. "이 정도밖에 안 돼. 좀 약해." 그가 말했다.

"그걸 물어보려 했어."

캐벗은 아무 말도 하지 않았다. 거의 무관심한 모습이었다.

"정확히 뭐가 남은 거야?"

"허리 아래로는 남은 게 아무것도 없어."

"아무것도?"

"전무해." 캐벗이 호쾌하게 말했다.

"내 말이 맞았어. 자넨 이 일을 침착하게 받아들이고 있어."

"음, 계속 말해봐."

"자네 아내도 그렇고."

"캐럴에겐 선택의 여지가 별로 없으니까."

"언제나 선택의 여지는 있는 법이야."

"캐럴은 아직 날 떠나지 않았어. 자네가 말하는 게 그거라면 말이야."

"아, 그녀는 떠나지 않을 거야……."

"그 말을 들으니 기쁘군."

"……자네가 휠체어 신세를 면치 못하는 한."

"어떻게 그토록 확신하지?"

랜드는 어깨를 들썩했다.

"난 사실 확신이 없거든."

"그녀는 몸이 불편한 자네를 떠나진 않을 거야."

"캐럴이 여기 있는 이유가 그거라고 생각해?"

"아, 잭, 난 그 문제엔 관심 없어. 다른 걸 생각하고 있네. 내가 맨 처음 들은 말은 자네가 아마 죽을 거라는 말이었어. 그렇지만 자넨 죽지 않았어. 싸워서 살아 돌아왔잖아. 그런데 이번엔 자네가 불구라는 말을 듣고 있어……."

"계속하게."

"내가 그걸 믿을 것 같나?"

"그건 제대로 된 질문이 아니야." 캐벗이 조용히 말했다. "그 질문은 이래야 하네. **내가** 그걸 어떻게 믿어야 하나?"

그들은 대브니 부인이 키우는 아라우카리아의 연녹색 잎들이 마치 바다 밑에서 움직이듯이 꿈결처럼 하느작거리던 아침 녘까지 이야기했다. 때때로 언쟁을 벌이느라 목소리가 높아지기도 했지만 대체로 마음을 털어놓으며 조용히 얘기했다. 둘 사이에는 서로에 대한 이해심이 있었다. 그것은 생명의 근원에 뿌리를 둔 이해심이었다. 그들에게는 언제까지나 뇌리에서 떠나지 않을—가슴이 터질 듯한 엄청난 노력, 정상에서 황홀한 희열을 느끼며 서로의 손을 흔들었던 일, 환하게 빛나던 얼굴, 각자의 존재를 확인한—날들이 있었다.

36

저녁에 캐럴은 나가고 없었다. 집 안은 고요했다. 랜드가 기다려 온 기회였다. 그는 방 안으로 어슬렁어슬렁 걸어 들어가 앉았다.

"에벌린이 아까 여기 있었는데. 그녀를 놓쳤네." 캐벗이 말했다. 그는 여느 때처럼 저녁 뉴스를 보고 있었다. 손에는 술잔이 들려 있었다.

"그녀가 무슨 말을 했어?"

"아, 법률적인 거. 그녀는 자네에 대해서 얘기하고 싶어 했어. 자네한테 아주 관심이 많다네."

랜드는 일어나서 술을 따랐다.

"별로 놀랍지 않은 거 같군." 캐벗이 말했다.

"맞아."

"그녀에게 무슨 말을 했는지 모르겠어. 등반에 대한 얘길 좀 해주었을 테고……."

"등반 얘기를 아주 많이 했지."

"아무튼 그 얘기에 압도당한 것 같아."

평온한 시간이었다. 황혼 속에서 박쥐 한 마리가 어두운 소나무 위로 무모하게 날아가더니 뭔가에 부딪친 새처럼 방향을 바꾸었다.

"내가 그녀를 깜짝 놀라게 할 수 있는지 알아볼 작정이었어." 랜드가 시인했다. "그래서 사실대로 얘기했지."

"예를 들면?"

"나는 15년 동안 등반을 해왔다고 얘기했어. 그 대부분의 기간 동안, 어쨌든 적어도 10년 동안은 등반이 내 삶에서 가장 중요한 일이었지. 유일한 일이었어. 난 거기에 모든 것을 바쳤어. 내가 등반에 대해 배운 한 가지가 뭔 줄 알아? 단 한 가지 교훈 말이야."

"뭐지?"

"등반은 전혀 중요하지 않다는 거."

"그걸 얘기한 거야?"

"그건 아냐."

"그럼 뭘?"

"자네에겐 얘기할 필요도 없는 거지. 진짜 투쟁은 그 후에 온다는 걸."

그들은 마치 별생각 없이 무심히 자리에 앉아서 대화하는 것처럼 보였다. 캐벗은 우연히 그 자리에 있던 휠체어에 앉은 것뿐인 듯했다. 그는 금방이라도 담요를 벗어 던지듯 자신의 장애를 털어내고 일어설 것만 같았다. 실제로 막 일어서기 직전에 마치 경고를 받은 듯 자제하고 누그러뜨리는 것처럼 보일 때도 있었다. 랜드는 그것을 알아차렸다. 왜 랜드가 그런 확신을 갖게 되었는지는 알기 어려웠다. 어쩌면 숨겨진 뭔가가 있는지도 몰랐다. 진실은 수면 아래 있었다.

캘리포니아의 밤이 내려앉고 있었다. 바다에도 어둠이 내려앉았다. 또 하루가 지나갔다. 그는 술을 홀짝이며 조용히 생각에 잠겼다.

"잭, 우리한테 일이 좀 생겼어."

"그래? 난 몰랐는데."

"그 일이 나에게도 일어났어. 내가 얘기를 하나 해줄게. 자넨 분명 그걸 부인하려 들겠지만 말이야."

"뭔데?"

"사람들이 자넬 배신하고 있어."

"아, 그거."

"진심으로 하는 말이야."

"우리는 자기 자신에게 배신당할지언정 결코 타인에게는 배신당하지 않는다……." 캐벗이 읊었다.

"그건 절반의 진실일 뿐이야. 나머지 절반을 알고 싶나?"

침묵이 흘렀다. 캐벗은 기다렸다.

"자네를 돕고 있다고 주장하는 사람들, 캐럴, 에벌린, 의사들, 이자들은 자네를 그 휠체어에 계속 앉혀두고 싶어 해."

"이런, 술 한잔 더 하게."

"농담이 아니야." 랜드는 잠시 침묵한 뒤에 다시 말을 이었다. "자네도 알겠지만 난 언제나 자네를 믿어왔어. 처음부터 자넬 믿었어."

"그래서?"

"자네의 힘, 욕망, 성공하고자 하는 의지를 믿었어."

캐벗은 다소 모호한 반응을 보였다.

"나는 여전히 자네를 믿네."

"무슨 말을 하려는 거야?"

"자넨 굴복했어. 그렇지만 난 자네가 은연중에 일어서려 하는 것을 보았어."

"그건 반사작용이야."

"난 자네가 일어설 수 있다는 걸 알아."

캐벗은 휠체어를 움직여 문 가까이에 있는 탁자로 가서 불을 켰다.

"자네가 할 수 있다는 걸 알아. 그러나 하려 들지 않을 거야. 포기했으니까." 그는 캐벗의 등에 대고 말을 이어갔다. "그런데 자네가 포기하면 난 어떻게 되는 거지?"

"자넨 어떻게 되냐고?"

랜드는 기다렸다.

"모르겠어." 캐벗이 시인했다. 그는 자기 잔을 채웠다. "나는 어떻게 될지 알고 있네. 난 히스테리나 어떤 파괴적인 충동의 희생자가 아니야. 자네가 그렇게 생각한다는 걸 알고 있지만, 이 세상에는 신체적 문제라는 게 있어. 아무리 많은 믿음도 극복할 수 없는 신체의 문제가 있단 말일세. 죽음이 그 한 예겠지. 자넨 죽음을 믿나?"

"그런 것 같아."

"나도 그래."

"그렇지만 자넨 죽지 않았잖아."

"물론 그렇지."

랜드의 목소리에는 헌신적인 열의가—술이나 무관심에 떠밀려 내팽개칠 리 없는 진지함이—배어 있었다. 그는 진리를, 또는 진리의 어떤 형태를 몰아내려 애쓰고 있었다. 진리는 다루기 힘들고, 외양을 바꿀 수 있기 때문에 쉽지 않다. 몬테시토에 위치한 이 집에서의 경우는 알프스산맥 상층부에서의 경우와는 전혀 달랐다. 불을 켜서 어둠을 밝힌 집 안, 반짝이는 크롬 휠체어의 고무 쿠션에 앉아 있는 캐벗의 내부는 뭔가가 뒤틀려 있었다. 닿을 수 없는 어떤 중요한 부분이 뒤틀려 있었다.

"자네는 항상 나보다 앞섰어." 랜드가 말했다. "자네가 없었다면 난 결코 유럽에 가지 않았을 거야."

"아니, 내가 없었어도 갔을걸세."

"우리가 드뤼 아래에 캠프를 꾸렸던 밤들을 기억해?"

"……어김없이 비가 내렸었지."

"자네가 내게 다 주었어. 내 인생에서 가장 위대한 일을 하게 만들었어."

캐벗은 무슨 말을 해야 할지 몰랐다. 겨우 할 수 있는 말은 "우습군그래"가 전부였다.

"이제 딱 하나만 더……."

"있잖아, 자넨 내 고모 같아. 고모는 내가 기도만 하면, 열심히 기도한다면 '무슨 일이 일어날지 누가 알겠어?'라고 말하지. 고모는 끊임없이 내게 그 말을 해줄 거야. 그 믿음을 결코 포기하지 않을걸세. 고모는 좋은 분이지. 나는 항상 고모를 좋아했어. 하지만 고모는 의사가 아니야. 하느님은 의사지. 그건 나도 알아. 그렇지만 고모, 내 말을 좀 들어봐. 하느님도 날 걷게 할 수는 없어. 난 노력했네. 정말 열심히 노력했어." 캐벗은 빤히 랜드를 쳐다보았다. 그는 너무 자존심이 강해서 애원하지는 못했지만, 이해해 달라고 부탁하고 있었다. "날 믿어줘." 그가 말했다.

"자네 의사와 얘기를 해봤네."

"아, 그래?"

"의사는 내가 이해할 수 없는 말을 했었어. 자네에겐 육체적으로 문제될 게 전혀 없다는 거야. 뭔가가 자넬 그 휠체어에 붙잡아두고 있다는 거지."

술기운으로 혼란스러운 가운데 캐벗은 자신이 알고 있는 사실이 진실이 아니라는 이야기를 듣고 있었다. 그 이야기는 미친 듯이 헤엄치면서 어디 한번 반박해보라고 그를 부추기는 것 같았다.

"그래. 뭔가가 나를 이 휠체어에 붙잡아두고 있네." 그가 피곤해하며 말했다.

"그게 뭐지?"

"난 몰라."

"자네, 용기를 잃었나? 나처럼?"

"그렇게 생각하진 않네."

"그걸 증명할 수 있어?" 랜드가 말했다. 그는 마치 밤을 새울 준비를 하는 적처럼 자신의 잔에 술을 반쯤 따랐다. 그와 동시에 두 다리 사이에서 손을 들어 올렸다. 그의 손에는 푸른빛을 띤 묵직한 권총이 들려 있었다.

캐벗이 권총을 빤히 쳐다보았다. "그건 내 거야."

"안에 총알이 들어 있어. 내가 하지 않는 일을 자네가 할 필요는 없어."

캐벗은 차가 진입로에 들어서거나 전화벨이 울리기를 기다렸다. 그를 현실로 돌아오게 해줄 어떤 소환장을 기다리고 있었다.

"자네가 용기를 잃었다면 모든 걸 잃은 거야. 그렇다면 그 이후는 중요하지 않아." 랜드는 술을 마셨다. "내가 먼저 하겠네."

캐벗이 갑자기 권총을 향해 손을 뻗었다.

"그러지 마." 랜드는 그렇게 말하며 권총을 그에게서 떼어놓았다. 그는 총의 공이치기를 당기고 탄창을 돌렸다. "리더는 결코 추락하지 않는 법이야."

캐벗은 랜드가 조심성 없이 총구를 관자놀이 옆에 갖다 대고 방아쇠를 당기는 모습을 지켜보았다. 총성은 울리지 않고 딸깍 하는 소리만 들렸다.

"자네 차례야."

"안 돼."

랜드는 아무 말도 하지 않았다.

"난 못 해."

"한잔 마시게."

"많이 마셨어."

"자넨 이미 죽었어."

"꼭 그렇지는 않아."

"난 자네와 함께 있었어. 우린 거기서 폭풍우에 휩싸였지. 번개가 봉우리를 때리고 있었어. 이젠 물러서지 않을 거지?"

"난 아직 덜 취했네."

"자, 쏘게." 랜드가 명령했다.

캐벗은 총을 응시했다. 총의 어둠은 강렬했다. 총은 힘을 내뿜고 있었다. 그는 총을 집어 들었다. 총구를 머리에 댔다. 공이가 빈 약실을 때렸다. 갑작스럽게 행복감이 밀려들었다. 환희에 가까운 행복감이었다. 랜드가 총을 향해 손을 뻗었다.

"이건 등반이야." 그가 말했다. 그는 다시 한번 권총을 머리에 갖다 댔다. 이번에도 딸깍 소리가 났다. "자, 어서 올라가."

총알은 남은 약실 중 하나에 들어 있을 터였다. 총이 포커 게임의 카드처럼 그의 손에 들어왔다. 캐벗은 총을 거의 보지 않았다. 랜드를 응시했다. 뭉툭하고 묵직한 총구가 눈 근처에 닿자 현기증이 났다. 그쪽 눈은 깜박일 시간조차 없을 것 같다는 어설픈 생각이 들었다. 얼굴이 땀에 젖었다. 심장은 격하게 뛰었다. 그러나 그의 얼굴은 더없이 침착했다. 그는 방아쇠를 당겼다.

딸깍.

"이제 우린 어딘가에 다다르고 있어." 랜드가 말했다.

"그 정도면 됐어."

랜드는 총열을 잡고 있었다.

"우린 여기까지 왔어." 그의 눈은 불타고 있었고, 집중력은 강렬했다. "한 번 더."

랜드는 총을 들었다. 캐벗이 그를 막기 위해 앞으로 손을 뻗었다. 유리잔이 넘어져 바닥에 떨어지며 산산조각 났다. 뒤이어 공이가 약실을 때리는 은밀한 소리가 났다.

정적. 캐벗이 총을 가져갔다.

"이제 됐어." 그가 말했다.

"아니."

그들은 서로를 노려보았다.

"난 못 해."

"한 번 더."

캐벗은 눈을 감았다. 방이 빙빙 돌았다.

"해야 해." 랜드의 말이 귀에 들어왔다.

세상의 빛이 꺼지고 밤의 어둠이 그를 집어삼키면 그는 평화로워질 것이다. 그는 그 상태에 아주 가까이 있었다. 생각이 허둥대고 요동치며 지나갔다. 그는 마지막 순간들에 매달리고 있었다.

"방아쇠를 당겨."

그는 당기지 못했다.

"당겨!"

손가락이 팽팽해졌다.

"당겨!"

딸깍.

캐벗은 무슨 일이 일어나고 있는지 거의 알지 못했다. 랜드가 벌떡 일어섰다.

"자넨 해냈어!" 랜드가 소리 질렀다. "해냈어! 이제 일어나! 일어나!" 그러더니 갑자기 조용해졌다. "자넨 할 수 있어. 할 수 있어! 일어나!"

랜드는 휠체어를 흔들기 시작했다. 캐벗의 머리가 까닥거렸다. 술에 취해서 가구를 부수는 학생들 같았다. 믿음이 방 안에 넘쳐흘렀다.

"자넨 할 수 있어! 할 수 있어!"

집들 사이 어두운 길 건너편에 목욕 가운 차림의 남편과 함께 앉아 있던 대브니 부인이 그들의 고함 소리를 들었다.

격렬한 힘이 휠체어를 잡아당겨 옆으로 기울여서 캐벗을 바닥에 떨어뜨렸다. 두 다리를 기묘하게 구부린 채 맥없이 바닥에 주저앉은 캐벗이 웃기 시작했다.

"나에게 걸어와!"

캐벗은 웃고 있었다.

"나에게 걸어와! 잭, 자넨 해냈어. 자넨 걸을 수 있어!"

캐벗은 숨을 가다듬으려 했다. 방이 빙빙 돌았다. "오, 하느님."

그가 무기력하게 애원했다. "제발." 잠깐의 시간이 지나고 나서야 그는 방 안에 자신 혼자 있다는 것을 깨달았다.

"버넌?"

아무 소리도 들리지 않았다. 그는 문 쪽으로 몸을 끌고 가면서 소리쳐 불렀다. "버넌!"

안쪽 방에서 희미한 소리가 들렸다. 한 번도 들어본 적 없었지만 탄환을 장전하는 소리임이 분명했다.

"버넌!" 그가 소리쳐 불렀다.

랜드가 복도로 나왔다. 한 손을 옆구리에 붙이고 있었다. 그는 이상하게 침착해 보였다. "이제 발사가 돼." 그가 말했다.

캐벗의 시선이 잠시 총에 머물렀다.

"자네를 봐. 휠체어는 옆으로 쓰러져 있고 자넨 거기 앉아 있어. 일어서지조차 못하고."

"일어설 순 있어."

"자넨 쓸모없는 인간이야. 우리 둘 다 쓸모없는 인간이야." 그가 말했다. "이제 유일한 질문은 누가 누구를 쏴야 하는가 뿐이야."

랜드는 완전히 낙담한 것 같았다. 캐벗은 갑자기 그에게 깊은 연민을 느꼈다. 캐벗은 이 상황이 왜 이렇게까지 극도로 심각해져야 하는지 몰랐다.

"잭……."

"왜?"

그가 총을 치켜들고 있었다.

"열을 셀게. 만약 열을 세는 동안 일어나서 나에게 걸어오지 않으면 방아쇠를 당길 거야. 하느님 앞에서 맹세하네. 왜냐하면 자넨 불구가 아니기 때문이야. 난 알아."

"자네가 뭘 하려는 건지 알겠어."

"하나."

"그 안에 총알이 없었다는 걸 몰랐어." 그가 말했다. "자네는 전혀 위험을 무릅쓰지 않았지만 난 목숨을 건 거야."

"둘."

"아, 젠장." 캐벗은 언쟁을 포기했다. 그는 랜드를 쳐다보지도 않고 고개를 돌렸다. 신물이 난 것이었다.

"셋."

캐벗은 꾹 참고 기다렸다.

"넷." 랜드는 두 손으로 흔들림 없이 총을 쥐고 있었다.

"난 걸을 수 없어." 캐벗이 조급하게 말했다.

"다섯."

"이런 젠장, 오줌도 못 싼단 말이야."

"여섯."

"어서 쏴."

"일곱. 일어서, 잭. 제발."

캐벗은 눈을 들었다. 자기 의지라는 듯 일어서려고 애를 쓰기 시작했다.

"여덟. 일어서."

캐벗은 상당히 강한 상체 힘으로—마치 길 위의 짐승이 뒷다리를 질질 끌고 가는 것처럼—어떻게든 일어서려고 안간힘을 다했다. 그의 얼굴이 땀에 젖었다. 이마에는 핏줄이 불끈 튀어나왔다.

"아홉."

그는 그 소리를 듣지 않았다. 그의 모든 것이 일어서려는 노력에 온전히 집중되었다.

"열."

귀청이 터질 것 같은 폭발음이 났다. 캐벗은 풀썩 쓰러졌다. 또 다시 폭발음이 났다. 폐쇄적인 복도에 울리는 소리는 무시무시했다. 두 번째 총알은 첫 번째 총알과 마찬가지로 캐벗의 머리 뒤편 벽에 구멍을 냈다. 캐벗은 뺨을 바닥에 꼭 붙인 채 누워 있었다. 랜드가 다시 한번 총을 발사했다.

캐럴은 자정이 다 되어서야 귀가했다. 친구 집에 있다가 돌아온 것이었다. 그녀는 셔츠가 더러워지고 머리카락이 헝클어진 채 소파에 앉아 있는 남편을 발견했다. 휠체어는 비어 있었다.

"어떻게 된 거야? 무슨 일이 있었어?"

그는 텔레비전을 보고 있었다. 방은 어수선하기 짝이 없었다.

"별일 없었어." 그가 말했다. "다 끝났어. 당신, 11시에 오는 줄 알았는데."

"시간 가는 줄 몰랐어. 당신은 뭘 하고 있었는데?"

"아무것도 안 했어. 정말이야. 랜드가 총을 몇 방 쐈지."

"총을?"

"대브니 부인이 흥분해서 경찰을 불렀어."

"어디에 총을 쐈는데? 지금 어딨어?"

"떠났어." 캐벗이 말했다. "아마 돌아올 거야. 차를 빌려 갔거든."

캐럴은 바로 그때 총알 자국을 보았다.

"세상에." 그녀가 말했다. "저게 다 뭐야?"

"구멍이잖아."

37

"루이즈?"

"네, 맞아요." 잠이 덜 깬 목소리였다. "누구세요?"

"모르겠어?"

잠시 침묵이 흘렀다.

"랜드? 당신이야?" 그녀가 말했다. "지금 어디야?"

"아무튼 내 목소리를 잊지 않았군."

"지금 몇 시야?"

"한 7시 30분."

"당신은 항상 일찍 일어났지. 지금 어디야? 시내에 있어?"

"아니."

"그럼 어디?"

"아, 여긴 북쪽이야. 그동안 어떻게 지냈어?"

"잘 지냈어. 당신은?"

"레인은 어때?"

"만나면 얘기할게. 어려운 상황에 처했어."

"어떤 어려운 상황?"

"전화로는 얘기하지 않는 게 좋겠어."

"안됐군. 레인, 집에 있어?"

"친구 집에서 자고 온다고 했어. 북쪽 어디야?"

그는 주변을 둘러보았다.

"어, 잘 모르겠어." 그가 말했다. "지금 어떤 주유소에 있어."

"언제 돌아왔어?"

"며칠 전에."

"그럼 이리로 와."

"그럴 거야." 그가 말했다. "지금 거기 있으면 좋으련만."

"그럼 그렇게 하지, 왜 안 왔어?"

"할 일이 좀 있었어." 그는 그녀와 얘기하고 싶었지만 지금은 그럴 기분이 아니었다. 정말 할 말이 없었다. "내가 두고 간 상자들 알지? 그중 하나에 좋은 낚싯대가 들어 있어."

"낚싯대?"

"레인이 좋아할 거야."

"당신 괜찮아?" 그녀가 물었다. "조금 이상한 것 같아."

"내가? 천만에. 난 괜찮아."

"당신 편지 받았어."

도로를 더 내려가니 다리가 나왔다. 다리 아래 조그만 개울이 흐르고 있었다. 랜드는 제방을 걸어 내려가 얼굴을 씻었다. 언덕 뒤편에서 해가 떠오르고 있었다. 물속에 빈 맥주 캔이 있었다.

그는 느긋하고 여유로운 마음으로 운전했다. 이런저런 생각이 떠올랐다. 무적의 나라의 풍경들이 뒤로 지나갔다. 그는 아주 천천히 차를 몰면서 여러 가지 것들을 보았다. 앞 유리창에 비친 얼굴과 마을 이름들을 보았다. 어렸을 때 아버지와 사냥을 갔던 때가 생각났다. 그들에게는 낡은 20구경 산탄총과 탄알이 조금 있었다. 들판에 바람이 불고 있었다. 멀리서 뒤뚱거리며 남쪽으로 가고 있는 커다란 거위 떼가 눈에 들어왔다. 그들에게는 디코이사냥에서 들새나 들짐승을 사정거리 안으로 유인하기 위하여 만든 모형 새가 없었다. 한 남자가 다가와서 그런 식으로 거위를 잡으면 절대 안 된다고 말했다. 그들은 면허도 없었다.

인생 전체가 길 위를 지나가는 것 같다. 태양은 한 창문에서 다른 창문으로 옮겨 가고, 집과 도시와 농장들이 나타났다가 사라진다. 그는 샌던 근처 들판에서 죽은 망아지를 보았다. 암말은 움직임 없이, 몸을 약간 기댄 채 그 옆에 서 있었다. 망아지는 땅속으로 녹아드는 것처럼 쪼그라들어 보였다.

아버지를 따라 달랑 삶은 달걀 한 봉지만 챙겨 차를 몰고 인디애나를 떠났던 해가 떠올랐다. 키우던 개는 달걀을 먹지 않으려 했고, 음식을 살 여분의 돈은 없었다. 저녁에 유타의 강가에 차를 세웠다. 벌레들이 구름 떼처럼 피어올랐다. 은녹색 강물이 흘렀다. 엘코에서 그들은 울퉁불퉁한 길을 운전하여 마빈 모텔—그는 결코 잊지 못할 것이다—옆의 개를 돌보는 사육장으로 갔다.

"2, 3일 뒤에 이 녀석을 찾으러 올 겁니다." 그곳 사람에게 아버지가 말했다.

개는 하얀 가슴을 드러낸 채 철조망 뒤에 앉아 그들의 차가 멀어져가는 것을 지켜보았다.

그는 캐벗을 생각했다. 그들이 내려갈 때 산은 눈으로 덮여 있었다. 그들은 현수하강하여 바위 능선을 내려갔다. 날씨는 추웠다. 특히 폭포를 통과할 때는 더욱 추웠다. 캐벗은 강했다. 그때는 랜드보다 강했다. 그들은 가능한 한 빠른 속도로 내려갔다. 산은 오르는 것보다 내려가는 것이 더 위험했다.

그는 볼타 근처에서 동쪽으로 돌아 계곡을 횡단했다. 시간은 오후였다. 나는 단기 사병이 아니야, 그는 속으로 중얼거렸다. 운전대를 잡고 있는 손은 베테랑의 손이었다. 그의 마음은 신실했다. 세상사에는 숨겨진 법칙에 따라 결정되는 길이 있다. 이를 이해하는 것은, 받아들이는 것은 짐승의 지혜를 익히는 것이다. 그는 베테랑이고 리더였지만, 그의 무리는 흩어져 떠났다. 그의 뒤쪽에는 이주자들이 물결처럼 밀려와 머무르는 캘리포니아가 있었다. 그들은 집을 사고 일을 하고 가게를 운영했다. 뒤로는 정유 공장, 교외, 거리의 빈 병 등이 있었다. 앞은 마지막 피난처였다.

길은 텅 비어 있었다. 길이 그를 삼키는 것 같았고, 앞으로 인도하는 것 같았다. 오후의 햇빛이 대지에 쏟아져 내렸다. 백미러에 비친 햇빛이 총을 발사하는 것처럼 번쩍거렸다. 흰말 한 마리가 인쇄된 그림처럼 하늘도 땅도 없이 홀로 서 있었다.

그는 백미러에 비친 자신의 모습을 보았다. 지극한 순수의 전형이었던 삶, 절대 망가뜨리지 않으리라 생각했던 삶을 지나와버린 모습이었다. 갑자기 너무 늙어버린 것이었다. 그의 얼굴은 한때 그가 경멸했을 법한 얼굴이었다. 이제 그는 외투도 없이, 쉴 곳도 없이 겨울을 맞닥뜨리고 있었다.

그날 저녁 랜드는 레이크빌이라는 마을에 도착했다. 비포장 인도, 목조 가옥, 장작이 쌓여 있는 마당……. 슈퍼마켓의 불은 켜져 있었다. 언덕 위에는 방치된 교회가 있었다. 엄청나게 큰 나무들. 고요하고 차가운 대기. 변두리 쪽에 골이 파인 철판으로 지은 창고가 있었다. 아이들이 이동주택 주차구역 근처에서 소프

트볼을 하고 있었다. 그는 낡은 엔진 블록 위에 앉았다. 은빛 저녁은 차분했다. 차를 몰고 더 멀리 갈 생각이었지만 그러지 못했다. 뭔가가 잘못된 것이었다. 눈물이 날 것만 같았다.

그는 가능한 한 멀리까지 나아갔고, 최대한 높이 올라갔다. 더 이상 나아갈 수 없었다. 무슨 일이 일어나고 있는지 알았다. 무릎이 떨리기 시작했고, 떨어지고 있었다. 그 순간 그는 미끄러지기 싫어서 계속 필사적으로 홀드를 붙들고 싶었으나 그 대신 양팔을 활짝 뻗고 얼굴은 하늘을 향한 채 성자처럼 떨어졌다.

랜드는 죽으려고 생각했다. 죽음을 갈망했다. 그의 세계는 무너졌다. 그는 모든 것을 갖고 싶어 했다. 모든 동물, 곤충, 정원에 난 길 위의 달팽이, 햇볕에 어깨가 탄 여자, 반짝이며 하늘을 나는 비행기, 그 모든 것을 갖고 싶었다. 그것들이 시끄러운 아우성을 멈추고 마침내 조화를 회복하기를 원했다. 그는 그걸 기대할 권리가 있었다. 죽는 게 두렵지 않았다. 죽음 같은 것은 없었다. 단지 형태가 바뀌어, 자신이 이미 그 일부가 된 전설 속으로 들어갈 뿐이었다.

랜드는 밤새도록 엎드린 자세로 땅바닥에 누워 있었다. 기진맥진했다. 아침 일찍 일어나 북쪽으로 향했다. 그는 시에라 산맥으로 올라가고 있었다. 여러 이야기가 있었다. 높이 솟은 하프돔캘리포니아주 요세미티국립공원에 있는 반구 모양의 거대한 화강암 덩어리에 혼자 있거나 요세미티 위쪽의 조용한 목초지에서 혼자 캠핑하는 등반가가 사람들 눈에 띄었다. 어느 여름에는 바하칼리포르니아멕시코의 서북쪽, 미국 캘리포니아주에 접한 주에서 목격되었고, 이어 타키츠에서도 목격되었다. 몇 년 동안 콜로라도의 모리슨에 그와 비슷한 사람이 있었다. 사람과의 접촉을 피하는 키 큰 남자로, 마을에서 몇 마일 떨어진 오두막에서 살았다. 그러나 그는 얼마 후 역시 다른 곳으로 떠났다.

캐벗은 항상 카드나 편지가 오기를 기대했다. 소식이 빨리 오지는 않으리라는 것을 알고 있었지만, 결국 랜드에게 뭔가 소식을 듣게 될 거라고 생각했다. 오랫동안 그는 어떻든 간에 랜드가 다시 나타날 거라고 믿었다. 그러나 세월이 흐르면서 그 믿음은 점차 사그라들었다.

그러나 그들은 랜드에 대해 얘기했다. 랜드가 항상 원해온 것이었다. 그의 업적을 능가하는 사람은 있을지라도, 비범한 인물은 계속 살아남는다. 이윽고 어느 때에 이르러 그들은 그의 소식을 제대로 알 수 없으리라는 걸 깨달았다. 랜드는 어떻게든 성공했다. 커다란 강을 발견한 것이었다. 그는 사라졌다.

38

흐린 날이었다. 낮게 뜬 구름은 땅처럼 평평했다. 만灣은 고르고 판판했다. 새들이 그 위에 앉아 있었다. 이따금씩 수면에 파문이 일면서 물결이 흩어졌다. 물새들이 물속에서 먹이를 잡아먹고 있었다. 루스 식당의 네온사인에는 불이 들어오지 않았다. 밖에는 차가 몇 대 세워져 있었다.

"조심해! 막아야지!" 켄 보니가 소리쳤다. "아, 젠장."

"정중앙이었잖아." 바텐더가 말했다.

"우릴 죽이는군. 좋아, 놈들에게 필드골을 주지 뭐."

"뭐야, 30야드야?"

그들은 말없이 준비 태세를 지켜보았다.

"이제 막아!" 보니가 소리쳤다.

"킥을 했습니다…… 킥이…… 좋지 않군요! 좋지 않습니다. 오른쪽으로 벗어났습니다!" 아나운서가 말했다. 관중들이 함성을 질렀다.

"좋았어!" 보니가 소리 질렀다.

루스 식당은 도시의 끝을 이루는 고속도로변에 있었다. 그곳은 밤에 영업하는 멕시코 식당이었다.

방충망을 단 문이 탁 닫혔다. 보니의 동생이 들어왔다. "너, 어디 있다 오는 거야?" 보니가 말했다. "이 경기를 보고 있을 줄 알았는데."

"잠이 들었어. 무슨 일이 있었는지 알아? 오늘 아침 8시에 어떤 여자가 날 깨웠어."

"어떤 여자?"

"그래. 그 여자가 정말 미안해, 하고 말했어. 내가 자고 있다는 걸 알았을 거야. 내가 말했지. 누구세요? 그 여자가 뭐라고 말했는지 알아? 네 엄마다, 라고 했어. 그래서 내가 말했지. 이보세요, 엄마는 3년 전에 돌아가셨어요."

"누구였는데?"

"내가 어떻게 알아? 스코어는 어떻게 돼?"

"20 대 3."

"어딜 응원해?"

"댈러스."

"이런! 몇 쿼터야?"

"3쿼터." 보니는 거짓말을 했다. "넌 이미 경기의 태반을 놓쳤어."

"3쿼터? 벌써?" 데일은 스툴을 끌어당겨서 앉았다. 그는 보니의 동생으로 아직 서른이 안 되었다. 그는 형을 닮지 않았다. 키가 더 작았고 머리털은 거의 다 빠졌다. 그들 형제는 서로 떨려야 뗄 수 없는 사이였다. "우리, 맥주 좀 줘." 그가 바텐더에게 말했다. "형은 내기에 건 거 없어?"

"넌 걸었어?"

데일이 고개를 끄덕였다.

"몇 점이나 땄니?"

"6점."

"6점? 그 정도는 말도 꺼내지 마." 보니가 말했다.

파란색 팀의 공격 차례였다. 러닝백 중 한 사람이 13야드를 전진했다.

"누구였지? 헌이었나?" 보니가 말했다. "그 선수 헌이었어?"

"그런 것 같은데." 바텐더가 말했다. "아니야, 브로크만이었어."

"브로클린."

"지금 정말 3쿼터야?"

또 한 번의 전진과 펌블미식축구에서 공을 가지고 공격하던 선수가 상대 선수의 태클이나 자신의 컨트롤 실수로 공을 놓치는 것이 있었다.

"아이씨, 제발 좀!" 보니가 소리쳤다. 달리던 선수가 다쳤다. 그는 등을 대고 누워 있었다. "**재가** 헌이야!" 보니가 그럴 줄 알았다는 듯이 말했다. "그라운드 밖으로 내보내! 헌, 넌 이제 끝났어! 더 젊은 선수를 넣어야지!" 선수는 사람들에 이끌려 천천히 필드 밖으로 나갔다. 보니가 바에서 고개를 돌렸다. 그런 다음 무기력한 몸짓을 지어 보였다. "손님은 이런 팀에 내기를 걸겠어요?" 그가 물었다.

한 남자가 다리를 쭉 뻗고 테이블 앞에 앉아 있었다. "어느 팀 말이오?" 그가 말했다.

"헌이 있는 팀! 무슨 생각들을 하고 있는 걸까요? 지고 싶은 건가?"

잠시 침묵이 흘렀다.

"마저 얘기하시오." 남자가 말했다.

"난 포기하겠다, 그 말입니다."

"미식축구에 대해 잘 알고 있군요. 그렇죠?" 그 목소리에는 너무 침착한, 거의 무관심해 보이는 뭔가가 있었다.

흐릿한 경고가, 번뜩이는 위험이 보니에게 가닿았다. 이내 주눅이 든 보니는 시선을 돌렸다. 그때 문이 쾅 닫혔다. 한 여자가 안으로 들어왔다. 여자는 부드러운 크레이프 바지 차림에 하이힐을 신었다. "안녕, 폴라." 그가 말했다.

"안녕, 켄." 그녀는 테이블에 앉아 있는 남자에게로 향했다. "늦어서 미안해요." 그녀가 말했다.

"프레이저는 요즘 어때?" 보니가 바에서 큰 소리로 말했다.

"잘 지내고 있어. 그 사람, 지금 애틀랜타에 있어."

"거기서 뭐 하는데?"

"거기서 살아." 그녀가 대답했다. 그런 다음 테이블에 마주 앉은 남자에게 말했다. "여기 오래 있었어요?"

"42분."

"맙소사. 그렇게 정확하지 않을 순 없어요? 어느 팀들 경기예요?"

"모르겠어요. 댈러스랑 어떤 팀."

폴라 제러드는 교사였다. 그녀는 이혼했다. 실은 결혼한 적이 없고, 남자의 이름을 취했을 뿐이라고 했다. 그녀는 흑발에 생기 있고 쾌활한 미소를 띠었다. 늘 조금 단정치 못해 보였는데, 아마 옷 때문이었을 것이다. 가끔은 별난 이야기를 하곤 했다. 특히 술을 마실 때면 더욱 그랬는데, 그 이야기들이 맹세코 사실이라고 힘주어 말했다.

그녀가 남자와 헤어진 지 거의 1년이 되었다. 프레이저는 사업가였다. 그는 제대로 일을 하지 않았다. 테니스를 치고 술을 마시고 가족의 돈을 가져다 썼다. 아주 재미있는 사람이라고 그녀가 말했다. 언젠가 함께 비행기를 타고 런던에 갔을 때 입국 심사 카드의 '섹스Sex. 여기서는 '성별'의 의미임'란에 이렇게 썼다고 했다. '예, 많이 함.' 그러나 그는 어려움 없이 자라서 제멋대로 행동했으며 나약했다. 그녀는 수년 동안 참고 살았다. 자기가 생각지도 못했던 일들을 해왔다고 그녀는 말했다.

보니는 그들이 차를 타고 떠나는 것을 지켜보았다. "저 사람은 누구야?"

"오, 폴라가 요즘 같이 다니는 사람이야."

"뭐 하는 사람이지? 좀 이상한 사람인가?"

"그럴지도 몰라." 바텐더가 대답했다.

오후의 빛이 시들어가고 있었다. 동쪽에서는 불길한 정적이 경기장을 에워싼 가운데 마지막 쿼터가 펼쳐지고 있었다.

그들은 금속처럼 수면이 매끄러운 바다를 끼고 드라이브를 했다. 모텔과 도로변 식당 간판에 불이 들어왔다. 그는 침울해 보였다. 종종 그랬다. 그녀는 혼자 일하기 때문에 그러는 거라고 책망하듯 말하곤 했다. 그는 펜서콜라미국 플로리다주 북서부에 있는 도시에서 폐차장을 운영했다. 폐차장은 만에 인접해 있었다. 차는 심하게 찌그러진 상태로 들어왔다. 문은 꿈쩍도 하지 않고 좌석에는 깨진 유리 조각이 반짝거리며 널브러져 있기 일쑤였다. "그런 사고에서 살아남으려면 술에 좀 취해 있어야 했겠지." 견인차 운전사는 그렇게 말했다.

그는 그 일을 좋아했고 고독과 태양을 즐겼다. 담장 너머에서 차들이 오가는 소리가 희미하게 들려왔다. 담장 안에는 찌그러진 폐차의 앞부분이 먼지와 정적 속에 일렬로 늘어서 있었다. 어떤 차는 전조등이 사라졌고 어떤 차는 바퀴가 없었다. 온통 녹이 슬었으며, 계기판 아래에서는 거미들이 거미집을 지었다. 마당 한쪽에 운이 다한 기갑부대처럼 폭스바겐, 스퀘어백차의 뒷부분이 네모지게 생긴 차량, 세단이 줄지어 있었는데, 대부분 뒤 차축이 내려앉은 탓에 죽어가는 짐승처럼 코를 치켜든 모양을 하고 있었다. 차창에는 텍사스, 조지아, 멕시코 **투리스타**처럼 원 소재지를 적어놓은 스티커가 붙어 있었다.

그에게는 조그만 아파트가 한 채 있었다. 방이 두 개, 부엌이 하나였는데, 깔끔하면서도 다소 휑했다. 나무 탁자가 하나 있고, 탁자 위쪽에 설치한 선반에는 책이 놓여 있었다. 해먹이 하나, 고리버들 소파가 하나 있었다. 아침이면 창문으로 햇빛이 들어와 텅 빈 바닥에 쏟아져 내렸다. 그는 친구가 거의 없었다. 주말에는 늦잠을 잤다. 신문도 없고, 심지어 잡지도 없었다. 그는 뭔가로부터 회복하는 중이었다. 병으로부터, 상처로부터 회복하는 중이었다. 아무 계획이 없었다. 가끔 보트를 한 척 사는 것에 대해 얘기했다. 그러다가 어느 날 밤 예기치 않게 프랑스에 관한 얘기를 나누었다.

"프랑스에 있었어요?"

"거기서 살았어요."

그게 전부였다.

때때로 그녀는 그가 밤늦게 해먹에 누워 있는 것을 보았다. 그럴 때면 보통 텔레비전이 켜 있었고, 맨발인 그는 불빛을 막으려는 듯 얼굴 위에 팔짱을 끼고 있었다.

폴라는 저녁 식사를 준비하기 시작했다. 저녁이 거의 다 되어 비가 내리고 있었다. 그녀는 이따금 부엌 문간에 나타나서 왔다 갔다 했다. 팔과 다리 모두 마른 편이었다. 방은 천천히 어두워지고 문간은 점점 더 밝아졌다. 뭔가 뒤섞는 소리가 났고, 이어 물소리가 났다. 냉장고 문이 열렸다가 닫혔다. 그녀가 버터 바른 빵 한 조각과 맥주 한 캔을 들고 방으로 들어왔다. 그의 옆에 앉았다. 바람이 불고 있었다. 창문에 빗방울이 튀었다.

"배고파요?"

"아니, 별로."

"그럼 기다렸다가 이따 먹을까요?" 그녀가 말했다. 그녀는 자기 무릎을 내려다보았다. 묶지 않은 머리가 늘어뜨려져 있었다. 그녀는 손으로 머리를 한가로이 만지작거렸다. "프레이저한테서 편지가 왔어요."

"그래요?"

"네, 애틀랜타에서. 술을 끊었다는군요. 일자리도 구했대요." 세찬 비가 휘몰아치며 창문을 두드려댔다. "그이는 내가 다시 돌아왔으면 해요."

침묵이 흘렀다.

"다 끝난 줄 알았는데."

그녀가 어깨를 으쓱했다.

"가고 싶어요?"

그녀는 대답하지 않았다. 잠시 후 그는 고개를 돌렸다. 마치 그녀를 잊은 듯했다. 다른 생각을 하고 있는 듯했다. 그에게는 항상 산을 내려오는 것과도 같은 긴 기다림이 있었다.

"왜 내게 얘기하는 거요?" 이윽고 그가 말했다.

"알고 싶지 않아요?"

그는 이미 살아보았던 어떤 삶도 다시 살고 싶지 않았다. 그 모든 것이 반복되는 것을 원치 않았다.

"진짜 비가 오는군. 폭풍우처럼 보이는데." 그가 말했다. 그 단어들은, 문장들은 궁지에 몰려서 무척 어색했다. 그는 그 단어와 문장들을 자유롭게 해줄 수 없을 것 같았다. "돌아가지 마요." 그가 말했다.

"왜요?"

"끝난 일이니까요. 끝난 것은 끝난 거니까요."

"항상 그런 건 아니에요."

"음, 당신 말이 옳을지도 몰라요." 그가 말했다. "정해진 규칙이 있는 건 아닐 테니까."

"당신이 뭘 원하는지 정말 모르겠어요." 그녀가 말했다. "그게 문제예요."

"그런 것 같네요."

"정말 당신을 모르겠어요."

"당신은 모르겠다고 말하지만 실은 알고 있어요. 당신은 알아요. 그래요, 난 가짜예요." 그가 침착하게 말했다. "다른 사람들과 마찬가지로 가짜예요."

침묵이 흘렀다. 그는 생각에 잠겼다.

"있잖아요, 난 서른네 살이에요." 그녀가 말했다.

"정말이에요?"

"네."

"서른두 살인 줄 알았는데."

"아니, 서른넷이에요. 당신이 알아야 한다고 생각해서 말하는 것뿐이에요."

"나쁘지 않네요."

"누군가 믿을 사람이 있으면 좋겠어요." 그녀는 그를 보지 않고 바닥을 내려다보고 있었다. "뭔가를 느끼고 싶어요. 그런데 당신과 함께 있으면 왠지 허공 속으로 들어가는 것만 같아요."

"허공 속으로……."

"그래요."

"음, 당신이 해야 할 일은 견디는 거예요." 그가 말했다. "두려워하지 말고."

"과연 그럴까요?"

"그 이상은 말해줄 수 없어요."

"견뎌라……."

"맞아요, 그거예요."

그는 어둠 속에서 그것을 본다. 그것은 환상도 아니고 간판도 아니다. 진정한 피난처다. 그가 다다를 수만 있다면 말이다. 불 켜진 방에 사람들이 있다. 그는 그들을 또렷이 본다. 때로는 함께 앉아 있고 때로는 움직이는 한 남자와 한 여자의 모습이 황혼 속에서, 플로리다의 빛속에서 창문 너머로 또렷이 보인다.

설터가 창조한 '진짜' 고산 등반의 세계

딱 작년 이맘때쯤이었다. 인터넷으로 우연히 방송을 보는데 히말라야 8천 미터급 14좌 완등을 목표로 삼은 우리나라 산악인이 마지막 하나 남은 브로드피크 등정을 앞두고 베이스캠프에서 화상 인터뷰를 하는 장면이었다. 그의 표정은 밝았다. 밝은 것을 넘어 더없이 해맑았다. 극한의 환경과 모험이 도사리고 있을 등반을 앞에 두고 그런 표정으로 인터뷰할 수 있다는 게 나로서는 감탄스러울 정도였다. 더구나 알고 보니 그는 오래전에 북미 최고봉을 단독 등반하다 동상에 걸려 양손을 손목째 절단해야 했다. 그 등반이 얼마나 힘들고 위험한 일인지는 그 자신이 잘 알고 있을 터였다. 인터뷰 도중 그는 "수많은 극한 상황을 극복해야 하고, 한 걸음 한 걸음 오를 때마다 배 껍데기가 등짝에 붙을 정도로 심호흡을 해야 하고, 약 열다섯 걸음을 못 가 쉬어야 한다"는 말을 하기도 했다.

고산 등반에 대해 잘 알지도 못했던 내가 그 방송을 끝까지 유심히 보았던 까닭은 당시 내가 설터의 이 소설을 한창 번역하고 있었기 때문이다. 등반의 세계가 얼마나 심오하고 얼마나 치열하고 얼마나 극적이며, 그 속에 얼마나 복잡한 심리와 욕망이 배어 있는지를 이 작품의 여러 인물들을 통해 절절히 실감하고 있었기 때문이다. 그로부터 약 일주일이 지나 그는 브로드피크 등정에 성공한 뒤 하산하다가 조난을 당했고, 현지에 있던 해외 등반대가 구조에 나섰지만 실패했다는 뉴스가 이어졌다. 이 소설의 번역 작업은 오래전에 마쳤지만 출간 일정에 맞춰 이제 옮긴이의 말을 쓰려니, 생사를 장담할 수 없는 여정을 눈앞에 두고도 해맑게 웃으며 인터뷰하던 그의 모습이 선명하게 떠오르면서 새삼 안타까운 마음이 일어 이렇게 그에 대한 언급으로 글을 시작한다. 고산 등반에 문외한인 내가 그분을 언급하는 것이 외람된 일이 아니기를 바란다.

소설은 주인공 버넌 랜드가 자신보다 어린 게리와 함께 캘리포니아에 있는 한 교회 지붕에서 일을 하는 장면으로 시작한다. 랜드는 대학을 1년 다닌 후 그만두었고, 군인으로서도 성공하지 못한 스물대여섯 살 된 사내다. 그 지붕에서 일을 하던 중 함께 일하던 게리가 미끄러지는데, 랜드는 신속한 판단과 대처로 그를 구해준다. 도입부의 간결한 묘사와 대사를 통해 작가 설터는 물질주의적 삶과는 거리가 멀고 인생에 배신당한 사람 특유의 분개하는 힘과 진실을 말할 수 있는 자질을 지닌 주인공의 성품을 드러낸다. 아울러 젊은이를 구하는 모습을 통해 산악 구조 활동을 펼치게 될 앞으로의 활동에 대해서도 슬쩍 암시한다. 그가 일하는 지붕 아래 교회 게시판에는 주일 설교 제목이 쓰여 있는데, 바로 '성性과 하나님'이다. 이조차도 이 소설의 두 가지 큰 얼개라 할 수 있는 여성에 대한 주인공의 한없이 가벼운 의식과 성聖스러운 존재인 산에 대한 강박적인 애착을 암시한다고 볼 수 있을 것이다.

랜드는 멕시코 여자와 동거하고 있다. 그녀에게는 열두 살짜리 아들이 있다. 어느 날 랜드는 그 아들을 데리고 암벽등반을 가고, 그곳 정상에서 오랜 친구 캐벗을 만난다. 이 대목에서 랜드는 실은 상당히 훌륭한 암벽등반가였는데 무슨 이유 때문인지는 모르지만 등반을 중단하고 은거 중이라는 사실이 드러난다. 캐벗은 그에게 프랑스 샤모니에 가보라고 권한다. 랜드는 심장박동이 빨라지는 것을 느낀다. 그는 지난날의 영광을 떠올리고 높은 산이 주는 긴장과 전율을 기억한다. 이제 소설은 본격적으로 프랑스의 알프스 마을 샤모니와 인근의 장엄한 봉우리들을 무대로 전개될 준비를 갖추었다. 랜드는 통나무 장작을 패서 겨울을 나기 충분할 만큼의 장작을 만들어놓고 멕시코 여자를 떠난다.

이후 소설은 등반의 세계를 실감 나게 보여준다. 등반도 인간의 행위라서 가슴 뭉클한 감동과 희열이 있는 반면에 병적일 만큼 과도한 욕구와 경쟁심도 있다. 이 소설의 매력은 작가 설터가 실존 인물이었던 한 산악인에 대해 꼼꼼하게 조사하고 편지를 비롯한 관련 자료를 열심히 찾아 읽은 다음, 이 남성적인 등반 세계의 명암을, 명뿐 아니라 암에 대해서도 특유의 남성적인 문체로 핍진하게 그려냈다는 점에 있다. 요컨대 설터는 피상적이지 않은 '진짜' 고산 등반의 세계를 제대로 창조해낸 것이다.

『고독한 얼굴』은 자칫하면 세상에 나오지 않을 뻔했다. 이 작품은 당초 소설이 아니라 영화 시나리오로 쓰였다. 한때 성공적인 시나리오작가이기도 했던 설터는 이 작품의 주인공과 동일한 인물에 대한 영화 시나리오를 썼는데, 친한 친구였던 한 출판사

편집장이 소설로 써보라고 제안했다. 처음에는 관심이 없던 설터도 결국 설득에 응해 소설로 다시 써냈다. 이 내용은 1993년에 이루어진 〈파리 리뷰〉의 설터 인터뷰에 나온다. 이에 관한 이야기가 작품을 좀 더 현실감 있게 받아들이는 데 도움이 될 듯싶어 여기서 다소 길게 인용해본다.

어떻게 영화 시나리오에서 소설로 바뀌었는지 궁금하다는 인터뷰 진행자의 말에 설터는 이렇게 대답한다. "한결 더 소설로 인식되도록 작업해야 했어요. 실존 인물인 게리 헤밍이 주인공의 모델이었으니까요. 게리 헤밍은 1960년대에 활동한 저명한 산악인이에요. 그는 친구들이나 사람들이 만나고 나면 절대 잊지 못할 부류의 사람이었지요. (…) 그는 고독을 즐기는 사람이었는데 행동은 다소 투박했어요. 하지만 편지는 매우 조심스럽게 취급했어요. 난 그의 친구들을 인터뷰하고 편지들을 읽은 뒤로 그가 어떤 사람인지 잘 알게 되었어요. 이 소설의 주요 사건들은 헤밍이 살면서 겪은 사건들에 토대를 두고 있습니다. 그는 알프스 산봉우리 중 하나인 에귀유 뒤드뤼에서 뛰어난 구조 활동을 수행했어요. 그 일로 〈파리 마치〉에 실렸고 유명해졌답니다. 그는 내가 그에 관한 소설을 쓰려고 생각했을 무렵 죽었어요. 사실 내가 그럴 마음을 먹게 된 건 프랑스 텔레비전에서 방영된 한 인터뷰 때문이었어요. (…) 그 방송에서 그는 기다란 겨울용 속셔츠 차림으로 샤모니 근처의 초원에 앉아 있었는데, 그를 본 순간 모든 사람이 얘기했던 것들을 갑자기 깨닫게 되었답니다. 그에게는 이처럼 놀라운 면모가 있었어요. 쉽게 말해서 정직해 보이는 그의 얼굴은 약간 게리 쿠퍼 같았어요. 그에게서는 뭐랄까, 자기라는 존재의 중심에서 얘기하는 듯한 기운이 느껴졌어요. 그 10분짜리 인터뷰를 보았을 때 그에 관한 소설을 써야겠다는 충동이 일었고, 쓸 수 있겠다는 생각이 들었어요."

『고독한 얼굴』에는 랜드가 캐벗과 함께 드뤼 서벽을 오르는 압도적인 장면부터 시작해, 여러 산악 등반에 대한 탁월한 묘사가 나온다. 그 부분이 이 소설의 백미겠지만, 그 외에도 산을 오르는 데에만 목표를 두는 등정주의와 오르는 과정에 의미를 두는 등로주의에 대한 생각, 과도한 언론의 주목이 초래하는 폐해, 처음의 순수한 마음을 잃고 명성의 유혹에 넘어가는 인간의 나약함, 고산 등반을 마약 같은 중독적인 것으로 여기는 견해 등도 이 작품을 단단하게 만드는 데 큰 몫을 한다. 그리고 문체! 무엇보다도 많은 평론가들이 헤밍웨이를 연상케 한다고 말하는 설터의 문체가 햇빛을 받은 몽블랑 산봉우리의 흰 눈처럼 빛난다. 여자를 대하는 주인공의 태도가 너무 가볍다는 사실은 다소 이해하기 어려울 만큼 아쉬움으로 남는다는 말도 덧붙여야겠다.

설터는 『고독한 얼굴』을 출간한 1979년부터 34년 후인 2013년, 여든여덟에 작가의 인생을 정리하듯 집필한 『올 댓 이즈』를 출간하기까지 장편소설은 쓰지 않았다. 물론 젊은 시절에 발표한 장편소설 『암 오브 플레시The Arm of Flesh』를 2002년에 전면 개정하여 『캐사다Cassada』라는 새 제목으로 발표하기도 했다. 그 밖에 시와 단편소설도 발표하고, 회고록, 여행기, 에세이 같은 글들을 지속적으로 썼지만, 그의 창작 활동의 진수라 할 수 있는 장편소설은 『암 오브 플레시The Arm of Flesh』(『캐사다Cassada』)를 제외하고는 그의 나이 쉰다섯에 쓴 이 작품이 마지막인 셈이다. 오래도록 총총한 정신으로 빛나는 글들을 써온 작가가, '작가의 작가'라는 타이틀이 아주 잘 어울리는 소설의 대가가 어인 까닭으로 완숙의 경지에 이른 때에 장편소설을 쓰지 않았는지, 팬의 한 사람으로서 못내 아쉽다.

원제가 『솔로 페이스Solo Faces』인 이 작품의 한국어 제목은 『고독한 얼굴』이 되었다. Face가 암벽을 뜻하기도 하니, 원제는 주인공 랜드처럼 혼자서 하는 등반을 뜻하기도 하고 홀로 우뚝 솟은 고봉을 뜻하는 것일 수도 있을 듯싶다. 이 작품은 산악 소설이긴 하지만, 누구나 고독하게 제 나름의 가파른 산을 올라야 하는 인생에 대한 비유가 담긴 소설이라고 생각하는 독자들은 '고독한 얼굴'이라는 제목에 더 끌리지 않을까 싶다. 시절이 하 수상하다. 고독은 아마 힘이 세겠지.

2022년 8월

서창렬